娘子套路多 2

風 文創 1199

遲裘 著

目錄

第二十九章

也不知沈元思聽進去沒有，三人一同進了正廳。孟如韞沒有空手來，特地帶了昨夜同青鴿一起做的幾樣點心，裝在雙層竹編食籃裡。

沈元思從她手裡接過竹籃，道：「早點配好茶，我來擺盤，妳快去挑挑看陸子夙都藏了什麼好東西，聽說有白毫銀針，還是明前的。」

陸明時站在她身後道：「走吧，我帶妳去挑。」

茶室就在正廳裡側，與正廳有面四層高的博古架相隔。茶室北牆上有寬闊的支摘窗，陸明時傾身將窗戶支起，可見窗外盛放著幾株繡球花和各種花色的薔薇，一枝荔粉色的長枝小朵薔薇探進來，直直勾在陸明時束髮的玉冠上。

孟如韞想起上次自己被凌霄花枝勾住的經歷，不由得笑出聲。只是陸明時沒有經歷她上次的困窘，輕易就將花枝解下來，看向孟如韞。「好笑嗎？」

孟如韞抿了抿嘴唇。「陸兄的茶放在哪裡呀？沈公子說想喝白毫銀針，難道陸兄真有此等好茶？」

白毫銀針是閩南貢茶，明前銀針更是金貴，前兩年最盛行那會兒能賣到千金一兩。

「他哪裡是想喝茶，分明是想喝我的血。」陸明時指了指身邊的小櫃子，衝孟如韞招手。「妳過來。」

孟如韞以為茶在櫃子裡，走上前去，誰知陸明時突然按住她的肩膀，抬起左手將一朵開得正豔的雙色重瓣月季插在她髮間。

她出門要戴帷帽，所以髮間未著太多裝飾，只戴了兩個拇指長的勾絲珠花。她頭髮烏黑濃密，沒有華飾壓著難免顯得素淡，如今被掌心大的花簇一點，顯得分外好看。

孟如韞下意識要碰，陸明時攔住了她的手。「別動，我看了一圈，這朵最襯妳。」

「季婆婆會心疼的。」話雖這麼說，她卻未再拒絕，只是有些好奇自己如今看起來的模樣。

陸明時笑了笑。「花為人開，妳喜歡，她才高興。若不是我戴著不合適，她恨不得天天剪給我戴。」

「是嗎？我倒覺得挺合適的。」孟如韞想像著陸明時綰髻簪花的模樣，情不自禁笑出聲，打趣他道：「公子生來好容華，又宜烏紗又宜花，臨京君卿皆相顧，占盡風流在陸家。」

陸明時聞言也忍不住笑了。「妳說什麼？什麼君卿皆相顧，妳再說一遍。」

嘴上便宜只能占一次，再說就要吃虧。孟如韞只笑不言，轉身去旁邊博古架上挑茶了。

陸明時走到她身後，從她頭頂的層格上取下一個一尺見方的鏤空木盒。「白毫銀針、石中雀玉，都是御賜的，我喝過幾次，味道還不錯，妳喜歡喝哪種？」

「白毫銀針吧！石中雀玉我有幸嚐過，白毫銀針卻是只聞其名。」

孟如韞說完後忽覺失言。果然，陸明時比她想像中還敏銳。「石中雀玉也是貢品，妳在哪裡喝過？」

孟如韞想了想，說道：「只是一家不起眼的小茶館，既然是貢品，八成就是誆我的。」

陸明時皮笑肉不笑。「是程鶴年送妳的吧？」

他就該轉行去大理寺任判官，這廝可真是明察秋毫近乎妖！

他也沒指望孟如韞承認，取了白毫銀針，自顧自說道：「石中雀玉生於石間，形如雀舌，色如青玉；只是看著賞心悅目，論茶香遠不如白毫銀針清蕩明澈，論茶味也不如白毫銀針回甘豐富。老師也是愛茶之人，每次陛下賞了貢茶，他老人家都是自留白毫銀針，把石中雀玉隨意打發給了學生。就連沈元思這種牛嚼牡丹的人也知道白毫銀針遠勝石中雀玉。」

陸明時字字句句沒提程鶴年，卻字字句句都在說程鶴年不識貨。

孟如韞哪裡敢不認同，打圓場道：「茶道上我是外行，那就聽陸兄的吧。」

蹲在外廳博古架後聽了半天牆根的沈元思狠狠翻了個白眼，心道：好你個陸子夙，小爺好心好意幫你創造獨處機會，你竟然在孟姑娘面前說小爺牛嚼牡丹？小爺喝過的好茶比你尿過的白水都多！

於是沈元思起身，端著煮茶的風爐大大咧咧進了茶室，嚷嚷道：「小爺的白毫銀針呢？快來給小爺烹上，今天牛喝多少小爺就喝多少！」

聞言，陸明時正在取茶的茶勺狠狠一抖。

茶室裡泡好茶，季婆婆將孟如韞帶來的點心裝盤擺上來，她這才開始說正事。

「昨天陳芳跡同我說，韓老先生看過了他的謁師文，已經同意將他收入門下，讓他隨時可到阜陽去。」

陸明時點點頭。「嗯，我已經讓陳芳跡到官學府告病引辭，過一陣子等我忙完，我親自送他去阜陽。」

「聽說石合鐵的案子已經移交三司，怎麼，陸兄手頭還有事要忙嗎？」孟如韞問。

陸明時默然，沈元思冷笑了幾聲。孟如韞以為自己問了什麼不該問的話，忙道：「抱歉，我只是隨口一問。」

陸明時道：「沒什麼不能說的，還是石合鐵的案子。陛下雖已令三公會審，可也有些人藉機排除異己，讓無辜的人頂罪。」

「有些人？」

沈元思在一旁涼涼道：「本案坐收漁利的漁翁，程鶴年唄。」

孟如韞聞言微微挑眉，看向陸明時。「我還以為……」

「以為我才是坐山觀虎鬥的人？」陸明時無奈地笑了笑。「我也不過是兩虎相鬥中勉力周旋罷了。他們以北郡兵械之資為利，如二虎爭奪親子，我哪有閒心坐山旁觀呢？」

孟如韞問道：「一虎是東宮，另一虎指的是誰，長公主殿下嗎？」

陸明時「嗯」了一聲。「她有意藉此打壓東宮，曾派人來與我結盟。」

「你拒絕了？」

「嗯。」見孟如韞微微蹙眉，陸明時問：「怎麼了，妳覺得我該答應她？」

事關朝堂，孟如韞不敢隨意回答，只是因為前世的事，她下意識覺得陸明時會答應長公主。

陸明時同她解釋道：「長公主手裡的證據雖然誘人，可她明知徐斷貪污卻不舉發，意在與東宮黨爭。我若真聽憑她的吩咐行事，此案落到長公主手中處理，焉知她不是另一個程鶴年，會藉機牽涉大量隸屬東宮的官員？且屆時我會被綁牢在長公主的船上，失去便宜行事的機會。」

陸明時說的道理孟如韞明白，只是從她上一世的經歷來看，長公主殿下並非愛黨同伐異的人。她能以女兒身登基稱帝，一年安朝政，兩年平內亂，不過三年之景，朝野四海已有安穩興盛的跡象，可見其心志之堅，非蠅營狗苟之輩可比。

「陸兄與長公主有過接觸？」孟如韞問。

陸明時輕輕搖了搖頭。「我知妳意思。我並非深知長公主為人，只是事關北郡，寧可失之苛責觀人，不可失之輕易信人。此事我雖不贊同長公主的作為，但不代表在其他事上，我會因此對殿下產生偏見。將來若有必要——」

「湲湲湲——」沈元思驚呼一聲，打斷了陸明時的話。陸明時笑了笑，按下此言不表。

孟如韞見此，識相地轉過了話題，繼續與陸明時聊陳芳跡的事。這些日子，陳芳跡在官學府中刻意藏拙，遇見羅錫文都繞著走，於文章治學上有什麼見解和疑惑，不再主動與老師相論，寧可寫封信向孟如韞求教。於此一行，孟如韞向來頗為自負，可想到他不久後就要拜韓士杞為師，心裡也有種醜媳婦要見公婆的忐忑。

孟如韞將隨身帶來的一本冊集交給陸明時，頗有些拘謹地說道：「這是我閒來無事寫的文章。卑詞俚語，不過一娛，不知陸兄何時去阜陽，可否代為轉交給韓老先生？若是能得他老人家幾句指點，就是我莫大的榮幸了。」

陸明時微微挑眉，拾起帕子擦了擦手，接過冊子先隨手翻了翻。孟如韞的字很好看，不像閨閣女流的手筆，又比尋常男子更雅致穩凝，滿頁整齊排列，於內斂外舒中又有鳳馭百鳥、龍捲雲穹之勢。陸明時見了這字心中喜歡，而後才注意到這本小冊子裡的十數篇文章大都是人物傳記和諸事論理。

他正欲細看，沈元思又湊上來。「孟姑娘的文章，也給我拜讀一下！」

陸明時眼疾手快地收了冊子，斜他一眼。「你很不見外啊？」

「我外你也外，你不見外我見什麼外，是不是呀孟姑娘？」沈元思一搖摺扇，笑容可掬地朝孟如韞道：「我比孟姑娘虛長幾歲，覥顏讓妳喊聲沈兄，不過分吧？」

孟如韞微微一笑。「沈兄。」

「你看，你陸兄我沈兄，憑什麼你看得我看不得？」

陸明時忍無可忍。「沈元思，你還要不要臉？今天中午我家沒留你的飯，識相點趕緊滾。」

沈元思長長地「喲」了一聲，賤得陸明時渾身發麻。他放下茶海活動手腕，沈元思立馬收聲，從茶桌旁跳下去就往外跑，還順手捲走了陸明時一包好茶，邊跑邊嚷嚷道：「破爛戶有什麼好東西，孟妹妹，咱請妳去菩玉樓吃席去！」

孟如韞笑出聲，高聲回道：「下回吧沈兄！」

「好嘞，那好哥哥我今兒自己去！」沈元思已經跑到了院子裡，又衝廚房裡正在忙活炒菜的季婆婆道：「好酒給小爺留著，先謝過季婆婆了！」

他說來就來，說走就走，如今茶室裡只剩下孟如韞與陸明時。孟如韞微微坐直了身體，端起茶盞抿了一口。

「青鴿在家等我吃飯，要不我也——」

陸明時打斷她。「妳今日是來找我的，還是來找沈元思的？」

「自然是陸兄。」

「好不容易把他打發走了，妳得留下吃飯。不然季婆婆做了那麼多妳愛吃的菜，妳走了，她會很失望。」

「季婆婆怎麼知道我愛什麼菜？」

「肉絲豆腐羹、清燉獅子頭、白袍蝦仁、油灼菜心、酒釀桂魚。」陸明時了然一笑。「她曾在妳母親身邊侍候過不少時日，據說孟夫人懷著妳那會兒，每天都要吃一桌。」

孟如韞便不好意思再拒絕。陸明時又指著那本冊子皮笑肉不笑道：「沈元思的啟蒙老師也是朝中有名望的大儒，不然妳託沈兄找他給妳看看？」

他刻意咬重了「沈兄」兩個字，面上是笑的，語氣裡卻全是吃味。

「不行，就要找韓老先生！也不過就是順手的事，陸兄你——」

「陸兄？」陸明時音調微微一提。

孟如韞一頓，輕輕咳了幾聲。「子夙哥哥。」

「什麼？」陸明時一副沒聽清的模樣。

似乎這個屋裡總要有個人犯賤，陸明時和沈元思臭味相投不是沒有原因的，沈元思一走，他就端不住了。

「你！」孟如韞臉上微微發燙，有點惱羞成怒地要抽回冊子。「不幫就算了。」

陸明時一手按住冊子，一手握住了孟如韞的手腕。她的手腕又細又滑，虎口一合就能輕鬆圈住，陸明時心裡微癢，一邊暗自唾棄自己像個登徒子，一邊又忍不住放縱自己親近她。

孟如韞抽不回手，又羞又惱地瞪他，又從窗外望見季婆婆正往這邊來，緊張得臉色越發紅潤。

「再叫一聲，我讓老師給妳寫篇千言序。」

孟如韞轉怒為喜，從善如流地喊道：「子夙哥哥！」

她聲音脆生生的，陸明時放開她，慢悠悠端起茶盞飲下，兀自在心裡樂開。不就是千言序嘛，大不了在老師堂前多跪幾個時辰。

孟如韞留在陸家用午飯，季婆婆在一旁給她布菜。見她那又想親近又怕招人煩的樣子，孟如韞心裡又酸又軟，一不小心就吃多了，飯後在院子裡轉悠散心。

她難得來一次，陸明時想多留她一會兒，帶她去書房看了自己的藏書，有很多韓老先生的孤本。孟如韞像老鼠掉進了米缸裡，看得兩眼放光，驚呼連連，這本也喜歡，那本也喜歡。陸明時允她借走兩本，倒不是捨不得，只怕她一口氣捲走，下回就不來了。

「其實我若是有位夫人，書房裡的書，茶室裡的茶，都可以聽她隨意使用。」陸明時站在她身後背著手，隱有暗示地幽幽說道。

這話聽得孟如韞耳朵微微發燙，可她又不願回回落陸明時的下風，便揚聲道：「那我可要與嫂嫂常來往，也好多沾些光。」

「妳說什麼？」

陸明時靠過來，孟如韞靈活閃開，以書遮半面衝他笑。「子夙哥哥可要娶個性情溫柔、為人大方的嫂嫂回來呀！」

陸明時皮笑肉不笑。「妳的要求簡單，我的要求多一點，要年方二八，姿容清麗，才高八斗，重情重義，還要家世清白，兩小無猜，姓孟名——」

孟如韞一聽不對轉身就跑，站在書房外高聲道：「要娶天上仙女，您平時還是多拜拜神仙吧！」

聞言，陸明時得意而暢快地笑了。

第三十章

程鶴年在石合鐵案子上鬧出了不小的動靜。宣成帝派了一支親兵給他，他每天在不同的朝臣家中取證，拿了不少人下獄。

這些人裡的確有與此案有關的替死鬼，也有被穿鑿牽扯的老臣。這些老臣大多都是明德太后主政年間提拔，當今陛下登基後便退居清要之職，譬如兵部給事中王槲。

然而太子覺得這些清要言官心向蕭漪瀾，蕭漪瀾與他作對，這些言官也不讓他好過，天天上摺子參他，罵得他一個頭兩個大，正好趁此機會多收拾幾個，殺雞儆猴。

程鶴年被太子逼著到處拿人下獄，也得罪了不少人。好友賀照之與他是同年進士，聽說這件事後寫信勸他莫做眾矢之的，父親程知鳴也多有關心。程鶴年對程知鳴說道：「今上潛邸時，您已是太子少傅，當年助太子即位有功，才有程家滿門榮耀。兒子愚鈍，願效父親，以求程家長盛不衰。」

他是官宦人家少年郎，心氣本就比別人高，經此一案，對翻雲覆雨的弄權手段暗暗心驚。他不想再回欽州做個小小通判老老實實磨資歷，熬到頭髮都白了才熬進內閣。

他要一乘太子的東風青雲直上。

想做太子心腹的僚屬很多，可不是每個人都有遂太子意的膽量。他程鶴年，就要做此炙手可熱第一人。

然而他的這番動作也驚動了長公主府。聽聞程鶴年將王榭以「知情瞞報」的罪名下獄之後，蕭漪瀾盛怒，當即要寫摺子為王榭分辯。

她對霍弋說道：「此時也顧不上皇兄將如何疑我。本宮既為監國長公主，雖不至於目不容塵，也斷做不到袖手旁觀，讓此等混帳橫行朝堂，罔顧法紀。王榭的主要職責是監管西南軍防，兩淮鐵礦有失，戶部給事中無事，反倒追責到王榭頭上來了，簡直豈有此理！」

霍弋思慮半晌，攔下了蕭漪瀾。「殿下稍安，這摺子不急著寫。如今東宮鐵板一塊，咱們從外面踢，只會越踢越結實。先容我想個法子讓太子對程鶴年生疑，您再遞摺子替王給事中說情，阻力會小很多。」

「此事要快。王榭身體不好，別讓他遭太多罪。」蕭漪瀾答應了此事。

霍弋又派人聯繫陸明時，依舊約在寶津樓。

經歷了石合鐵案發的種種緣故，兩人對彼此的手段和底線都有了幾分了解，霍弋也懶得與他客套，直截了當道：「我知陸大人神出鬼沒，眼下有樁生意要與你做。長公主願傾力相助處置徐斷一案，此案過後，保證北郡兵械供給不會再有失。請陸大人以北郡安撫使的名義接近程鶴年，令太子疑他有二心即可。」

陸明時問：「長公主府所求為何？」

霍弋將王榭等人的情況告訴了他。「先太后留下的老臣不多了，殿下的意思，能保一個是一個。」

陸明時默然思考了一會兒，答應了霍弋。「可，霍少君靜候佳音。」

北十四郡中的北淄郡盛產一種質地半透的玉石，呈天青色，冬暖夏涼，或嵌入窗戶，或雕成擺件，都十分適宜，得名琉璃玉。然此玉有個缺點，不能在潮濕的地方久放，曾有好事者將琉璃玉販入臨京，不到半年時間，那玉就變了質，變得灰撲撲的，散發出一種洗不淨的汗臭味，所以此玉只在北郡流行，而南人不愛。

陸明時寫信回北郡，命人將新採的琉璃玉雕成香爐，快馬送到臨京。他攜此香爐與阿迦檀香到程府拜訪。程知鳴與程鶴年俱在府中，以為他有意投靠東宮，十分高興。

陸明時也的確遂他們的意，做足了謙遜的後生模樣，對程知鳴說道：「殿下知人善任，閣老明察秋毫，我北郡將士的身家性命，此後還要託您與殿下照拂。陸某位卑言輕，不敢驚擾殿下，暫向閣老聊表心意，還望閣老日後多多提攜。」說著，命人奉上琉璃玉香爐與阿迦檀香。「聽聞尊夫人誠心禮佛，一點小小的心意，還望閣老笑納。」

久居臨京的人哪裡見過琉璃玉這等好物，程知鳴的夫人對此香爐愛不釋手。自長公主歸京後，宮中也興起禮佛之風，於是程夫人轉手將這香爐和寸香寸金的阿迦檀香一起送給了宮裡的嫻妃娘娘。嫻貴妃是太子生母，此事很快被太子知曉。

蕭道全與太子府詹事王翠白說起此事。「看這琉璃玉的成色，應該是剛送入臨京不久。

這陸明時是出了名的兩邊不靠，怎麼偏偏往程府送這等好東西？」
王翠白接話道：「聽說一起送來的還有阿迦檀香。此香產自大興隆寺，是昭隆長公主的心頭好。」
蕭道全說道：「京中女流爭相仿效長公主，這倒說明不了什麼。」
「一件無妨，兩件無妨，樁樁件件撞在一起，可就未必無妨了。」王翠白揣摩著蕭道全的心思，不輕不重地問了一句。「人說重賞之下必有勇夫，如今程家父子為殿下勇為前鋒，得罪了這麼多人，殿下可曾給過他們什麼重賞？」
「程知鳴想讓他兒子接任兩淮轉運使一職。」
「可曾求殿下幫忙運作？」
蕭道全搖頭。「程知鳴的意思是，只要孤不反對即可。」
「那殿下可要小心了。兩淮轉運使何等重要，豈是程鶴年說要就能拿去的？他們父子背後必另有貴人相助。殿下細想，您若是想推人接任兩淮轉運使，最大的妨礙是誰？」
「孤的姑姑，昭隆長公主。」
「如今程家父子不認為長公主是阻力，反倒讓您別從中作梗，把您視為了反對者。您覺得，他們背後有誰相助？」
蕭道全微驚。「你是說，程家敢背叛孤？」
「您別忘了，眼下程鶴年得罪這麼多官員，頂的可都是您的名頭。」王翠白見火候差不多。「不過臣也是隨口一猜，殿下心裡有惑，不妨試他一試。」
「怎麼試？」
「上摺子推舉程鶴年為兩淮轉運使，靜觀長公主府會不會跳出來反對。」
蕭道全瞇了瞇眼，沒作聲。王翠白知道他已經聽進了心裡，垂著眼微微一笑。
程鶴年想越過他做太子身邊第一臣還差點火候，東宮這位主子多疑寡信的性情比當今聖上有過之而無不及。王翠白心中得意地想道，就看程家這位年輕氣盛的公子，能不能受得了了。
過沒幾天，蕭道全果然上摺子推舉程鶴年為兩淮轉運使。此舉引得朝中譁然，連聖上都覺得程鶴年資歷太淺，不夠妥當，然而長公主那邊的人卻沒有激烈反對。
此事是霍弋叮囑過的。他曾在東宮待過，深知蕭道全與王翠白的為人，陸明時將香爐送到程家後，他就在等這一天。
像破格舉薦這種事，即使無人反對也要連上三疏，方顯鄭重。然而蕭道全只上了一道奏摺就沒了後續，彷彿把這件事給忘了，連程鶴年自己都意識到太子此舉好像是在試探什麼。
又過了兩、三天，長公主蕭漪瀾上摺子替王槲等在石合鐵案中含冤下獄的老臣申辯。程鶴年與長公主當廷對質，太子及其諸臣皆冷眼旁觀，竟無一人上前幫腔。
程鶴年哪裡壓得過長公主，朝會剛散沒多久，釋放王槲等人的恩旨就傳了出來，聖上還給了額外的賞賜撫慰。

人心起疑，如燈下捉影，見影是影，見光也是影。

蕭道全對王翠白道：「今日朝會，果然如你所言，長公主早已有萬全的準備，想讓程鶴年引我出手，讓我戴刻薄臣僚的帽子，她得仁義的名聲籠絡人心，我只好一言不發，不落他們的圈套。」彷彿忘了當初是他逼著程鶴年拿王槲等人下獄出氣。

程鶴年被他閃了一道，氣沖沖地回到程家，素來好脾氣的他氣得將書房裡的擺件全都砸了個稀爛。

「我究竟做錯了什麼令太子見疑？人是殿下要抓的，抓了又疑我離間君臣情義，如今連兩淮轉運使的位置也沒了，難道過段時間還要我回欽州做個通判嗎？」程鶴年氣得變了臉色。

程知鳴也惱太子多變，面上卻要端出穩重的姿態，勸程鶴年道：「一來，你不該太激進，令太子疑你別有用心。二來，你不該死心塌地只仰仗太子，令他覺得你像東宮的奴才一樣好拿捏。」

「父親此話何意？」

程知鳴慢悠悠地說道：「暹令書是內閣首輔，他家么女正待字閨中。你也到了該成親的年紀，若能結下這門親事，對你、對程家都大有助益，日後太子也不敢再看輕你。」

「結親？」程鶴年心裡陡然一沈。

事隔多日，孟如韞又收到了程鶴年的消息。他請青鴿遞了信來，邀她明日相見一敘，地點定在南陽湖的遊船上。

「程公子好些日子沒消息，我還以為他回欽州去了。」青鴿說道。

孟如韞搖了搖頭。「他近來青雲直上，欽州怕是不必再回了。」

「那挺好呀，小姐就可以多多見到他了。」

孟如韞笑了笑。「我可不想見他。」

「怎麼？」青鴿好奇地湊上來。「真不想嫁啦？」

「不嫁。待我把錢都還給他，要與他斷個乾淨。」孟如韞將信紙摺起，下定了決心。

「一來二往像什麼話，這次一定要與他把話說清楚。」

孟如韞按約定時間到南陽湖畔赴約。程鶴年租了一條精緻的畫舫，兩側窗口鏤空，他已坐在船中等著，看見孟如韞，遙遙招了招手。

「程公子，許久不見。」孟如韞低頭鑽進畫舫，在他對面坐下。

程鶴年笑了一下，問她。「阿韞喝酒還是喝茶？」

「喝茶吧。」

程鶴年隨侍的小廝將風爐弄好後就下了船，只剩下程鶴年與孟如韞。程鶴年不緊不慢地沏茶，氣定神閒，彷彿今日邀孟如韞出來只是無事春遊。

孟如韞先開口問道：「程公子突然約我見面，是有什麼事嗎？」

「其實我更好奇妳為何應約。」程鶴年看向她。「我若無事也會邀妳同遊，妳若無事，就不會來應約了。」

孟如韞將裝著銀票的錦囊推到程鶴年面前。「我今日來，是物歸原主。」

程鶴年打開錦囊看了一眼，忽然笑了。

孟如韞道：「感謝公子好意，只是這錢，我不能收。」

「好意？阿韞，妳分不清好意和情意嗎？」

「若是情意，就更不能收了。」孟如韞直截了當道。

程鶴年臉上沒了笑意，望向波光粼粼的湖面，嘆了口氣。「我想了許久，一直想不明白我究竟做錯了什麼，讓妳避我如蛇蠍。」

孟如韞搖了搖頭。「我從未避你如蛇蠍，是程公子心裡過了界，我與程公子只是道不同不相為謀而已。」

程鶴年詫異地看著她。「妳說……道不同？」

孟如韞慢慢解釋道：「石合鐵這個案子，你一開始就知道是徐斷等人在貪污鐵礦、通敵叛國。你心有顧忌不願螳臂當車，我可以理解。可如今你手持尚方寶劍，明明可以秉公處理，卻藉機黨同伐異，這與我在鹿雲觀時認識的程鶴年不同，也與我心中之道不同。」

「這些話，妳是從哪裡聽來的？」程鶴年的聲音微微泛冷。「朝堂之事錯綜複雜，妳不能隨意給我下定論，這不公平。」

「天下人都是有眼睛的，也是有心的。」孟如韞溫聲道。

「好，縱使這件事上我做得不對，那也是無奈之舉。太子逼迫，我能不聽從嗎？我也想做個剛正無私的好官，那也要等我升到更高的位置，手裡握有足夠的權勢才能做到。」

「行無止境。官職高低、權柄大小，各有各的無奈，哪天是個頭呢？」孟如韞道：「唯有本心，一失即無再難尋。」

「我今日來……不是與妳說這個的。」孟如韞的話讓程鶴年頗為難堪，他望著湖面，長長嘆了口氣。

孟如韞端起茶盞抿了一口。「程公子有話便說吧。」

「爹娘最近在為我考慮婚事。」

孟如韞手微微一頓，笑道：「是好事，恭喜程公子。」

「妳同我說恭喜？」程鶴年自嘲地笑了笑。「阿韞，妳不知我心裡在想什麼嗎？」

「不知，」孟如韞淡聲道：「也不想知。」

「只要妳願意，我會娶妳為妻，這中間種種困難，我可以擺平，只要妳答應我……」

「我不願意，也不答應。」孟如韞放下茶盞，目光冷靜地與程鶴年對視。「程公子，聽清楚了嗎？」

程鶴年默然半晌，苦笑道：「妳真是好狠的心。難道妳願意眼睜睜看著我娶別人嗎？妳我曾相引為知己，我要成親，妳心裡真的一點波瀾都沒有嗎？」

孟如韞嘆了口氣，覺得自己已經把話說得很明白了。「程公子，移船回岸吧。」

「阿韞……」

「兩情相悅的事，何必一腔苦求，何況求而不得的，未必就是值得的。」孟如韞道。

「可我只想娶妳。」

孟如韞低聲道：「可我不想嫁啊。」

兩人有些僵持，風爐中的火已熄滅，熱茶變涼，入口有凝澀之感。孟如韞靜靜端詳著這盞石中雀玉，心道，陸明時的話是有道理的，此茶徒有其表，其實不堪盛名。

她靜靜等著程鶴年想通後將船划回湖岸，忽然一枚銀白色飛鏢破空而來。那飛鏢角度極其刁鑽，直直打入船板的縫隙，兩塊船板應聲裂出一指寬的裂痕，開始往裡滲水。

孟如韞與程鶴年同時朝外看去，看見了站在岸邊、手裡正把玩著另一枚飛鏢的陸明時。

陸明時隔著畫舫的窗檽，似笑非笑地望著孟如韞。

第三十一章

看見陸明時，孟如韞心中一驚，對程鶴年道：「船漏水了，趕快靠岸吧。」

程鶴年只好將船划回岸邊。待下了畫舫，轉身要回去扶孟如韞，卻被另一隻手隔開，擋在身前。

「今日臨京有椿熱鬧事，」陸明時說道：「我來時遇見程家去遲家下聘的儀隊，看樣子，是程家嫡子要議親了。」

程鶴年聞言，臉色微變。「與陸安撫使何干？」

「與我無干啊。」陸明時將手伸向正彎腰下船的孟如韞。「矜矜，與妳也無干，咱們走吧。」

「你喊她什麼？」程鶴年瞪大了眼睛。

陸明時一笑。「與程公子何干？」

孟如韞一隻腳踩在岸上，一隻腳踩在船上，看著面前的兩隻手頗有些尷尬，不知該進該退。正猶疑間，忽然腰間一緊，被陸明時攔腰拎上了岸。

程鶴年的目光落在孟如韞身上。「阿韞，妳與他認識？」

「嗯……認識。」孟如韞推開了陸明時，決定先解決程鶴年。她向程鶴年屈膝行了一禮，溫聲道：「該說的話已經說完，程公子，就此別過吧。」

「阿韞！」程鶴年心有不甘。「我並不情願娶她，若妳——」

「程公子慎言。」陸明時冷聲打斷了他。

上一世的程鶴年娶了遲首輔家的女兒為妻，聽說夫妻之間也算相敬如賓；沒想到這一世許多事變了，有些人的緣分卻又聚到了一起。

孟如韞心中千迴百轉，還是多說了一句。「婚姻於女子是重中之重，無論程公子娶誰，還請好好待她。」

她說完這句，轉身就走。陸明時跟在她身後，以眼神喝止了仍欲糾纏的程鶴年，直到岸邊的垂柳徹底遮住兩人的身影，他伸手拽住了孟如韞。

「我在岸邊看了你們半個時辰，妳與他有何話可說，能聊這麼久？」

陸明時的聲音並不十分冷靜，頗有幾分質問的意思。他心情不佳，孟如韞心情也沒好到哪裡去，回敬道：「怎麼，還要一句一句學給陸大人聽？」

陸明時冷笑。「好啊，妳學，我洗耳恭聽。」

孟如韞一噎，轉身要走，被陸明時從身後一把攬住。他手勁很大，死死扣在她腰間，孟如韞掰不開，疾聲斥道：「大庭廣眾，你在幹什麼！」

「我看妳與程鶴年畫舫同遊的時候挺從容的啊！」話是這麼說，陸明時還是鬆開了她，改為牽著她的手。「那咱們找個沒人的地方好好聊。」

孟如韞拗不過他，被迫跟著他穿枝拂柳，沿著湖邊曲曲折折的棧橋一路走，穿過幾處圓拱門。一棵粗壯的垂柳傍岸而生，遮住了拱橋上望過來的視野。此處是湖岸盡頭，僻靜無人，陸明時鬆開她的手，靠在柳樹上看著她。

「就在這兒說吧，與程鶴年聊什麼了？」

孟如韞十分不喜他審問犯人一樣的語氣，反問道：「怎麼，陸大人改職監管南陽湖遊客了？」

「他都要娶妻了，妳同他糾纏不清，不覺得晦氣嗎？」

「什麼叫糾纏不清，陸明時，你會不會說話？」孟如韞氣極。「我看碰見你我才十分晦氣！我出門見誰，同誰說話，說了什麼，與陸大人何干？」

「你別左一個陸大人、右一個陸大人，行不行？」陸明時被她氣得頭疼，拉過她的手。「好好說話。」

孟如韞揚起下巴。「你先好好說話，別動手動腳。」

聞言，陸明時反倒將她的手攥得更緊。「不行，我生氣。」

「與你何干，你生哪門子氣？」

「拈酸，吃醋，不可以嗎？」

聞言，孟如韞提到喉嚨的氣一頓，頓時消了氣勢。「你可真是……」

「我真是怎麼了？我在岸上盯了妳半天，妳眼神都沒從程鶴年身上離開過，他沏的茶妳也敢喝；孤男寡女同乘畫舫，妳就不怕他對妳做些什麼，嗯？」

「程鶴年倒還不至於如此下三濫……」

「妳很了解他嗎？妳與他情深意濃時，知道他已點頭另娶嗎？孟如韞，妳哪來這麼大膽子，敢輕信一個對妳有圖謀的男人？」

陸明時的逼問一句接一句，問得孟如韞啞口無言。人一旦洩了氣勢，再提起來就難了。她眼巴巴望著陸明時，在他濃沈如墨的眼神裡，心跳亂成一片。

陸明時輕輕扳過她的臉。「說話。」

孟如韞漸漸沒了氣勢。「下次不會了。」

「別急著下次，先把這次解釋清楚。」陸明時不為所動。

孟如韞只好說道：「之前程鶴年給我的信裡夾帶了不少銀票，我來，是想把錢還給他。」

「還錢還了半個時辰？」陸明時不信。「還說什麼了？」

程鶴年還剖了相思訴了衷情，說要娶她為妻一生一世……這些話孟如韞當然不敢說給陸明時聽，只低低道：「沒什麼要緊的，反正我已經拒絕他了。」

聞言，陸明時陰沈的臉色轉晴些許。「怎麼拒絕的，別是妳這邊沈默不應，他當妳默認相許。」

「陸子夙，你有完沒完！我明明白白跟他說了，我不喜歡他，不想嫁他，以後見面繞著走，可以了吧？」

「那混帳東西剛才說喜歡妳想娶妳？」陸明時聲音一冷，恨聲咬牙切齒道：「我就該一飛鏢扎穿他喉嚨。」

孟如韞只覺脖子一涼。「別衝動……我這不是沒答應嗎？」

「妳敢答應試試。」

孟如韞自然是不想也不敢，但面上又不服氣。「什麼叫我不敢，那是我不願意，哪天等我願意了，我——」

陸明時猛的扶著她的後頸將她往身前一拉，兩人挨得極近，險些鼻尖碰鼻尖。

孟如韞呼吸微微一滯。

「矜矜，我見不得妳同他親近，妳若敢再說一句，我可就……」

可就什麼？

「要踰矩了。」

望著他近在呼吸之間的眉眼，孟如韞心跳凌亂，鼓膜裡如雷鳴一般。

他盯著自己的眼神黝黑如墨，深望進去藏著點點光芒，那墨色越深，光芒越亮，映著她的面容，像一汪被驚醒的深淵。

他這副樣子，像極了前世的陸明時。

孟如韞在亂成鼓點的心跳裡亂了方寸，眼皮一垂，目光落在他的薄唇上，心裡的念頭七葷八素。

陸明時又警告她道：「我不管妳是不能還是不願，以後都死了嫁給程鶴年的這條心。伯父伯母不在，我會替他們照顧好妳，妳我自幼訂婚，矜矜，除非我死了，否則妳休想毀約。」

「若……我不是矜矜呢？」孟如韞咬著嘴唇，試探地問道。

在陸明時得知她的身分之前，也曾隱晦地表露過心跡，卻從未如今日這般強勢地表示喜歡她，要娶她，甚至曾在利用完她之後要將她推回程鶴年身邊。

孟如韞心中不免有些懷疑，陸明時要娶的，到底是她的人，還是她的身分。

本來沒什麼細究的必要，可孟如韞望著他的眼睛，忽然耿耿於懷了起來。

她想知道，他這令自己心動難抑、非她不可的姿態，到底是為了誰。

她低聲問陸明時。「倘若我不是孟家的女兒，倘若你的青梅竹馬另有其人，你是娶她……還是娶我？」

「妳是矜矜，所有的細節我都查證過，妳否認不了。」陸明時的手落在她臉上。「妳的眼睛，與小時候很像。」

「你沒回答我的問題。」

陸明時默然片刻，說道：「妳是想問，倘若妳不是矜矜，我會不會放任妳和程鶴年在一起吧？」他冷冷一笑。「想都別想。」

她真不是這個意思。

陸明時說道：「提到這個，我還有舊帳要跟妳算。既然妳早早來了臨京，知道我的身分後，為什麼不與我相認？」

這個問題太複雜了，前世今生糾纏在一起，孟如韞一時不知該如何說。

見她不答，陸明時心裡又開始胡思亂想地泛酸。「妳是怕我壞了妳和程鶴年的好姻緣，想毀約另嫁，對不對？」

孟如韞可不敢隨便背這麼大一口鍋，急忙搖頭。「不是不是，我從來沒這樣想過。」

「是嗎？可前幾天我去了鹿雲觀一趟，在斷壁上見了幾首詞作，說什麼『不羨人間王侯天上仙，且看水中鴛鴦梁上燕，春風銜意水傳柔，多情人間常見』……」

一首情意綿綿的詞組被陸明時唸得咬牙切齒。「我才疏學淺，矜矜，妳同我解釋一下，這句詩詞，是什麼意思，嗯？誰對誰多情，又要同誰人間常見？」

孟如韞聽得心驚肉跳，恨不能找條地縫鑽進去。

陸明時這廝，竟然背著她跑到道觀去了。這要她怎麼解釋，她確實同程鶴年兩情相悅過，那時她尚未重生，也尚不知陸明時的存在。

孟如韞越想越沒有底氣，小聲辯解道：「喝……喝多了……」

「飲酒作樂，你們很快活啊？」陸明時嘲諷出聲。「我若沒識破妳的身分，今日程府的聘禮，是不是就抬到江家去了？妳心裡在想什麼，怨我沒眼色，不識抬舉，壞了妳的好姻緣？」

「不是，我從未這樣想過，是我自己不願嫁給程鶴年，我不喜歡他了。這中間的事一時說不清楚，但你要相信我，我不是為了和程鶴年在一起才不與你相認。」孟如韞信誓旦旦地解釋道。

「那是為了什麼？」

「因為……」

因為未重生的孟如韞根本不知道陸明時的存在，重生後的孟如韞沒想到會與陸明時有這麼深的糾纏，那時她知他會位極人臣，怕自己攪亂了他的運道，所以沒有點破身分。

孟如韞目光閃了閃。「你我的身分不宜被別人知道，我怕給你帶去麻煩。」

「小騙子。」陸明時勾起她的下頷。「妳每次撒謊，都是這副表情。」

他嘆了口氣，認命道：「妳與程鶴年的事，我只當妳年幼無知，被他哄騙，過去就過去了。以後不許再想他，也不許再想著別人。」他放輕了聲音，緩緩道：「我說的是『不許』，妳聽明白了嗎？」

這下孟如韞心裡再不服氣，也得乖乖點頭了。

她頗有些無奈地想，眼下再說喜歡他，他怕是只會當自己輕浮善變吧。

陸明時放開她，從懷裡掏出一個長條錦盒打開，裡面放著一支珍珠流蘇步搖，做成了扇狀，扇頂嵌著七顆瑩潤的粉珍珠，閃著柔和的光暈。

他摘了孟如韞頭上的步搖，換上這支珍珠流蘇步搖。軟軟的銀流蘇從他掌心劃過，又落在孟如韞耳邊。

「本來是要去把這個送妳，沒想到在這裡碰上了。」陸明時道。

孟如韞下意識去碰，被陸明時握住了手腕。

「別摘。」他說道：「我送妳下一支之前，要一直戴著。」

哪個女孩子天天戴同一支步搖，這不明擺著告訴人家這是心上人送的嗎？

孟如韞心裡暗道陸明時此舉霸道，奈何理虧在先，此刻一點異議也不敢提，十分沒骨氣地問：「那下一支什麼時候送啊？」

「無功不受祿。」陸明時皮笑肉不笑道：「妳自己上進一點，等我心情好了，說不定就再送妳一支。」

孟如韞心道，那這步搖也太難賺了。

見她沒拒絕，陸明時心氣稍微順了些。「走吧，帶妳去別的地方逛逛。聽說附近有條街專門賣古書，去不去？」

「去！」孟如韞理了理頭髮，連忙跟上。

第三十二章

孟如韞覺得，自從那天在南陽湖與程鶴年相見被陸明時撞上後，他待自己越來越不見外，毫不顧忌她還是未出閣的女兒家。她每次去找許憑易看病，他都要跟著，隔三差五還要遛瓦翻牆來找她，有時給她送本書，有時搬盆花，也有些雜七雜八的小玩意兒，什麼姑娘家的脂粉、集市上的麵塑糖人，甚至還有一隻半路撿到的野貓崽子。

青鴿給牠取了名，叫捕快，因為牠來的第一天就抓到一隻與自己身形差不多大的老鼠，氣定神閒地叼著滿院子逛。

「姑娘，妳看捕快這得意的樣子，像不像陸大人？」連青鴿對陸明時都已經見怪不怪了。

孟如韞從書房裡抬頭看了一眼小貓崽子，又低下頭繼續寫字，寫著寫著忽然笑了，又放下筆去看貓。

「以後就叫牠陸捕快吧。」孟如韞說。

陸明時聽說此事後不惱反樂，十分臉大地問孟如韞。「貓也要姓陸，妳這是提前練習怎麼養孩子嗎？」

孟如韞瞪他一眼。「別胡說，你不要臉我還要臉。」

陸明時俯身湊近她，話音落在她耳畔。「妳真願意，我可以不要臉。」

氣得孟如韞抬手將書拍在了他臉上，轉身跑到院子裡去，留陸明時握著本書兀自樂了半天。

他抬步尋出去，孟如韞正坐在鞦韆上晃著腿。他慢慢幫她晃著鞦韆索，見她心情不錯，斟酌著說道：「我後天就要帶陳芳跡去阜陽了。」

「這麼快，石合鐵的案子沒問題了嗎？」孟如韞有些驚訝。

「有長公主盯著，太子不會再藉此案生事，程鶴年也不敢再翻什麼浪。查證已經基本完成，三公會審不會出大岔子。」

聞言，孟如韞心裡也鬆了鬆。「那就好，不枉你費這麼多心思。」

「我要去阜陽了，妳就沒什麼話要與我說？」陸明時握住鞦韆索，殷切地望著她。

孟如韞被他瞧得有些心跳加快。「那……你什麼時候回來？」

「短則一月，長則年底，看老師留我到什麼時候。」

「這麼久？」孟如韞還以為他送了陳芳跡就回，又想到韓老先生素來愛重他，他難得在朝中無事，理應多侍奉尊前。「我的意思是……你年後不就要去北郡赴任了嗎？」

去了北郡，若無詔旨，三年才能回臨京一趟。

陸明時點點頭。「所以我還能見到妳的時間不多了。」

孟如韞無端想起自己前世病死，心裡一跳。「呸呸呸，別亂說話。」

見她垮下了臉，陸明時笑道：「怎麼，捨不得我？」

孟如韞下意識要說不是，撞進他的眼神裡，又默默將話嚥回去，鞦韆也不晃了，蹙著眉不知在想什麼。

溫潤的指腹落在她額間，輕輕揉開她的眉心，只聽陸明時嘆息道：「好吧，是我捨不得妳。我怕我一走，又有別人糾纏妳，妳很快就把我忘了。」

「陸子夙，你把我想成什麼人了！」孟如韞瞪他。「我都說過幾次了，我不會再見程鶴年。」

「沒有程鶴年，也會有別人傾慕妳。臨京男兒的眼又不瞎，妳這麼好，追求妳也是自然。」

孟如韞聞言一樂，抬眼瞧他。「別話裡有話，直說吧，陸大人。」

陸明時清了清嗓子。「我琢磨著難得回一次阜陽，想把咱倆的事告訴老師，請他老人家來做主婚人，妳看行不行？」

「我什麼時候答應要嫁給你了？」孟如韞微微揚眉，算是看清了他在打什麼主意。今兒這一齣，是騙婚來了。

陸明時扶額。「是，我知道咱倆感情還沒到位，可這不是機會難得嗎？錯過這次，又要等三年。」

「我能等，陸大人要是等不及，可以先自行嫁娶呀。」孟如韞靠在鞦韆上，笑吟吟道。

「誰說我等不及？」陸明時恨恨道：「妳少在這裡激我，信不信我回北郡時把妳一起擄過去？」

「你敢！」孟如韞瞪他。

陸明時氣定神閒。「對啊，我真敢。」

「青鴿，送客！」

孟如韞起身就要趕人，陸明時一把攔住了她，不敢再口出狂言。「好了好了，我錯了，開玩笑的，我要真想逼妳，何必等到回北郡。」

孟如韞聞言猛的後退了一步。「什麼？你今天就想動手？」

正這時，青鴿從院門處跑進來，疾聲道：「姑娘，陸大人，表公子朝這邊來了！」

陸明時一愣。「表公子？」

「哦，就是江家的大少爺，江洵公子。」

陸明時轉頭看向孟如韞。「他來妳這兒做什麼？」

「我怎麼知道。」孟如韞從鞦韆上跳下來，把陸明時往屋裡推。「你先進去躲躲，快，別給人看見。」

陸明時前腳進屋，江洵後腳就進了風竹院，站在院門處十分禮貌地高聲問道：「阿韞妹妹在嗎？」

孟如韞整了整衣襟，與青鴿一同繞過照壁，行至院門處，見了江洵，屈膝行禮。「表哥萬福。」

「不必多禮，阿韞妹妹。」江洵溫和地笑了笑，從身後小廝手裡接過一個錦盒遞給孟如韞。「這是送妳的。」

孟如韞沒接。「表哥這是何意？」

「我沒別的意思，就是聽說妳身體不好，得了這個，就想著妳能用上。」江洵打開錦盒，裡面放著一枝老山參，一見便是上品。「妳收下吧。」

孟如韞後退半步。「無緣無故，我不能收這麼貴重的東西。」

「什麼無緣無故，妳是我表妹啊！這個家裡除了阿靈，同齡人之間，就妳與我最親近了，我送妳一點東西，妳收了又何妨？」

他聲音不小，風竹院不大，整個院子都能聽見。

屋裡傳來花瓶落地的碎裂聲，孟如韞下意識回頭看了一眼，又面無表情地轉過來，對江洵道：「可能是貓進屋了，我得去看看。表哥請回吧，好意我心領，東西就不必了。」

「欸——」

孟如韞轉身就走，彷彿急著回屋抓貓。江洵在後面喊了兩聲「阿韞妹妹」，她越走越快，繞過照壁進屋去了。

江洵不方便追進去，見青鴒也要走，忙把錦盒往青鴒手裡一塞，說了句「替阿韞妹妹收著」，怕她推搡，也忙轉身跑了。留下尚未反應過來的青鴒抱著錦盒，氣得在原地跺腳。

孟如韞一進屋就見陸明時靠在她讀書的貴妃榻旁，手裡轉著一枝毛筆，腳邊是碎成片的花瓶殘骸。

「抱歉呀阿韞妹妹，我見妳這博古架上處處精巧，唯有這花瓶醜得出奇，所以想觀摩一下，沒想到手一滑就……」陸明時學著江洵的腔調，十分做作地指了指碎瓷片，笑吟吟問道：「阿韞妹妹不會心疼了吧？」

孟如韞瞥了一眼碎瓷片，心道，陸明時這狗眼怕不是鑲了金，滿架擺件，只有這個花瓶是江洵送來的，因為不值錢，所以孟如韞也懶得還回去。

「有什麼好心疼的，今日砸了舊的，明天說不定又送新的來。」

陸明時臉上虛偽的笑有些掛不住。「他又送妳什麼了？」

「放心吧，我沒收。」孟如韞剛說完，就見青鴿一臉鬱悶地抱著錦盒走進來，陸明時一把搶過去，打開看了一眼，嗤笑一聲，又隨手扔到桌上。

孟如韞瞪他。「別摔壞了，我打算還回去的。」

「他送給妳，妳還回去，一來二去，三趟五趟，倒真成家裡最親近的人了。今日要不是我給妳找個藉口，聽他那語氣，很想找妳聊一會兒啊。」陸明時恨恨道。

孟如韞問：「不還回去，收下豈不是更讓人誤會？」

陸明時一時也想不到好法子，罵道：「江主簿怎麼管教的兒子，二十歲的人還不懂什麼叫男女授受不親嗎?!」

孟如韞乜他一眼，心道，哪有遛瓦翻牆的陸大人懂。

「罷了，明日我照舊送給表姊，請她代為轉交吧。」孟如韞道。

「她靠得住嗎？別收了東西後到處亂說，污妳名聲。」

孟如韞讓他放心。「表姊不是那種人。」

陸明時對此事依舊有些忿忿，又不能在孟如韞面前表露太多，怕惹她心煩，又怕她本來不惦記，自己說多了反倒惦記上了。

江家那小子雖然是個尚無功名的草包，生得倒是粉面白皮，又與孟如韞同居一府，一來二去，讓人太不放心。

孟如韞心裡如何想，陸明時其實並不太清楚。在他心裡，孟如韞是他憑本事撬了程鶴年的牆腳搶來的，或許孟如韞對他也有幾分好感，但感情尚未好到能談婚論嫁的地步。他此番去阜陽，不知何時才能回來，年後又要回北郡，聚少離多，感情只會更淡，哪裡比得上一府相見又常關懷備至的表哥呢？

思及此，心裡那點酸簡直要氾濫開。

見陸明時沈默著站在窗前發呆，孟如韞問道：「怎麼，還有什麼不妥？」

陸明時搖頭，望著她溫聲說道：「沒什麼，只是覺得相會易別，好景易逝，今年不知有沒有機會見妳院中金菊盛開了。」

孟如韞心中微動，上前輕輕拉住他的袖子，低聲道：「沒關係，我給你畫下來，以後……以後總有機會。」

陸明時笑了笑，握住她的手背輕輕摩挲。

「我不在京中，難免有許多地方照顧不到，妳有什麼需要，可以託人去找沈元思。」

孟如韞低低「嗯」了一聲。

「妳的身體要好好養著，有空多去找許憑易，讓他給妳調理著，不必擔心錢財耗費，萬事有我。」

孟如韞道：「好。」

「妳……」他還有許多的話要叮囑，一低頭，見孟如韞笑盈盈地望著自己，一雙明眸如秋水，波光粼粼，胸膛彷彿被人點了一簇火，隱隱有燃燒之勢。他握著孟如韞的手緩緩收緊，見她蹙眉，又乍然鬆開。

「天色不早了，我差不多該走了。」陸明時聲音微啞，將胸腔中氤氳的情愫壓下。

孟如韞心裡陡然生出許多不捨，她握住陸明時的手，抬眼望著他。

陸明時眉目如畫，神情溫柔，眼中含著三分愁緒七分笑意，靜靜任她握著。

青鴿在院子裡抓貓，聲音遠遠傳過來，反倒襯得此處更加安靜，兩人像獨處在一方無人相擾的小天地中。

「子夙哥哥。」孟如韞喚了他一聲，心跳也微微加快。

陸明時低低應了，若有若無，像一陣細風拂面而過，望著她的眼神卻更加深沈，像是在等待什麼，蠱惑什麼。

孟如韞輕輕吁了口氣，扶著陸明時的胳膊踮起腳，靠近了他，屏著呼吸，小心翼翼地貼過去。

一個吻，如落花拂面，一觸即離，落在了他的嘴唇上。

「我……等你回來。」

陸明時環著她的腰將她摟進懷裡，側臉蹭過她赧紅的面頰，啞聲在她耳邊嘆息道：「不忍苦卿久候。」

第三十三章

陸明時帶陳芳跡去了阜陽後，孟如韞近些時日很少出門，窩在院子裡繼續寫《大周通紀》。

陸明時偶爾會有書信寄給她，與她講臨京外的山水風物，也偶爾慨嘆流民之多。臨京以外，許多地方並不太平，守備鬆懈的地方常有流民糾集成山匪作亂，孟如韞有些擔心，時常盼著他寫信回來報個平安。

轉眼到了八月，自上次將山參託江靈送還之後，江洵好長時日再沒來打擾。據江靈說，是因為他被幾個以沈元思為首的紈袴子弟攛掇進青樓時，恰好撞見了他爹江守誠。江守誠在同僚面前失了面子，回家後大發脾氣，責令他閉門抄書兩個月，除了官學府，哪裡都不准去。

聽見沈元思的名字，孟如韞就知道這事跟陸明時脫不了干係。他人在阜陽，還不忘把手伸到臨京找江洵的晦氣，孟如韞好氣又好笑，在心裡暗暗同情了江洵一番。

程鶴年與遲首輔的女兒訂親後，胡氏的如意算盤落空，終於不再折騰江靈學些大家閨秀的作派。江靈空閒時也常來孟如韞的風竹院小坐，她這裡無人打擾，十分清靜，又有許多千奇百怪的書。

上次她磕磕絆絆讀完幾本傳記後，覺得十分喜歡，彷彿窺見一方有趣的新天地，食髓知味地又借了幾本，有不明白的地方便來向孟如韞請教。孟如韞講得繪聲繪色，又能旁徵博引，竟比書中還要精彩。漸漸地，江靈認識的字越來越多，句讀也越來越流暢，讀書不囿於傳奇傳記，也慢慢開始讀一些有深度的論理雜談。

這日，江靈又來風竹院找她，除了借書之外，邀她過幾日出府遊玩。

「長公主要在極樂寺辦秋宴，邀京中貴女去賞菊禮佛。這可是難得能光明正大遊玩的好機會，我也收到了請柬，阿韞，要不要同我一起去？」江靈高興地將請柬給孟如韞看。

這是近距離接觸長公主的好機會，對她蒐集《大周通紀》的素材很有幫助，孟如韞頗為心動。「我也能去嗎？」

江靈說道：「一張請柬能進兩個人，到時候我不帶侍女就可以了。」

於是孟如韞一口答應了下來。

秋宴那天，孟如韞與江靈同乘一輛馬車前往極樂寺。寺前的大道上擠滿了裝飾華麗的車轎，今日前來赴宴的人大都身分貴重，江靈怕再往前衝撞別人，於是遠遠就將馬車停下，與孟如韞步行前往極樂寺。

極樂寺氣勢恢宏，寺門前有八十一級石階，她們兩人爬完後累得微微喘氣，正欲停下腳步歇息，身後傳來讓她們避讓的呼喝聲。

孟如韞一回頭，見一頂八人抬的金頂紅圍軟轎穩穩當當地迎上來。抬轎的八人皆身著黑色勁裝，蜂腰猿背，目光如炬，軟轎四周垂著紗幔，隱約可見轎中端坐著一窈窕女子。

孟如韞忙拉著江靈往旁邊避讓，待轎子路過後才抬起頭來仔細端詳。

江靈好奇道：「此人好大的氣派，連尚書家的女眷都要將轎子停在寺外，她竟能坐八抬轎進去。」

孟如韞思索著說道：「這位大概就是修平公主吧。」

轎子上鑲刻青鸞，說明是位公主。如今大周的成年公主基本都已出嫁，唯有皇后嫡出的修平公主尚未婚配，聽說與長公主關係不錯，今日很有可能也來赴宴。

「原來是公主，怪不得，」江靈暗中咋舌。「好威風啊。」

她們進了極樂寺，入門便見甬道旁擺滿了盛放的各色菊花，微風拂過，滿面清香。沿著甬道過兩重拱門，佛壇前菊花種類更盛，有綠牡丹、千頭鳳、墨色杭菊等，名貴的品種旁立著侍女照看。除了尋常難見的菊花外，極樂寺中還有舞樂和素齋，貴女們三三兩兩遊樂其中，等到巳時一到，同往大雄寶殿拜會長公主。

江靈是正五品太常寺主簿之女，門第並不高，若非她名聲不錯，甚至沒有資格收長公主的請柬。因此她與孟如韞只能坐在大殿門口較遠的位置，同眾名門貴女一同向長公主見禮。

孟如韞只能望見大雄寶殿供奉著幾尊金身大佛，長公主趺坐在佛像下的蒲團上，著一身天青色的素紗禪衣，烏髮綰成單環高髻，裝扮素雅，通身從容氣派卻令人望而心折。

她令侍女為眾人送上製香的香器。江靈對著銅盤裡精緻的香爐香押香勺等暗暗咋舌，求助地看向孟如韞，孟如韞也輕輕搖頭。

長公主的聲音在上方不疾不徐地響起。「皇室儀典，為萬民德禮之先，本宮居青鸞之首，有為大周女子表率之責。今日秋宴，除賞菊、宴遊、拜佛之外，另設有製香雅事，諸位可以此時心境為題打香篆。半個時辰後，本宮將與無咎大師一同品鑑，佳品巧思，皆有重賞。」

殿中貴女們聞言齊齊一拜。「謝長公主。」

製香確實是雅事，且不論香粉價格昂貴，單是這打香篆用的精巧銀器，就非尋常人家可用。江夫人胡氏雖也有望女成鳳的心思，可畢竟出身小門小戶，對這等所費不貲的雅事一竅不通，也沒給江靈請過老師。

江靈不會，孟如韞也不會，兩人大眼瞪小眼，一時有些尷尬。

周遭傳來竊竊的笑聲。江靈認得那人，是禮部左侍郎家的女兒蘇萬眉，與她有些過節，平日裡處處比不過她，如今得了機會便開始肆意嘲笑，若不是長公主壓坐殿首，恨不能喊眾人一起來圍觀她們兩人的窘迫。

她朝著江靈無聲張嘴道：「小門小戶，丟人顯眼。」

然而殿中寂靜，她的笑聲仍然引起了長公主的注意，蕭漪瀾的目光落在這邊，只一眼，就明白了狀況。

江靈咬著嘴唇，氣得眼眶通紅，正糾結著要不要告罪退出，正此時，孟如韞輕輕咳了一聲。

她慢慢打開盛放香粉的小罐，用銀勺從中舀出香粉，放在小銀碟裡，並以眼神示意江靈跟著她做。江靈見狀忙抹了抹眼睛，也學著她的樣子一步一步做起來。

孟如韞的眼神在周圍姑娘手中遊走。她們製香的速度不同，她很快就判斷出了幾個步驟的順序。她的目光瞥來瞥去，偶爾與蕭漪瀾對上，微微垂眼以示恭敬，卻毫無躲閃拘謹之態，在蕭漪瀾的眼皮子底下從容地照貓畫虎。

蕭漪瀾低聲問侍立身旁的女官紅纓。「那是誰家的姑娘？」

紅纓早已將今日來客熟記於心，低聲回道：「東側的姑娘是太常寺江主簿之女。西側的姑娘與她同行，不是婢女，也不是庶姊妹，想必是寄居家中的異姓遠親。」

蕭漪瀾點了點頭。

打香篆是將不同的香粉混合後壓製成特殊的樣式，好的香篆可以既作為工藝品觀賞，也可以點燃後觀其煙，或疾或徐，或曲或直，其中有很多的講究和意趣，非一日之功可以有所成。

孟如韞臨時抱佛腳，只能抄來打香篆的步驟，但如何調配不同香粉之間的比例和形態，她抄不來也不能抄，只能用手指撚了不同的香粉，一邊冷嗅一邊琢磨，還要分神低聲指導江靈。

半個時辰過得很快，蘇萬眉早早打好了香篆，便等著看江靈的笑話。江靈心裡又恨又急，手上卻不敢怠慢，聽著孟如韞的指示，小心翼翼將香粉壓製成形。

計時的水漏滴完，紅纓敲響小銅鐘，諸女郎將製好的香篆擺放到長檯上，靜靜等著長公主賞評。

蕭漪瀾扶著紅纓的手從蒲團上起身，無咎和尚跟在她側後方，與她品鑑討論長檯上的香篆。

這些世家貴女們心靈手巧，涵養極高，能徒手壓出繁複的形制，有蓮花、金菊、祥雲、松、鶴等不同的形狀，手藝之高妙，不比大師遜色。

在一眾精緻的香篆中，蕭漪瀾一眼就瞧見了孟如韞與江靈兩人的成品。江靈壓成了「一」字，孟如韞的形狀稍微複雜一點，壓成了螺旋圓盤狀，在一排藝術品中，笨拙得十分醒目。

蕭漪瀾一笑，指著這兩個香篆問道：「此意何解？」

江靈聞言一驚，求助地看向孟如韞。孟如韞從蒲團上起身，上前行禮，解釋道：「回殿下，此形為『一』，彼形為圓。」

「本宮認得。然後呢，有何深意？」

「『一』乃數字之首，文字之始，德禮分化，皆自『一』起。儒釋道三教各自有主張，然皆以『一』為發源之本。儒家講仁『一以貫之』，佛家講頓悟『一念成佛』，道家講造化『一生萬物』，故『一』為至大、至元、至尊之意。」說到這裡，孟如韞頓了頓，與蕭漪瀾對視，謙遜一笑，又說道：「當然，『一』也為至簡之意，小兒學文先認『一』字，數數兒先數『一』個。我家表姊並不精於此道，願效小兒，以至簡之形，奉以至尊之殿下。」

這番話說得又能唬人，又足夠真摯。孟如韞聲音溫和柔靜，娓娓道來，蕭漪瀾明知她在胡扯，卻聽得興致盎然，又指著她做的圓盤狀香篆問道：「那此圓又作何解？莫非也有什麼人倫序禮之說？」

孟如韞溫聲道：「圓在佛法中又稱『無漏』，是無上覺悟之意。佛法無邊，殿下與無咎大師面前，小女子不敢賣弄清談，做此螺旋圓狀，主要是因為它能拿起，方便支撐。」

「哦？能拿起來？」蕭漪瀾頗有些驚奇。

尋常的香篆只能平鋪在香爐中，越精巧的形態就越容易碎裂。但孟如韞卻說她打的香篆能拿起來。

只見她伸出拇指和食指，將平鋪在香爐中的香篆慢慢捏起，那一圈圈螺紋圓狀的香篆穩穩地立在空中，展現在眾人面前。

孟如韞隨手從佛龕前的香爐中取來一炷香燃盡的木棒，對折，然後將手中的香篆穩穩地支在上面。

第三十四章

姑娘們紛紛小聲驚嘆，旁觀許久的修平公主蕭荔丹輕輕嗤笑一聲，說道：「不過是為了藏拙而使出的旁門左道罷了。方才製香篆的時候，妳倆就在東張西望現學現賣，這一個『一』字，一個圓狀，不過就是簡單易做，毫無美感可言。任妳巧言如簧，本宮也瞧不出什麼妙處來。」

修平公主蕭荔丹的製香手藝在臨京數一數二，她也參與了此次打香篆，自然不甘心風頭被兩個什麼都不會的小丫頭搶去。

孟如韞面上毫無羞窘，低眉順眼卻十分從容。「殿下所言甚是。我與表姊不擅此道，今日能有進悟，殿中諸位皆為吾師。」

她不卑不亢，不疾不徐，令蕭荔丹的話彷彿一拳打在了棉花上。

「那妳應當明白，香篆之道，形態為其表，香味為其裡。妳在形狀上可以用伎倆，但是味道上卻不能走捷徑。」蕭荔丹對蕭漪瀾道：「小姑姑，賞評香篆可不能乾巴巴地看，對吧？」

蕭漪瀾笑了笑，對紅纓道：「去將香篆都點上吧。」

紅纓命人取來火引，將長檯上的一排香篆依次點燃，一時間，大雄寶殿中香氣繚繞，不同形態的煙霧徐徐升起，有如花開百態，芳綻萬枝。

蕭漪瀾對無咎大師道：「大師請。」

無咎大師雙手合十，謙道：「殿下先請。」

蕭漪瀾對蕭荔丹道：「修平，妳也一起來吧。」

她們三人沿著長檯依次緩行，紅纓用手輕輕將煙霧搧至蕭漪瀾面前讓她賞聞。

這些香篆的味道與其形態很般配，雖然有的清甜有的醇厚，但都香得十分婉約精緻，頗有閨閣秀氣。在這些作品中，以修平公主蕭荔丹的香篆最為巧思，她以沉水香為底香，輔以甘松、香茸，初聞清透，後勁馥郁，留香百轉。

「修平的技藝越發嫻熟了。」蕭漪瀾讚道。

蕭荔丹頗有些得意。「謝小姑姑。」

然而待她們慢慢走近孟如韞的作品，隔著幾步遠就聞見一股清苦的味道，將周遭數十種香篆的味道狠狠壓住了。

那味道清中帶苦，濃而不重，卻十分霸道，飄入鼻中，直衝心肺。蕭漪瀾微微皺眉，蕭荔丹則直接掩鼻咳嗽起來，罵道：「臭死了！來人，快端走扔出去！」

聞言，孟如韞周圍的貴女們也紛紛掩鼻，竊笑著打量她，彷彿散發味道的不是她打的香篆，而是她這個人。

蕭漪瀾一個眼神喝止住正欲上前將香篆扔出去的侍女，走近幾步，又仔細聞了聞那味道，轉頭問無咎和尚。「大師覺得此香如何？」

無咎和尚捻著佛珠笑了笑，緩聲道：「此香大拙，大樸，大澈。」

蕭荔丹不通佛法，聽見「拙」、「樸」等字，只覺得十分鄙陋，好笑地瞥了眼孟如韞，卻見她垂眼端坐蒲團上，無喜無怒，彷彿說的不是她。

蕭荔丹聽不出好賴，但蕭漪瀾卻明白無咎和尚這句評價很高。她又細細體會了一番香味，然後喚孟如韞上前來。「本宮第一次聞見這種香，煩妳解釋一番。」

孟如韞盈盈一拜，溫聲道：「此香主要以銀丹草粉、金菊碎粉、白菊碎粉混合而成，這三種香粉價廉易得，香味突出，有驅蟲避蚊之效。」

蕭漪瀾問道：「別人都以清雅為香道，為何偏妳與眾不同？」

孟如韞答道：「小女子家貧才陋，徒學人清雅，有如東施效顰，倒不如另闢蹊徑。小女子曾在道觀中小住，觀中夏季多蚊蟲，道士們常將銀丹草、菊花粉等添入油燈中，既可驅蟲避蚊，也可明心醒目。方才製香時，小女子見香料中有這幾種材料，所以有感而發，製成此香。」

「原來靈感來自道家。」蕭漪瀾笑吟吟地打趣無咎和尚。「大師也能品得來道家之香嗎？」

「阿彌陀佛。」無咎大師說道：「誠如姑娘此前所言，『一』為萬教之宗，至拙至樸之初，萬宗萬教大同。此香雖為道士所創，佛門中人亦有所悟。」

「看來無咎大師很喜歡這香。」

無咎大師說道：「此香清心驅蟲，價廉易得，非王侯世家獨享，尋常百姓也用得起。且無須香爐之費，隨處可放置，惠及萬民，此乃大善。」

孟如韞聞言，朝無咎大師遙遙一拜，無咎大師笑咪咪地回拜。

蕭漪瀾拊掌而笑。「好一個『大善』。一個不通香道之人，竟能得您如此高的稱讚，真是個妙人。可見勤能補拙，而巧能掩拙。」她轉而問孟如韞。「此香可有名字？」

孟如韞道：「尚無，請殿下賜名。」

蕭漪瀾想了想，忽然一笑。「此香霸道，又以菊花為原料，便叫『百花殺』，如何？」待到秋來九月八，我花開後百花殺。沖天香陣透長安，滿城盡帶黃金甲。

孟如韞心中一震，又是一拜。「謝殿下賜名。」

這下，殿中通佛法的不通佛法的，都能聽出長公主殿下對此香評價極高。有的詫異有的驚愕，但天大的不服氣，也不敢當著長公主的面置喙，只能私下互相交換眼色。

「妳到本宮身邊來。」蕭漪瀾衝孟如韞招手。孟如韞走過去，紅纓拿來一個新蒲團放在蕭漪瀾身邊，孟如韞屈膝趺坐其上。

「妳叫什麼名字？」

孟如韞回答道：「小女子姓孟，名如韞，是太常寺主簿家的遠房表親。」

「可曾婚配？」

「尚未。」

「可願入我長公主府隨侍幾年？」

聞言，孟如韞驀然抬眼，從容不驚的表情終於有了變化。

不只是她，殿中諸女也是一片譁然。

作為先太后唯一的女兒，當今聖上唯一的親妹妹，長公主蕭漪瀾地位之尊貴，不亞於天子之於朝臣。尋常女子若能得她幾句誇讚，不愁在臨京沒有賢名；若能得長公主幾分親近，更如大旱之得雲霓，足以使其在閨中揚名，在夫家立足持家。

長公主身邊侍女並非是什麼人都可以做的。她身邊的紫蘇、紅纓兩位女官，是永寧侯府、伯襄侯府的嫡系女兒，當年經明德太后親自選入宮中，以郡主的規格培養長大。在長公主身邊做女官，地位比尋常親王府的伴讀還要高一些。

她孟如韞不過是一介五品閒官的遠房表親，有什麼資格入昭隆長公主府，隨侍在長公主身側？

蘇萬眉在底下嘴都快氣歪了，蕭荔丹第一個站出來反對。「小姑姑，此女出身鄙陋，心思狡黠，她明明對製香一竅不通，您這樣抬舉她，未免太不公平了。」

蕭漪瀾笑了笑。「誠然，孟姑娘於製香一道沒什麼出息，可本宮喜歡這姑娘。」她瞥了眼大雄寶殿中神色各異的眾人，對紅纓說道：「單論香篆，當以修平的綢樂香與蘇萬眉的雁回香更出眾，將本宮那兩盆一品墨菊賞給她們吧！」

除此之外，她又點了幾家姑娘，賞賜了不同品種的菊花。殿中諸女紛紛拜謝恩賞。

待賞完眾人，蕭漪瀾看向孟如韞。「孟姑娘，考慮得如何了？」

「小女子……」孟如韞壓下胸腔中有如擂鼓的心跳，定了定神，朝蕭漪瀾鄭重稽首一拜，沈聲應道：「願隨侍殿下身側。」

直到走出極樂寺，孟如韞仍然心有恍惚。

江靈比她更激動，一登上馬車就緊緊拉住了孟如韞的手。「阿韞，妳要有大造化了！」

孟如韞笑了笑，抬手掀開窗前的帷簾，望著雲煙繚繞的極樂寺出神。

隨侍長公主身側，會是造化嗎？

江靈的語氣裡藏不住興奮。「長公主是陛下的親妹妹，先明德太后唯一的女兒，比皇后的地位尊貴。且不說日後有她給妳撐腰，別人必不敢欺負妳，單是在長公主身邊長的見識，也是那些狗眼看人低的貴女比不了的。有長公主給妳作保，日後妳連王孫公子也嫁得！」

「那可真是太好了。」孟如韞笑了笑。但她心裡想的事與江靈不同。

根據前世所知，長公主蕭漪瀾最終會登基稱帝。入長公主府隨侍，她貪圖的並不是姻緣婚嫁上的好處，倘若有幸從龍，她更希望能在閨閣之外有所作為。

譬如未來能以官修之身完成《大周通紀》，使之傳揚世間。譬如能輔助新帝，得覽群臣章奏，拜入館閣……

思及此，孟如韞不敢再深想，可蟄伏的野心一旦被喚醒就難以沈寂，她覺得血液跟隨飛快的心跳在身體裡奔湧。她放下窗邊的帷簾，輕輕吁了一口氣。

江家上下很快得知了孟如韞將去長公主身邊隨侍。江守誠又喜又憂，喜的是她得貴人指點，日後能謀個好姻緣；憂的是她身分本該避人耳目，怕被有心人探知，給她帶來災禍。

江夫人胡氏則是忿恨居多，陰陽怪氣道：「跟著靈兒去赴個宴就能得長公主青眼，要是哪天有幸入宮，說不定就位居四妃了。妳究竟是有什麼好手段，能讓長公主殿下越過靈兒，一眼看見了妳？」

江靈怕爹娘誤會她，忙將今日在極樂寺裡的情形複述了一遍，為孟如韞分辯道：「我哪懂製香，今日多虧了阿韞為我解圍，否則我早就被當場趕出去，成為臨京貴女們口中的笑話了！長公主喜歡阿韞，是阿韞自己有能耐，若換了我……我只有給咱家丟臉的分兒！」

孟如韞不是江家的庶女，胡氏除了眼紅幾句，並不能拿她怎樣。她說什麼，孟如韞也不回嘴，只眉恭目順地聽著，直到胡氏自己都覺得沒意思，甩袖拎著江靈回房去了。

見眾人離開，一直坐在角落沒吱聲的江洵走到了孟如韞面前，神態欲言又止。

「表哥。」孟如韞微笑著同他見禮。

「旁人都在恭喜表妹，可我並不認為這是什麼好事。」江洵低低嘆了口氣。「表妹……能回拒長公主嗎？」

孟如韞驚訝地挑了挑眉。「表哥何出此言？」

江洵抿了抿嘴唇，說道：「表妹到了長公主身邊，再風光也是為奴為婢，哪有在府中做小姐舒坦？妳若是想謀個好夫家，我可以稟明母親，我想——」

「表哥，」孟如韞打斷了他，面上仍是笑盈盈的。「魚鳶各有所樂，表哥不必為我費心。」

「為什麼？妳在家裡住得不開心嗎？是缺吃少穿還是有人欺負妳，妳告訴我，我給妳撐腰。」江洵說道。

孟如韞輕輕搖頭。「江家待我很好，但絕不會是我以後的歸宿，所以表哥無須為我多勞心神。」

「可是我——」

「我的話說得還不夠明白嗎？」孟如韞依舊溫和柔煦，不緊不慢道：「我在江家過得很好，去長公主府也會過得很好。從前往後，都不需要表哥多加照拂。」

江洵的臉色白了白，垂下眼睛不敢再看她，半晌低聲道：「我明白表妹的意思了……」

孟如韞一笑。「如此便好，天色已晚，我先回了。」

她行至院門處，江洵突然又叫住了她。她回頭相望，見他喘息不定，手心鬆了又緊。

「表妹去了殿下身邊，一定要照顧好自己，莫要摻和與己無關的事。我只希望，妳能平平安安地回來。」

孟如韞道：「多謝表哥。」

第三十五章

她回到風竹院時，青鴿已經將她的行李收拾好，正坐在燈下發呆，不知想到了什麼，悄悄抹著眼淚。

「喲，這是怕我去了長公主府錢不夠花，連夜給我趕一盆金豆子出來呀？」

青鴿見孟如韞回來，忙把眼睛一抹，哼了一聲，轉過身去不理她。

孟如韞湊過去。「是氣我去長公主府不帶妳嗎？」

青鴿低著頭不說話，有些委屈地咬著嘴唇。孟如韞便知自己猜對了，拉過青鴿的手輕輕握著。

青鴿年紀比她小，具體小幾歲，連青鴿自己都不記得。當年，她逃難到鹿雲觀被江夫人撿到時，還是小小的一團，面黃肌瘦，父母將最後一塊窩頭給了她，餓死在臨京城外的死人堆裡。她不記得自己的故鄉，也忘記了自己的姓氏，只知道父母叫她「青鴿」。

江夫人見她可憐又乖巧，下山找到了她父母的屍體，使他們入土為安，將她收留在身邊，名義上是婢女，尋常卻當半個女兒看待。

孟如韞自幼身體不好，道觀清苦，很多活兒都是青鴿幫著江夫人一起做。她握著青鴿的手，摸著她手心裡厚厚的繭子，想起往昔她揮著大斧頭劈柴時的情形，心裡軟成一片。

青鴿跟在她身邊這麼多年，從未與她分開過。

孟如韞對青鴿說道：「長公主府規矩多，不是想去就能去的。妳先帶著捕快到寶兒姊姊那裡住一段時間，等我在長公主府安頓好，同殿下討個恩典，就將妳也接過去，同我一起住，好不好？」

青鴿抹了把眼淚。「真的？」

孟如韞兩眼彎彎。「我何時騙過妳？」

青鴿重重點了點頭。「那我聽妳的，我去找寶兒姊姊！」

安頓好家中的一切，第二天，長公主府就派了人來接孟如韞。馬車的規制不高，但因為是昭隆長公主府的徽記，路上行人車馬紛紛避讓。

昭隆長公主府正門前立著一座五開的牌坊，孟如韞遠遠看了一眼，見上面寫著「昭恩隆德」四個大字。牌坊後是長公主府的朱漆正門，正門兩側分立著兩座石麒麟，望去金碧輝煌，炫目威嚴。

他們只遠遠望了一眼正門，然後，馬車駛入旁邊小巷，自東側角門進入了長公主府。早有侍女在等著她，接過她的行李翻了翻，見裡面只有幾本書冊，沒說什麼，將她帶去了一處院子裡。

院子十分開闊，設有花廊、小池、假山、鞦韆，正廳比她在江家住的院子都大，裡面以屏風、花窗相隔，處處機巧，博古架上擺滿了精緻的玉擺件。自正廳穿過連廊是主居內室，放著一張數尺寬的拔步床，另設有妝鏡、小榻、貴妃椅等。內室連著浴室，放著寬大的木盆，木盆裡已提前放好熱水，撒滿花瓣。

那侍女說道：「此處為碧游院，離殿下的住處不遠。以後您就住在這裡，待姑娘梳洗完畢，我帶您去拜見殿下。」

「這院子只有我自己住嗎？」孟如韞問。

侍女回答道：「是殿下特意吩咐的。」

孟如韞洗澡沐髮，換上府中女官規制的衣服，有侍女為她梳妝綰髮，然後帶她去見長公主。

侍女走在前，孟如韞跟在後，經過一處迴廊時見幾人迎面而來，侍女避側行禮。

「青衿姑娘？妳怎麼在這兒？」

碰見的不是別人，正是寶津樓裡的紫蘇。她見著孟如韞頗為驚訝，看了那侍女一眼，侍女答道：「這位就是殿下請來府中的江姑娘。」

「妳是江家的女兒？當初怎麼……」

孟如韞答道：「小女子姓孟，名如韞，是江家的表親。」

紫蘇點點頭，面上仍有疑惑，此處也不方便再問。「殿下此時正在書閣聽講學，快些過去吧。」

這座拂雲書閣是霍弋命人新修繕的，上下共有五層，除藏書外，更有休憩講學之所。蕭漪瀾聽聞孟如韞已等在外面，就讓她一同進去旁聽講學。

此次來講學的是翰林院侍講伍鳳清。長公主坐在主案，他坐在側案，正在講《論語》，見孟如韞進來，走到他對面的側案旁坐定，明顯變了臉色。

「殿下這是何意？」

坐在上首的蕭漪瀾瞥了他一眼。「伍侍講有話要說？」

伍鳳清冷聲道：「陛下讓我來給殿下講學，是天子賞賜，殿下竟然讓府中女官同聽，豈非亂了綱常規矩？夫子言君臣無禮，如衣不蔽體，此是野人之舉，望殿下三思！」

蕭漪瀾喜怒不顯，說道：「可聖人也說，學不辯則不精，文專行則空乏。我府中女官並非不識字的白丁，我叫她來，是為了同伍侍講探討文理，精深奧義。」

「您說，讓一個婢女來同我探討學理？」伍鳳清彷彿受了侮辱，從案前起身，朝蕭漪瀾一拜。「殿下，恕臣不願受此折辱。」

蕭漪瀾望向孟如韞。孟如韞與她對視，明白了她的意思，大概是長公主聽伍鳳清講學聽得不耐煩，要尋個由頭將他氣走；恰巧自己來拜見，又能藉此試一試深淺。

於是孟如韞起身離開側案，行至殿中，朝蕭漪瀾一拜，又朝伍鳳清一拜，對伍鳳清說道：「侍講此言未免狹隘。聖人居杏壇，有賢人七十，弟子三千，凡有志求學者，無論老少貴賤，兼收並蓄，皆可旁聽，此為聖人之『學道』。侍講修的是儒學，講的是《論語》，當明此理。」

伍鳳清斜眼睨她。「妳一短見婦人懂什麼，讀了兩頁死書便來搬弄饒舌，豈不知時移勢易，難道聖人乘牛車遊學，也要當朝大儒乘牛車遊學嗎？今朝大儒當愛惜羽毛，哪有不分貴賤兼收並蓄之說？」

「自然有。」

「必是欺世盜名宵小之徒！」

孟如韞微微一笑。「伍侍講難道沒聽說過韓士杞老先生？」

伍鳳清聞言一噎，面色瞬間漲得通紅。

韓士杞在大周朝士林中的地位不亞於曾經的孔聖人之於魯國。他少時便以才學聞名鄉里，隨侍在武帝身邊，輔佐武帝登基後，整治吏治，安撫朝政，一改君昏臣亂之庸政；又開創文學新風，學理新路，一斥向來奢靡雜墜之學氣。最重要的是，他於武帝末年力排世家，開科舉選士之制，使天下寒門讀書人有了進入仕途的路徑，被讀書人奉為大周士林之首。

韓士杞輔佐武、仁兩帝，周仁帝去世前欲將國政託給明德皇后，擔心韓士杞帶頭阻撓，於是恩封他為一品國師，又命他致仕養老。韓老先生退居阜陽後，不再問朝政，而是專心治學，廣收門徒，凡好學者無論老幼貧富，皆可旁聽其講學。

「伍侍講的意思難道是韓老先生不吝賜教之舉，實為沽名釣譽之行，而您敝帚自珍之作，卻乃愛惜羽毛之為？」

單聽她的聲音，不疾不徐，語調謙遜，然而說出的話卻堵得伍鳳清啞口無言。

他再怎麼狂妄，也不敢詆毀韓士杞。他乃宣成帝八年進士出身，他的座主是兵部尚書錢兆松，他老人家是韓老先生的關門弟子，伍鳳清可不敢罵到師祖頭上去。

伍鳳清下意識看了眼蕭漪瀾，蕭漪瀾靜靜聽著，面上沒什麼表情，好像誰也不偏向。

伍鳳清解釋道：「聖人此舉是悲憫世人，是大情懷，自然無錯。可世人大多愚鈍，實際不配聽大儒講學，連聖人都曾說過，『民可使由之，不可使知之』，這句話想必妳沒有聽過。」

「若我沒記錯，此言出自〈論語・泰伯〉。」

「是又如何？」

孟如韞清了清嗓子。「不巧，對於此言，小女子與伍侍講的理解不同。」

「哼，妳能有什麼見解？」

「侍講的意思是，可以讓世人聽從主政者，不可以讓世人明白主政者所想。此政乃愚民之政，與聖人所行相悖，小女子認為此為誤解。」孟如韞一頓，又接著道：「此句還有另一種解釋。對於詩禮樂，如果世人能夠認可，就任憑他們自行發展，如果世人不認可不理解，就教化世人，使其知詩、懂禮、明樂。愚民安世乃是黃老之學的主張，本朝早已摒棄，聖儒所言『民可使由之，不可使知之』，反而是其施行德政，啟發民智的主張。」

伍鳳清聞言，愣在原地，似驚似悟，嘴動了動，下意識想反駁，支吾了半天，質問道：「妳此言有何憑據，莫非是自己杜撰……」

孟如韞道：「此說並非我杜撰。韓老先生在其論集《雲水雜論》中有完整的考據與論述，翰林院中應收有此書，侍講回去一讀便知。哦，對了，您的上司翰林掌院學士韋明箇好像也頗為贊同此說，曾寫文章相附和。」她笑吟吟地問道：「伍大人可還有不解之處？」

「妳與韓老先生是何關係，為何如此清楚……」

伍鳳清驚疑不定地打量著她，心裡懷疑她莫不是韓老先生的孫女，長公主特地請來給他難堪的？

孟如韞道：「有幸聽過韓老先生講學，是他老人家兼收並蓄中的平庸之輩而已。只是沒想到我有資格旁聽韓老先生，卻沒資格聽伍侍講。」

她說得雲淡風輕，伍鳳清神情更加五彩斑斕，似愧似窘。

孟如韞望了一眼蕭漪瀾，見她微微頷首，於是向伍鳳清一揖，轉身回到側案前重新坐定。

蕭漪瀾問伍鳳清。「伍侍講還有何指教嗎？」

伍鳳清抬起袖子抹了抹額上的冷汗，躬身對蕭漪瀾道：「微臣才疏學淺，奉命來長公主府講學，不敢託大，今日時辰已到，殿下若無吩咐，就到此為止吧。」

蕭漪瀾一笑。「就依侍講。」

伍鳳清躬身往殿外退，退至門檻時，蕭漪瀾卻又突然叫住了他。「等等。」

「殿下還有何吩咐？」

蕭漪瀾指著孟如韞問他。「本宮的女官，可是短見婦人？」

伍鳳清答道：「姑娘學富五車，見識卓越，微臣自愧弗如。」

「那伍侍講該為自己的狂妄之言道歉。」

伍鳳清聞言僵在原地，直到蕭漪瀾面上神色越來越冷，才回身朝孟如韞一揖，顫聲道：「姑娘高才，是我有眼無珠，還望姑娘海涵。」

孟如韞從容回禮。「侍講過謙。」

蕭漪瀾神色見緩。「伍侍講請吧。」

送走了伍鳳清，殿中只剩下蕭漪瀾與孟如韞。蕭漪瀾朝她招手，溫聲道：「坐到本宮身邊來。」

孟如韞起身行至蕭漪瀾身側坐定。「謝殿下抬愛。」

「本宮可沒有抬妳。這伍鳳清在翰林院裡是出了名的無理講三分，今天換了別人，就不是抬愛，而是挨罵了。」蕭漪瀾道。

孟如韞低眉一笑。「他無理能講三分，我無理能講七分，必不給殿下丟人。聽伍侍講所言，應當是個重名不重實的人，所以只要抬出個有名望的，必能壓得他啞口無言。」

「妙也。」蕭漪瀾一樂，端詳著孟如韞。「昨日在極樂寺見妳時，本宮便知妳是聰明人，沒想到聰明之餘兼有八斗之才，倒也難得。」

聽出蕭漪瀾這是在委婉地查探自己的底細，孟如韞徐徐說道：「小女子曾是臨京詩書之家，父親早亡後，與母親避居道觀。閒來無事時，隨母親讀了幾本書，當不得殿下如此誇讚。」

這與蕭漪瀾昨日派人打聽到的事情倒是吻合。

她心裡十分喜歡孟如韞，於是就安排她白日到拂雲書閣當值。「既然喜歡讀書，那就留在書閣。本宮不來此處時，妳可隨意觀覽閣中藏書，筆墨紙硯隨妳取用，無人拘著妳，可好？」

孟如韞聞言，眼神一亮。「我真的能……」

蕭漪瀾點了點頭，孟如韞忙行大禮拜謝。「謝殿下恩典，小女子笨拙，不知能為殿下做些什麼？」

蕭漪瀾道：「適才本宮叫妳進來旁聽伍鳳清講經，本是為了找由頭把他氣走。翰林院裡有些老頑固，來我長公主府講經時，張口三從閉口四德，聽得本宮膩煩。」

孟如韞對此頗有深感。「士有百行，女唯四德，不怪殿下不愛聽。」

「是這個道理。」蕭漪瀾隨手翻著案桌上的論語。「非是本宮不求上進，本宮只是不好囫圇之學，不聽別有用心之講。妳留在書閣，替本宮摘錄先賢之言，去粗取精，集簡成冊，以供本宮翻閱，最好附以評述，如何？」

孟如韞聽完暗中咋舌，這可是太傅與帝師該幹的活兒，長公主也太看得起她了。

她深吸了一口氣，應承了下來。「小女子定勉力而為，不負殿下所託。」

蕭漪瀾望著她一笑。「妳膽子倒是不小。」

「啊？我……」

「不必緊張，膽子大是好事。」蕭漪瀾道：「本宮喜歡有野心的人。」

孟如韞聞言心中跳得飛快。

同孟如韞聊了一會兒後，蕭漪瀾就讓她回碧游院休息去了。紫蘇端著茶飲與點心走進書閣，蕭漪瀾捏起一塊鳳梨酥咬了一口，示意她打開壁畫浮雕後的機關。

一扇隱蔽的木門緩緩開啟，霍弋搖著輪椅從密室中出來。

「都聽清楚了？」蕭漪瀾問。

霍弋點點頭。「是殿下贏了。」

蕭漪瀾一挑眉。「那是自然，本宮可不常誇人聰明。」

她只誇過兩個人，除了孟如韞外，另一個是霍弋。不過當時，她說的是他「多智近妖」。

昨日她與霍弋說自己在外收了個聰明的女官時，他十分不以為然，所以才有了今日的賭約，賭孟如韞當不當得起霍弋以為的「聰明」二字。

「聽她聲音年紀不大，懂進退，知詩書，倒是有資格在您身邊侍奉。只是讓她選書講讀，是不是有點過了？」霍弋緩聲道。

紫蘇聞言驚訝出聲。「您讓她選書講讀？」

蕭漪瀾看向她。「怎麼，妳也有意見？」
「殿下可曾查探她的身分？此人曾隱姓埋名在寶津樓中待過一陣子，當時不覺有異，如今想來說不定是刻意為之。」
紫蘇將孟青衿當初如何入寶津樓做填詞先生，又如何假稱長公主府女官為官學府的學子出頭的事告訴了蕭漪瀾。
紫蘇說道：「當時您剛回京，怕被人探知寶津樓與您的關係，所以尋了個由頭將她解雇了，沒想到她今日又進了長公主府。殿下，我總覺得她是有意衝著您來的，您可要小心一些。」
蕭漪瀾聽完後思索了一會兒，說道：「她一個閨閣女子，若不想為人妻妾受人擺弄，能入我長公主府自然是最好的選擇。便是有心而來也無妨，她未曾做什麼不規矩的事。」
霍弋聞言緩緩皺眉。「殿下是不是太偏袒她了？」
蕭漪瀾看向他，揶揄道：「怎麼，你醋了？」
「殿下，」霍弋無奈地嘆了口氣。「您到底仔細查過她沒有？」
「昨天讓人打聽了一下。」蕭漪瀾端起茶盞慢悠悠飲了一口，說道：「她姓孟，名如韞，是太常寺主簿江守誠家的遠房表親，自幼跟隨母親避居鹿雲觀，長年……望之，你怎麼了？」
蕭漪瀾看向霍弋，只見他臉色唰地一片蒼白。

霍弋耳中嗡然如雷鳴，他懷疑是自己幻聽，緊緊攥著輪椅的輻軸，聲音中帶著壓不住的顫意。「您說她……叫什麼？」

蕭漪瀾打量著他，緩緩瞇了瞇眼，過了一會兒，輕聲道：「她姓孟，名如韞。」

第三十六章

亥時三刻，長公主府中燈火闌珊。

霍弋驀然從夢中驚醒。他才入睡不到半個時辰，已在夢魘中驚出了一身冷汗。他睜開赤紅的雙眼，過了許久，緩緩撐著床坐起來，搖了搖床邊的金鈴。

杜風推門而入。「少君是要起夜？」

「去浴室，打熱水來。」霍弋啞聲道。

水溫偏熱，灼得人皮膚發紅，霍弋將整個人都沈進去，這微燙的水溫反而使他冷靜下來。

許久之後，他從浴桶中探出頭來，靠在邊上合目喘息。

他又夢見了往事。那些往事久遠到像另一個人的故事，許多曲折本已漸漸模糊，唯有恨意刻骨如初。

適才短短一夢，那些細節也分外清楚地浮現在心頭。

他本不姓霍，他姓孟，名嵐光，是前國子監祭酒孟午的長子。

宣帝元年，十二月初，他的父親自裁於牢獄，他們在臨京別無生路，母親在京城細雋坊的孟府放了一把火，然後帶著十四歲的他與五歲的小妹從府中密道逃往臨安城外。

他們在城外遇到了流民糾集成的盜匪，那些人搶了口糧與錢財尚不滿足，又對母親見色起意。情急之中，他與母親分路而逃，他披著母親的外衣引開盜匪，一路拚命地跑，跑到了山崖邊，失足滾落到崖底。

他幸運地拽住了幾棵生在崖上的矮灌木借力緩衝，跌落崖底時崴了腳，其餘並無大礙。他在崖底發現了另一個不那麼幸運的人，屍體被野狗啃噬得只剩骨頭，屍體旁的包裹裡有路引和官府的文牒，才知道這是個上月進京趕考的舉人，名叫霍弋，與他年紀相差不大，家鄉遭災已無人。於是他冒用了霍弋的身分進京考試，考中了進士，入東宮為太子府少詹事。

這麼多年以來，他也曾派人往各地打探母親和妹妹的下落，命人畫了幾千幅帶女兒寡居的孀婦畫像，卻一點消息都沒探聽到。

他疑心她們已經被盜匪殺害，夢裡常見血淋淋的衣冠和幼女嘶啞的哭喊。嫻靜溫柔的母親、冰雪可愛的妹妹，在他的夢裡，當著他的面走進孟府沖天的火光裡，沒了聲息。

他用霍弋的身分活在世上，像一具行屍走肉在東宮周旋，尋找母親和妹妹的希望像一點零星的鬼火吊著他的魂，年復一年地漸漸熄滅。

他望著這了無生趣的世間，醉後也曾想要一死解脫。

直到他發現東宮太子與當年牽涉孟家的舊案有關係。

浴桶裡的水漸漸變涼，霍弋裸露的膝骨處傳來刺痛。他緩緩睜開眼，喚杜風進來服侍。

「幫我拿套衣服。」霍弋說道。

「這麼晚了，您還不休息嗎？」

「我出去走走。」

霍弋穿好衣服，沒讓杜風跟著，獨自搖著輪椅出了潯光院。路過的提燈侍女與巡夜護衛見了他紛紛行禮，霍弋恍若未見，靜靜地往前行，彷彿偌大的長公主府裡只剩下了他一人。

他穿過兩重花園，在孟如韞所住的碧游院外停下。

夜色已深，碧游院的院門緊緊關著，院內有照壁相隔，透不出一點燈火，只能聽見院中秋蟲唧唧作鳴，越發顯出人影稀落，院中寂靜。

會是她嗎……霍弋握在輪椅上的手漸漸捏緊，骨節由白泛青。

他還記得矜矜小時候的樣子。她生得玉雪可愛，嘴甜機靈，哄得全家人都溺愛她，剛會說話行走的年紀就顯出幾分驕矜跋扈的性子，要拿娘的胭脂塗牆，把爹的烏紗帽當馬騎，摟著他的脖子不撒手，非要隨他出府不可，去找那些世家的哥哥們玩。

他也曾幻想過矜矜長大後，他會有全京城最漂亮的妹妹。她的性格應該像幼時那般活潑大膽，或許性格驕矜一些，尋了夫家後不肯受氣；那也沒關係，有他這個做哥哥的在，她自然可以活得任性。

那畢竟是他的親妹妹，他以為會看著她從細聲啼哭的嬰兒慢慢長大的妹妹。

霍弋靠在輪椅上，望著碧游院的院門，無力地苦笑了一下。

今日在拂雲書閣的密室裡，他聽見的那個女孩子與他想像中的矜矜相去甚遠。

她從容鎮定地與伍鳳清應對論辯，面對譏諷、輕慢而無動於衷。她不卑不屈地接受殿下的恩賞，巧妙地討殿下歡心，彷彿早已熟稔於此。

她聰敏懂禮，如花解語。

一個人的脾氣性情很難在旦夕間大變，霍弋不敢想，倘若她真是矜矜，這些年究竟受過多少搓磨，才能長成這番玲瓏討喜的性子。

世上不會有那麼多的巧合，就算姓名偶然相同，可太常寺主簿江守誠是他和矜矜的舅舅，這一點總錯不了。

今日在拂雲書閣聽說了她的來歷後，霍弋總有一種不真實感。蕭漪瀾問他有何不妥，他什麼話也沒說，而後藉故回到書房，一個人靜靜地待著，像是無意識一樣，也不知做了什麼、想了什麼，天黑時如往常一般滅燈就寢。

碧游院距離潯光院不遠，但是整整一個白天，他都沒有勇氣去見她一面。

她如今長成了什麼模樣，是高是矮，是胖是瘦，是肖母親多一點，還是像父親多一些？

還想問問她母親的下落，她們這些年過得如何……

可是他沒有勇氣去見她，不知道該如何解釋自己已經棄姓更名為霍弋，也不知如何解釋自己這副殘缺之軀。

若她厭棄，他會不堪；若她痛惜，他會不忍。

所以躑躅許久，他只敢在夜深無人時，在她的院落前停一停。

子時更響，霜深夜重。

霍弋在碧游院前停了許久後，又悄無聲息地緩緩轉身離去。

只是此處畢竟是昭隆長公主府，他這番古怪的舉動，很快就傳進了蕭漪瀾的耳朵裡。報信的是個年輕俊秀的幕僚，向來不服氣霍弋的管教，以為昨夜窺見機密，忙添油加醋地來蕭漪瀾面前賣弄。蕭漪瀾樂得見他繪聲繪色地賣力解悶，只是事關孟如韞的清譽，她還是裝模作樣地敲打了他一番，讓他不可對外宣張。

然後她在書房裡看了半天奏報，卻始終未靜下心來。

霍弋半夜駐足碧游院……他到底是什麼意思呢？

他的身世蕭漪瀾早就派人查過，宜州漢陽郡人氏，家中世代清貧，遭了天災人禍，只剩他一個；跋涉進京考取功名，然後在臨京留了下來。沒聽他說起過還有什麼家人，莫非真是幼時青梅故交？

霍弋啊霍弋……

蕭漪瀾思慮許久，將奏報一合，喚了紅纓與紫蘇進來。

「我回來這麼久，咱們府上也沒好好熱鬧熱鬧。」蕭漪瀾說道：「妳們想聽折子戲嗎？」

紫蘇性子活潑一些。「殿下要請戲班子來？」

「如何？」

「那自然是好，我好久沒聽折子戲了！要請梅鳳苑的角兒來嗎？他家在臨京城內可是一絕。」紫蘇頗有些期待。

蕭潹瀾笑吟吟地答應。「好，依妳。」

紅纓問道：「不知殿下想聽什麼，我讓他們提早準備。」

蕭潹瀾想了想。「那就點一折《玉碎崑山》吧。」

紅纓、紫蘇很快將戲班子張羅進了長公主府。

搭臺唱戲那天，長公主府中眾人都前去觀看。蕭潹瀾坐在上首，特地邀了孟如韞坐在她右邊，而霍弋如往常一般坐在她的左手邊。

今日，蕭潹瀾似是不怎麼愛搭理他，只一味地與孟如韞說話，得知她很少聽折子戲，十分有耐心地與她講這臺戲的故事。「說是有個秀才遠走崑山考取功名，混得風生水起，娶了官家千金，不巧幼時訂了親的姑娘尋上門來。秀才不捨幼時情誼，又不敢被千金知曉，兩邊隱瞞周旋，想享那齊人之福。事情敗露後，幼時青梅當面摔碎了訂親玉珮，官家千金也同他和離，那秀才最後落得個雞飛蛋打的下場。」

戲臺上唱到「摔玉還情」那一段，只見花旦冷眉怒目，指著小生疾聲唱罵。「妾在家鄉守寡母盼郎回轉，怎知郎似秋風一去不回旋。移心別戀他鄉月你不敢明言，左顧來右又盼，欺舊瞞新太不堪。妾雖身卑識淺落糟糠，豈能委身薄情寡義負心郎，袖裡取出龍鳳配，來來來，你與新嫁娘添紅妝！」說著便將玉摔到了小生面前，引來臺下一片叫好聲。

府中侍女不敢這麼高聲呼喝，叫好的都是長公主府裡的幕僚先生。這些人是各大世家送來長公主府的族中子弟，個個年輕秀美，說得好聽點叫幕僚，其實與各皇子府中的側妃妾室無異，是預備給長公主殿下做面首的。

他們平日裡很少在蕭潞瀾面前露面，今日難得有機會親見長公主，都想引起她的注意。

霍弋微微皺眉，一個眼風掃過去，這些人頓時噤聲。

蕭潞瀾頭也不回地微微一笑。「望之，你別太掃興啊。」

霍弋一直側耳聽著她與孟如韞講話，聞言溫聲道：「沒想到殿下會對這個感興趣，竟然特意叫人來府裡演了這一齣。」

「本宮覺得唱得很好，怎麼，望之不喜歡？」

霍弋道：「只要殿下喜歡，沒有臣不喜歡的道理。」

蕭潞瀾一哂，落在戲臺上的目光頗有些嘲諷，似言戲裡，又似言戲外。「真是伶牙俐齒，不怪官家千金與幼時青梅都被他騙得團團轉。」

霍弋平日裡最擅長算計人心，可算計的都是權力的慾望與錢財的利益，從未在蕭潞瀾身上動過這種心思，今日心神又都悄悄落在孟如韞身上，竟一時未聽出她的話外之音。

可他聽不出來，不代表孟如韞聽不出來。

府裡的人對霍弋與長公主之間的關係都是一副心照不宣的態度，她自前世重生，自然也知道他們之間糾纏頗深。

殿下今日大張旗鼓地請了這齣戲，絕不會只是讓眾人圖一樂。什麼幼時青梅、官家千金、負心郎……孟如韞看了看自己，又看了看旁邊的蕭漪瀾與霍弋，想起前世自己死後，霍弋特地前來祭拜的舉動……

孟如韞心裡長長嘆了一口氣。

殿下心裡怕是有所誤會了。

她尚未搞清楚霍弋的來歷，舅舅對她提起臨京的許多故交，沒有一家姓霍。看霍弋的為人，也不像朝三暮四的多情種，他既對長公主有意，沒道理對自己還存著別樣的心思。

此人神神秘秘，古古怪怪。

孟如韞正想著要不要與長公主把話說清楚，蕭漪瀾自己先沒了聽戲的興致。

「貪財的貪財，好色的好色，竟也值得吹鑼打鼓攏臺開唱，無趣得很。」蕭漪瀾起身道：「你們繼續熱鬧吧，本宮乏了。」

「臣送您回去。」霍弋說道。

蕭漪瀾垂目掃了他一眼。「不必，你先顧好自己吧。」

霍弋遭了一記不輕不重的冷待後，終於意識到蕭漪瀾似乎在生氣。可他一時沒想明白自己做錯了什麼，微微愣神的工夫，她已帶人走出了戲閣。

孟如韞靜靜旁觀著一切，蕭漪瀾離開後不久，也匆忙起身告辭。

第三十七章

自孟如韞入長公主府後，蕭漪瀾一直待她不錯，給她的待遇遠超普通女官，常讓她在身邊隨侍，卻從不讓她做端茶送水等侍奉人的雜活，而是留她在書房掌筆墨、讀章奏，甚至選書講經、共議論理。閒時便放她去拂雲書閣，數萬藏書任她游閱，筆墨紙硯任她取用。

孟如韞很喜歡這種生活，也很珍惜長公主對她的信任。鬧了霍弋這一齣後，她隱隱擔心會被遷怒，然而接連幾日，蕭漪瀾對她態度未改，甚至因為同情與愧疚而對她更加親近。

倒楣的只有霍弋自己，經常正議著事，忽然就被蕭漪瀾不陰不陽地刺了幾句。

這日，他們在書房裡商議太湖秋汛成災的事，蕭漪瀾要寫摺子推薦幾位官員去太湖督賑，孟如韞在她身側一邊研墨一邊旁聽。

「往年太湖一帶都是春夏多澇，小六去巡堤還沒回來就出了這麼大秋汛，彈劾他的摺子快把大殿給淹了。」蕭漪瀾嘆了口氣。

霍弋問：「您為六殿下說情了？」

「說什麼情，讓他巡個堤巡成這樣，挨都察院罵是應該的。」蕭漪瀾冷哼一聲。「只是我不願見到有人再落井下石，災上加災，所以要推薦幾個人去太湖督賑，幫著小六把災民安撫好。」

「殿下想推薦誰去？」

蕭潃瀾想了想。「戶部度支司郎中蔡文茂，翰林院經筵講官何書遠。這兩人一個有才能，一個有民望，如何？」

「不可。」霍弋毫不猶豫地否決了蕭潃瀾的想法。

蕭潃瀾驚訝挑眉。「為何？」

霍弋說道：「這兩人是您的暗手，以後對您有大用處。蔡文茂能坐穩戶部度支司郎中的位置不容易，若是被遲令書發覺出他是您的人，恐怕日後在戶部會受排擠。」

「他為本宮做事，早晚會有這一天。」

「那也宜晚不宜早，殿下，好鋼要用在刀刃上。」

「現在的情形還不算刀刃嗎？」蕭潃瀾冷聲問道：「太湖秋汛若不能及時止損，小六首當其衝受責難。皇兄盛怒之下，他連親王之位都未必保得住，你讓他日後拿什麼同東宮爭？」

霍弋耐心地勸道：「有長公主府給他撐腰，他就算被貶為庶民，以後也會有翻身的機會。」

「呵，翻身？」蕭潃瀾冷笑出聲，望著他道：「霍弋，你當小六是什麼，當本宮是什麼，無心無肺、可以隨意拿捏的木偶嗎？這回本宮若不伸手，朝中更無人會幫他，你覺得小六會怎麼想，他心裡會不會難受？」

霍弋默然一瞬。「六殿下若想成大事，不可能總躲在您的庇護下。」

「我只問你一句，霍弋，」蕭漪瀾輕輕扣著青玉案。「你心裡到底有沒有當他是未來的主君敬重？」

「臣入長公主府時就說過，臣的主君，唯殿下您一人。」霍弋一字一句回答道。

蕭漪瀾嗤了一聲。「是嗎？恐怕本宮在你眼裡，也不過是個借勢的工具而已。」

霍弋聞言皺眉。「殿下何出此言？」

「舉薦他兩人的摺子本宮寫定了，你若無事就退下吧。」

「殿下！」

蕭漪瀾冷聲道：「怎麼，要本宮命人將你抬出去嗎？」

霍弋欲言又止，見蕭漪瀾一臉的不耐煩，只好緩緩退下。

書房裡只剩下一肚子悶氣的蕭漪瀾與默默研墨的孟如韞。孟如韞面上波瀾不驚，心裡卻掀起了驚濤駭浪。

戶部度主司、翰林院經筵，還有紈袴無爭的六皇子……他們商議如此重大的機密，若是有隻言片語傳出去，都會為長公主府帶來一番動盪。可他們議事之前竟未將她遣出去，究竟是過於信任她還是……

蕭漪瀾注意到了孟如韞心不在焉的凝視，偏頭看向她。「怎麼，妳有話說？」

孟如韞放下手中的墨條，走到蕭漪瀾面前跪下行了個大禮。

蕭漪瀾瞧著她，瞇了瞇眼，只聽孟如韞說道：「小女子本輕如草芥，得殿下賞識，方有機會逾閨閣之約束，騁士人之意氣。我與殿下相識未久，得殿下如此信任，願赤誠以報之，助殿下成大事，留青名功業於千秋。還望殿下……不要疑我。」

蕭漪瀾笑了笑。「看來剛才我與霍弋的話，妳每一句都聽得很清楚。」

「是。」

「妳入我長公主府之前，認識霍弋嗎？」

「不認識。」

「可本宮覺得，他倒是認識妳。」蕭漪瀾緩聲說道：「他這個人十分謹慎多疑，事涉機密，即使是在本宮身邊長大的紅纓、紫蘇也要遣出去。可今日本宮留妳在此，他竟一句話都沒說。」她頓了頓，下結論道：「他在抬舉妳。」

孟如韞忙解釋道：「我與霍少君並無私情……」

「妳不認識他，此事自然與妳無關。所有的麻煩都是他自找的，本宮不會遷怒妳，妳不必害怕。」蕭漪瀾安撫她道：「霍弋有事瞞著本宮，可大事上，本宮還願意信他，他既覺得妳可信，本宮自然也不會疑妳。所以這些事妳聽見了也無妨。」

孟如韞心中千迴百轉。「謝殿下抬愛。」

蕭漪瀾笑道：「妳起來吧，別在本宮面前擺規矩了。」

於是孟如韞起身走到她身邊坐定，想了想，說道：「既然殿下信得過我，不妨讓我到太湖去。」

蕭漪瀾有些驚訝地看著她。「妳要去太湖？」

孟如韞說道：「霍少君的話雖然難聽，卻不無道理。您若上書推舉蔡、何兩位大人，勢必會讓他們成為東宮攻訐的目標。若要派人相助六殿下賑災，不妨派府裡的人去；若殿下信得過我，我可以代您前去相助六皇子。」

「妳懂得賑災事宜嗎？」蕭漪瀾問。

孟如韞回答道：「自大周開國至今，太湖共發生過水災六十二次，其中春汛三十次、夏汛二十三次，秋汛九次。這九次秋汛中，有六次都發生在太湖東岸的南秀郡，每次都造成幾十個村落被淹沒，輕則數百人、重則數千人傷亡。秋汛澇災後不久就是入冬，此時賑災最重要的就是安撫流民、整飭田地，以備來年春天能夠墾田播種。因此若殿下派我去太湖，我會想辦法助六殿下籌集賑災糧與築房木石，待退汛之後組織災民整飭田地，備種春播。」

「說得不錯。」蕭漪瀾點點頭。「可本宮覺得，妳是想出去避嫌吧？」

孟如韞確實也有此想法。

蕭漪瀾道：「妳想去便去，本宮多派幾個人給妳，辦好了這件事平平安安回來，以後本宮有更重要的任務交給妳。」

孟如韞深深一拜。「是。」

她得了允准之後就回去準備行囊，打算早點出發。臨走之前去找了許憑易一次，聽說她要出遠門，許憑易幫她把藥製成隨身攜帶的藥丸。

霍弋聽說這件事後去找蕭漪瀾，直截了當道：「我會讓季汝青想辦法推薦蔡文茂與何書遠，您不能讓孟姑娘去太湖。」

蕭漪瀾寫字的手微微一頓。「難得啊，你也有妥協改主意的時候。」

「殿下，太湖的水太深了，太子那邊……」

「是阿韞自己要去的。她有野心，有才能，本宮願意給她這個機會。」蕭漪瀾抬眼瞥向霍弋。「干你何事？」

霍弋面容白了一瞬，欲言又止。

蕭漪瀾定定望著他，忽然問道：「你來長公主府多久了？」

「六年。」霍弋道：「六年前您回京祭拜先太后時，救我入長公主府。」

「原來已經這麼久了。」蕭漪瀾笑了笑。

霍弋有些不明白她為何會突然有此一問，眼神一轉，落在她正在寫的東西上。

那是一封推薦他去南寧王府做幕僚的舉薦信。

霍弋心裡微微一震，望向蕭漪瀾。「這信……殿下要趕我走？」

「南寧王是本宮的親叔叔，為人不錯，又封藩一方，到他府上去做事，不算委屈你吧？」蕭漪瀾道。

霍弋一把抓過那封尚未完筆的信，飛快掃了兩眼後，臉色越來越難看，抬手將信撕碎，長指一揚，扔進紙簍裡。

蕭漪瀾神色變冷。「你太放肆了。」

「我入長公主府時就說過，以殘軀為殿下驅馳，殿下大事未成，臣不敢走。」霍弋盯著她美豔的面容，一字一句說道。

蕭漪瀾冷笑。「我倒不知這長公主府什麼時候是你說了算的。」

「您對我有何不滿，要罰要罵任憑處置，望之絕無怨忿，不知我犯了什麼天大的錯，您竟要如此不留情面。」

「倘若本宮不敢再信你了呢？」蕭漪瀾問道。

霍弋一愣，似是十分難以置信。

這些年來他所做的一切，全部依附於他與蕭漪瀾之間的相互信任。他信任蕭漪瀾，所以籌謀測算全無保留；蕭漪瀾信任他，所以授以權柄永不相問。

他是漂在昭隆長公主府裡的一片浮萍，若是沒有力量托舉著他，他也只是一枚棄葉。若是蕭漪瀾不再信任他，以後他在長公主府裡，將寸步難行。

可是……為什麼？

與霍弋質問的眼神相對，蕭漪瀾心裡一梗。

「是你欺瞞在先，露出這副表情，倒像是我做了惡人。本宮當初允你留在長公主府時，曾說讓你不必事事稟告，但絕不可有心隱瞞。霍弋，你捫心自問，做到了嗎？」

想起他最近這段時間對孟如韞的悄悄關注，蕭漪瀾越想越生氣，面上強撐出的冷靜平和被打破，忽然拾起桌上的紫毫毛筆砸向他。

「朝三暮四的混帳東西！你把本宮當什麼了？」

霍弋被翠玉筆桿砸了一下，電光石火之間，好像突然想明白了什麼。他放低了聲音，試探著問道：「殿下說我欺瞞您，難道指的是……孟姑娘？」

「是又如何？你在這府裡一天，我與阿韞都不自在。她為了避嫌自請去太湖，本宮覺得該滾的人是你！」被戳中心事的蕭漪瀾有些惱羞成怒，指著門對霍弋高聲道：「滾出去！」

霍弋沒滾，他望著站在幾尺之外的蕭漪瀾，看她因為惱怒而面帶薄紅，柔和的燈光近處亮而遠處暗，襯得她的雙眼更加明燦。她站得筆直，強撐著屬於長公主的體面和威嚴，霍弋卻從她僵直的身形裡瞧出了侷促。

「殿下……」

「本宮說讓你出去。」

霍弋輕輕推著輪椅靠近她，溫聲道：「臣行動不便，殿下想讓臣滾，就喊人來把臣抬走吧。」

蕭漪瀾無語。

「原來那齣《玉碎崑山》的折子戲，殿下是請給臣聽的。」霍弋無奈地笑了笑。他從未與蕭漪瀾吵過架，一時之間竟不知該怎麼解釋，沈吟了半天，只乾巴巴地說了一句。「孟姑娘不是什麼故舊青梅，殿下您……也不是官家千金。」

他不解釋尚好，一解釋，蕭漪瀾更覺得沒臉，冷聲道：「少往自己臉上貼金。」

「臣自是不敢。」

蕭漪瀾冷著臉站了一會兒，忽然問道：「孟如韞真不是你青梅髮小？」

「不是。」

「也不是你心許之人？」

「不是。」

「可你關心她，本宮看得出來。」

霍弋沈默了一瞬，終不忍見她為此事整日掛懷傷神，坦白道：「孟姑娘她……是臣的妹妹。」

「你說什麼？」蕭漪瀾驚詫出聲。「妹妹？」

一個姓孟，一個姓霍，怎麼會……

「事關臣的身世——這樣算來，臣之前瞞您的事好像又多了一件。」霍弋幽幽嘆了口氣。

「是她不姓孟，還是你不姓霍？」

「臣不姓霍。」

蕭漪瀾擰眉，冷眼打量著眼前人。

霍弋溫聲道：「殿下不要誤會，臣非故意隱瞞身分接近您。臣姓霍還是姓孟，於您都沒什麼妨礙。其實在知曉臣的妹妹還活著之前，臣本打算一輩子就以霍弋的身分活下去。」見蕭漪瀾不言，他又說道：「臣的身世，若您想聽，臣也可以說。」

「不必了。」

蕭漪瀾心裡清楚，若身世可見人或家中尚有親故，沒人願意隱姓埋名，如孤雁浮萍那樣活著。

她已經弄清楚了梗在心裡這麼多天的事，不願輕舉妄動地揭眼前人的傷疤。

聽她語氣轉緩，知道她心裡憋著的氣已經去了大半，霍弋問道：「那殿下還要臣去南寧王府嗎？」

蕭漪瀾聽出他語氣裡的揶揄，也知自己此舉頗有些小題大做的荒唐，只是在霍弋面前，她越心虛，面上越要撐住。於是冷哼一聲。「你想去便去。」

「臣不敢。」霍弋笑了笑。

第三十八章

今年太湖的秋汛來得異常猛烈，暴雨連綿半個多月後，太湖西邊的圍堤出現崩裂式決堤，沖開數十丈的堤壩，淹沒了萃水、豐山兩縣，一夜之間沖走了幾百人。然而暴雨遠遠沒有停止，堤口的決裂處還在不斷擴張，臨近堤口的六、七個村縣都被沖毀，狼狽的災民扶老攜幼湧進了四周縣城。

太湖西邊屬蘇和州，為了抗洪賑災，蘇和州的知州、州丞等一眾官員都忙昏了頭，還要分出心力接待朝廷過下來的各方巡撫，照顧一下雖然不關涉大局但仍有存在感的六皇子蕭胤雙。

孟如韞到達蘇和州虔陽府時，天仍淅淅瀝瀝地下著雨，路上泥濘不堪，人影疏落。聽說是小姑姑派來的女官，六皇子蕭胤雙親自在虔陽府外的十里亭相接，孟如韞遠遠就看見了坐在馬上的挺拔少年，問侍從得知是六皇子本尊後，掀開車簾請他到馬車裡避雨。

蕭胤雙看見孟如韞的瞬間眼神一亮，頗有些侷促地撓撓頭。「多謝姑娘了，我騎馬就行，別給妳把馬車弄髒了。」

他客氣得不太像個皇子，還是個臉上藏不住事的少年。孟如韞笑了笑，說道：「小女子想先向殿下了解一下情況，可惜不會騎馬，難以與您並行，還請上車來吧。」

於是蕭胤雙只好棄了馬上車，孟如韞遞給他一條乾淨的帕子。

蕭胤雙一邊擦臉上的雨水一邊問道：「小姑姑這些日子可好？她回來這麼久了，我倆只通過書信，還沒來得及見面呢。」

「她很好，時常記掛著殿下。」

「在外面別這麼叫。」蕭胤雙往車簾外看了一眼，對孟如韞道：「我這個身分太招眼了，妳就叫我蕭公子吧！不知女官姑娘如何稱呼？」

「姓孟。」

「孟姑娘。」

孟如韞微微頷首，開始說正事。「長公主殿下讓我隨身帶了十萬兩銀票來，走的是長公主府的私帳，已經在通寶錢莊換成白銀，先買了兩車糧食隨行，剩下的要等我向您了解過情況後再打算。」

「我能了解什麼情況？」蕭胤雙苦笑了一下。「我來太湖巡堤，本就是跟著工部走個過場，騎馬去堤上遛達了兩趟。真正要緊的事情他們都不讓我管，說什麼唉呀六殿下金尊玉貴，不必為俗務所累，多去各處玩玩就好……」

「所以您真的就去各處玩了？」孟如韞額頭一陣亂跳。

蕭胤雙很誠實地點點頭。「各大賭場我都混熟了，還有春風樓唱曲的姑娘，我跟她們關係都不錯。」

孟如韞在心裡長長嘆了口氣。

見孟如韞神情一言難盡，蕭胤雙頗有些不好意思。「我這樣是不是挺沒用的？可就算他們真讓我管，我也是什麼都不懂啊！那些河道工程圖、河堤構造圖，我從來沒學過，也看不懂。」

「您還是很有用的。」孟如韞不鹹不淡地安慰了他一句。

至少他皇子的身分還是很有用的。

如今還在下雨，官府在搶修河堤，萃水、豐山兩縣已經被洪水夷平，無路可走，孟如韞見受災區進不去，就乾脆在虔陽府城外的官道旁支起施粥棚。這裡離災縣大概一百多里，又是州府所在地，很多難民都湧了過來，聚集在城外。

蕭胤雙調來自己的護衛與長公主府隨行而來的人一起分發米粥和乾糧，孟如韞則在旁記下每個人的來處、年紀、家中人口，這樣過了兩三天，與記錄蘇和州各縣城人丁田畝情況的黃冊一對比，就大概知道了各地的受災情況。

「從明天開始，虔陽府的布施粥棚每天減少兩座，直至減少到八座。」這天施粥結束後，孟如韞突然對蕭胤雙說道。

難得找到一點成就感的蕭胤雙十分驚訝。「咱們這就不幹了嗎？可是我看來虔陽府的災民越來越多了。」

孟如韞解釋道：「虔陽府雖然是州府，但能容納的人數畢竟有限。州知府和城裡富戶都在此處施粥，會引得前來此處聚集的災民越來越多。災民想進城，虔陽府又不能放太多人進去，時間一久，容易出亂子。根據我這幾日的統計來看，虔陽府東邊的桐縣受災情況還不算嚴重，距離受災縣也不遠，咱們把災民往那邊引流一部分，待洪水退去再打算。」

於是第二天，蕭胤雙帶人將大部分救災糧運往桐縣。孟如韞留在虔陽府將這邊的事安排妥當後，等了一天也不見蕭胤雙回來，只好動身前去桐縣。

虔陽府至桐縣的官道如今專供官府運送物資，孟如韞只好請了個識路的災民另行取道。這條路要行經兩山之間的關口，孟如韞正靠在馬車裡閉眼休息時，忽然聽見馬車「咯噔」一聲，她驀然睜開眼，掀起車簾向外看去。

遇上山匪截道了。

說山匪也不準確，看他們形容狼狽，應該是流民臨時聚集成的隊伍，僅攔在路上的就有近百人之眾。為首的是個面容黝黑、身材矮小卻壯實的漢子，肩上扛著一柄亮閃閃的大刀。

孟如韞阻止了侍衛與劫匪起衝突，高聲商量道：「諸位，我等身上並無財物，也無口糧，不想與諸位兩敗俱傷，可否請諸位放行？」

那黑臉男人冷笑。「少給老子裝蒜！今天剛劫了個小白臉，車上裝了一千多斤糧食，以為用草皮蓋著老子就看不出來，你們是一夥的吧？」

孟如韞聞言心中一驚，怪不得總等不著蕭胤雙，竟然是被山匪給劫走了。

此事有些棘手。孟如韞思慮一番，對黑臉男人說道：「我家乃虔陽府富商，買糧運往遭澇的地方救人，想必是家兄不懂事衝撞了閣下，不知他此刻人在何處，我可以回家拿贖金來贖。」

天色漸暗，但黑臉男人還是隱約看清了孟如韞的模樣。即使看不清，聽見她說話的聲音，心裡也打起了別樣的主意。

他往前走了兩步，陰陽怪氣道：「喲，不知是大舅哥，已經送上黃泉路了，哈哈哈！」

眾多流匪一起起鬨，孟如韞氣得攥緊了車簾。

蕭胤雙死了？堂堂大周六皇子，竟然死在這些人手裡？

孟如韞心中驚駭，一時顧不上自己的處境，那匪首急色，不再與她廢話，大喊道：「給老子衝！搶了美人咱們一起快活！」

一聲令下，近百人的流匪黑壓壓衝上來。

此時，孟如韞身邊只有四、五個從長公主府帶來的護衛，雖然武藝高強，卻也是獨虎難勝群狼，很快被團團纏住。那黑臉男人幾刀砍死了馬，率先衝到馬車前，剛一掀車簾，冷不防被孟如韞一簪子扎進了左眼。

鮮血噴湧而出，黑臉男人發了狂，揮著刀就往馬車裡亂砍。孟如韞在狹小的空間裡閃避了幾個來回，刀尖貼著她的脖子滑過，砍傷了她的肩膀。她顧不得喊疼，用力推了黑臉男人一把想跳出馬車，被他掐著脖子一把甩了回去。

那黑臉男人疼得面目猙獰，衝孟如韞的脖子舉起刀，眼見著就要砍下來，忽然凌空飛來一枝羽箭，一箭穿透了黑臉男人的脖子，在他喉嚨前穿出來一寸箭尖。

黑臉男人高擎起的大刀砸在地上。

緊接著，熱血在馬車裡噴濺開。

孟如韞望著眼前的一幕愣了許久才回過神來，強壓著渾身的顫抖將男人的屍體推到一邊，拖過他的長刀擋在身前，靠在車廂上警惕地盯著車簾處。

馬車外已經變了動靜，似乎有大量人馬趕了過來，周遭全是兵器相撞的聲響和流匪哭喊奔逃的聲音。不知過了多久，周遭的哭喊聲漸弱，有人一把掀開了車簾，孟如韞正要揮刀，被那人一把擒住了手腕。

「是我！」

竟然是蕭胤雙。

「六殿下……」孟如韞不可置信地看著他，聲音打顫。「你沒死……」

蕭胤雙雖然沒死，但此刻也是形容狼狽。「此事說來話長。我滾下長坡被陸大人所救，擔心妳也遇上劫匪，所以醒來後就趕緊往這邊趕。」

孟如韞怔怔地點了點頭，卻已經一句話都無法思考。

「妳受傷了？」蕭胤雙看見她肩上的傷口，變了臉色。「走，我先帶妳去找大夫，咱們趕緊離開這兒！」

孟如韞被他護著跳下馬車。此時天色已經逐漸暗下來，十幾個士兵擎著火把在打掃戰場，她只匆匆瞥見一眼遍地的屍體，覺得胸中一陣翻湧，忙別過眼，匆匆跟著蕭胤雙去找大夫。

他們剛離開不久，又兩個人穿過滿地屍體，走到了廢棄的馬車旁。

其中一人姓梁名煥，是蘇和州知州梁重安的兒子。他將黑面男人的屍體從馬車上拖下來扔在地上，望著貫穿脖子的羽箭驚嘆道：「師兄的箭法果然百聞不如一見，竟真能在百步之外射穿人的脖子！」

另一人身著軟甲，聞言依舊神色冷淡，彷彿那所讚之人與他無關，只望著遍地的流匪屍體微微皺眉。

此人，正是本該在阜陽拜望老師的陸明時。

梁煥是韓士杞的學生，陸明時的師弟，一直在阜陽求學，早就聽聞了陸明時生擒忠義王世子的豐功偉績，所以陸明時一回阜陽就被他纏上了，走到哪裡他都要跟著。偏偏韓士杞又很喜歡梁煥這個學生，要陸明時多盡師兄的責任，提攜教導梁煥。

此次蘇和州遇上澇災，梁煥心裡掛念，韓士杞就讓陸明時護送他回來。結果梁重安與梁煥這對父子真是一個比一個不見外，梁重安三句話向陸明時道完謝，馬上抓他當壯丁，懇請他帶州駐兵在災縣附近巡邏，以防有災民糾集滋事。

梁重安的算盤打得響，這位能將北郡蠻夷治得服服貼貼的冷面閻王，肯定比州府的文官更能治得住流匪。

於是陸明時留在蘇和州鎮守治安，聽聞桐縣出了亂子，於是帶著梁煥一起前去查探情況。走到半路，剛好碰見六皇子蕭胤雙從長土坡上滾下來，摔了個不省人事。陸明時讓人把他扛到馬上繼續走，快要到桐縣的時候，蕭胤雙終於被顛醒，鬧著要陸明時折回去，說長公主派來協助賑災的女官有難，要陸明時搭手相救。

陸明時離開臨京之前，孟如韞還只是太常寺家裡的表小姐，他行蹤不定，兩人書信不通，哪裡猜得到讓蕭胤雙擔心得臉色發白的「長公主府女官」會是孟如韞。

他折身回返是為了平流匪，那貫頸一箭也不過是順手順勢，射完之後就去指揮局勢，待這撥流匪被平得七零八落後，才與梁煥逐一查探現場。

陸明時的目光一一掃過這幫流民，心裡總覺得他們古怪。

蘇和州的澇災遠沒到天逼人反的地步，此處距離虔陽府不遠，辛苦一、兩天就能走到州府去領救濟糧，為何會有這麼多人早早落為草寇？

他一時未想通，正此時，梁煥在一旁驚奇出聲。「咦？師兄你看他還被人傷了左眼，原來剛剛馬車裡還有人……」

梁煥將插進男人左眼的東西拔出來，是一支墜著流蘇的珍珠步搖，他好奇地端詳一番。「而且還是個女子。」

聞言，陸明時不經意瞥向他手裡的東西。珍珠流蘇在梁煥手裡晃啊晃，陸明時心頭猛的一跳。

看。

下一瞬間，他一把將流蘇步搖奪了過去，待看清步搖的樣式後，臉色瞬間變得十分難看。

他十分確認，這是他送給孟如韞的那支珍珠步搖。步搖上的東海粉珍珠是他同沈元思要來的，樣式是他親手所畫，送去臨京最好的銀飾坊打造成形，釵身上陰刻著祥雲流紋，銀釵與珍珠相嵌處還極隱蔽地藏著她的名字。

矜矜。

這支步搖……怎麼會在這裡……

第三十九章

陸明時一時思緒紛亂，心裡止不住地發慌。他不知道是這支步搖陰差陽錯到了別人手裡還是……

他兩步跨上馬車，一把扯開車簾，只見車廂裡一片凌亂，到處都是血跡。

「師兄，你怎麼了？」梁煥被他嚇了一跳。

陸明時看著滿車的血，向來泰山崩於前而色不變的他竟然微微顫抖了起來。

「人呢……車裡的人呢？」

「什麼？」

「我問馬車裡的人呢?!」陸明時一把抓過梁煥，雙眼通紅地啞聲喊道：「去找！趕快派人去找！」

梁煥被他這副樣子嚇了一跳，也顧不得問許多，忙道：「想必是趁亂跑了，要麼就是躲起來了，此時應該走不遠。師兄你冷靜點……」

陸明時跳下馬車，一腳將黑面男人的屍體踹開，疾聲說道：「我往虔陽府方向找，你帶幾個人往桐縣方向找，仔細檢查樹林和草溝。找到人，務必要給我平安帶回來！」

他說完就抓起劍翻身上馬，臨行前對梁煥道：「此人對我重逾性命，子英，拜託你了！」

梁煥意識到事情的重要，抱拳道：「師兄放心！」

陸明時往虔陽府的方向找去，一路高聲喊著孟如韞的名字，每跑一段路就下馬探查痕跡，溝叢石坳都不放過，卻只見馬車駛過的車轍，不見有人折返的印跡。

他一口氣找出去近十里地，夜色漸濃，陸明時心裡越來越涼。

她若是徒步，不可能再往前了，可萬一……萬一她因為某些原因行速很快，比如被人擄走……

陸明時勒住馬，茫然地望著前路，後背的汗水被山風吹乾，隱隱透著寒意。

可他心裡的火焦灼地烤著他，讓他難以冷靜下來思考。

正當他一咬牙，決定繼續往前找時，身後傳來了急切的馬蹄聲。

「師兄、師兄！快回來！人找到了！」

是梁煥。

陸明時猛的勒馬回身，梁煥馭馬跑到他面前，上氣不接下氣道：「人……六皇子……大夫……」

聽聞人找到，陸明時的心稍微鬆了鬆。「你慢些說。」

梁煥大喘了幾口氣，趴在馬上說道：「人被六皇子帶去找大夫了！」

蕭胤雙帶著孟如韞趕到了桐縣。

桐縣雖然尚未遭遇洪災，但是被流匪鬧得人心惶惶，一時找不到女醫，聽聞孟如韞是長公主派來的女官，大夫不敢造次，處理傷口時手一直發抖，疼得孟如韞冷汗連連。

「我……我自己來吧……」孟如韞實在受不了這種疼，從大夫手裡接過止血的藥膏和布巾。「你出去候著吧。」

大夫鬆了口氣。「那您自己小心點，先沾著燒酒消毒，然後先撒藥粉，再塗藥膏，按理說還應該縫針，但小民技術實在是……」

孟如韞有氣無力地點點頭。

桌上放著一碗半涼的水，她端過來喝了一大口，待心神稍緩，才小心翼翼地低頭看自己肩膀上的傷口。

刀口有五寸長，最深的地方隱約可見皮肉翻出，慢慢往外滲血。

孟如韞將燒酒澆在布巾上，輕輕往傷口上按，剛一碰上就覺得傷口被燒得火辣辣地疼，疼得她驚叫了一聲。

「孟姑娘！我進去幫妳吧？」蕭胤雙擔心的聲音在門外響起。

「不必……」孟如韞不想讓他進來添亂。「我自己可以。」

她先將血跡擦乾淨，然後慢慢按在傷口上。

好疼！孟如韞咬緊了牙，不讓自己喊出聲。

正此時，門外傳來喧譁聲，似是有人來此處。孟如韞聽見蕭胤雙叫「陸大人」，雜沓的腳步聲越來越近，蕭胤雙疾聲攔阻，緊接著，房門被一把推開。

「陸明時！你也太無理了！」蕭胤雙高聲罵道。

聞言，孟如韞手裡的東西滾到了地上。

涼風裹著濃烈幽暗的夜色，隨著陸明時一起衝進屋來。他繞過屏風就看見了坐在桌前處理傷口的孟如韞，腳步一頓，又快步走到她面前。

孟如韞十分震驚地望著他，他來得猝不及防，讓她有些疑心是自己疼出了幻覺。

直到陸明時蹲下身，握住了她的手，一言不發地將額頭抵在她膝蓋上，滿身風塵僕僕的涼意裹住了她。

孟如韞回過神，霎時紅了眼眶。「子夙哥哥……你怎麼在這裡……」

陸明時握著她的手緊了緊，啞聲道：「這話難道不該我問妳嗎？」

蕭胤雙震驚地看著他們。「你們……你們……認識啊……」

孟如韞低下頭，輕輕「嗯」了一聲。

陸明時很快調整好情緒，從她懷裡起身，擋住了蕭胤雙看向孟如韞的視線，聲音微冷。

「非禮勿視，還請六殿下出去。」

「她的傷……」

「我來處理。」

蕭胤雙不甘心也不放心。剛才陸明時二話不說闖進來，像個土匪一樣，孟姑娘正受著傷，萬一他對她不利該怎麼辦？

見他賴著不走，陸明時心浮氣躁，聲調微寒。「要臣親自請您出去嗎？」

見他倆有些僵持，孟如韞在一旁說道：「我把在虔陽府登記的災民造冊落在馬車上了，可否請六殿下派人取回？我這邊不勞您掛礙。」

蕭胤雙看了陸明時一眼，苦笑道：「那好吧，我走。」

兩個人此時都不歡迎他，蕭胤雙悶悶不樂地走了。屋子裡只剩下他們兩人，陸明時拿起油燈走到孟如韞身旁，撥開了她試圖擋住傷口的手。

他的聲音似乎很平靜，對孟如韞道：「別亂動，我看看妳的傷。」

一道狹長的刀口蔓延在她肩頭，雖未見骨，但她膚白肉嫩，便顯得格外可怖。

孟如韞不想他擔心，搶先辯解道：「看著有點嚇人，其實就劃破了皮，已經不太疼了。」

陸明時涼涼地瞥了她一眼。「是嗎？看來還得再補幾刀才行。」

他不想跟她講話，重新給她清理了一下傷口。孟如韞疼得直抽氣，幸好陸明時的手很穩，雖然疼，但比她自己處理舒服多了。

清理完傷口之後，陸明時打開裝藥粉的小瓷瓶聞了一下，皺了皺眉。

他說道：「這藥止血效果不錯，但藥性有點烈，上藥的時候會很疼，妳要有準備。」

「有多疼……」孟如韞聲音微微打顫。

「比妳受傷的時候疼一點。」陸明時將乾淨的帕子疊好遞給她。「咬緊。」

陸明時真的沒騙她，藥粉落在傷口上時，她感到了一陣尖銳的疼痛，彷彿皮肉都在燒灼。肩頭的疼痛傳遍全身，孟如韞覺得腦袋裡突突直跳，眼前一片昏花，不知過了多久才緩過來，此時，她全身已經被冷汗濕透了。

「還好嗎？」陸明時在她耳邊輕聲問。孟如韞微微點頭，一方溫熱的帕子落在她臉上，輕輕擦掉了她臉上的汗水。

陸明時嘆息了一聲，緊接著就聽他道：「妳的傷口要縫線。」

「能不縫嗎……」孟如韞面色慘白，可憐兮兮地望著他。

陸明時摸了摸她的臉。「不是我故意折磨妳，妳體質本來就比常人弱，此時不縫線，日後很容易感染，到時候只會傷得越來越深，越來越疼。」

「可大夫說他不敢縫。」

陸明時已經鋪開了針線。「我來縫吧。」

麻藥金貴，桐縣這種小地方一時半刻找不到，陸明時只能跟她說話，分散她的注意力。

「蕭胤雙說妳是長公主府女官，跟我說說，妳是怎麼弄假成真的？」

孟如韞驚訝。「六殿下是皇子，你這樣直呼他名諱有點不敬吧？」

「他哪裡有個皇子的樣子？」陸明時抬眼瞪她。「千金之子，坐不垂堂，連這點道理都不明白。」

一句話訓了兩個人，孟如韞哪裡還敢多嘴，乖乖地將他離開臨京後自己如何入長公主府，為長公主選書講學的事告訴了陸明時。

陸明時靜靜聽著，在她傷口兩側的皮膚上比劃了幾個點，趁著她還被藥粉疼得感覺有些遲鈍，用最少的針數幫她把傷口縫合好。

孟如韞又疼出了一身汗。

最後，陸明時用紗布給她包了幾圈，她的傷口才算處理完畢。

「給長公主侍講，矜矜，妳的野心可真不小。」

陸明時倒了杯水遞給她。他的神情隱在背光處，孟如韞一時有點拿不準他的態度。

孟如韞斟酌著說道：「殿下賞識我，我總不能不識好歹推拒。」

陸明時不為所動。「我知道妳的本事，露才與藏拙是妳自己說了算。能讓長公主信任到派來相助六殿下，可不是隨便什麼人都能做到的。妳可知妳此舉，會被捲入朝政黨派之爭？」

孟如韞點點頭。「知道。」

「妳這樣辛苦奔波，圖什麼呢？」

孟如韞想了想，說道：「圖前程。」

「前程？」這個答案讓陸明時有些意外。「妳一個女孩子，要在朝政上圖前程？」

「是。」

「為何？」

原因說起來很複雜，孟如韞摩挲著肩膀上的布帶，在心裡思索著這個問題的答案。陸明時站在她身側靜靜看著她因舟車勞頓而略顯消瘦的面容，忽然覺得有些新奇。

就好像，霧裡看花，與盛陽之下，總有不一樣。

只聽她慢慢出聲道：「這些日子，我與六殿下一起安置流民，賑災助困，過問州縣的救災事宜，考察河堤的損毀情況，這些事情讓我覺得很開心。子夙哥哥，你知道嗎？在入長公主府之前，我從來沒想過自己也可以做這些事。」

她曾以為這輩子最好的歸宿不過是能完成父親的遺願，嫁與陸明時為妻，他在外征戰平虜，她在內相夫教子，多陪在他身邊一些時日，已經是上天待她不薄。

可是到了長公主身邊後，她發現人生還有更多可能。

她端詳著自己的雙手。連日操勞讓她的指腹上磨出了一層薄薄的繭子，她更喜歡現在這雙有力量的手，在執筆之外，也能做些別的事情。

她望著陸明時，問道：「子夙哥哥，你覺得我文章作得如何？」

「文高識廣，卓爾不群。」陸明時頓了頓，溫聲道：「若為男子，當點狀元，入翰林，少年卿相，匡道濟世。」

孟如韞低頭一笑。「有那麼好嗎？」

「非我刻意討妳歡心，這話是老師看了妳的文章後說的。」

聞言，孟如韞眼睛一亮。「韓老先生？」

陸明時點點頭。

孟如韞先是高興，而後頗為感慨地嘆了口氣。「你看，所有人誇我文章好時，都要補一句『可惜不是男子』。若我生為男子，便可憑才學有大作為；可我生為女兒，有再高的學問，也只能吟風弄月，做閨閣之樂的點綴。可是子夙哥哥，我不甘心。倘我天生愚鈍，或者身如草芥，我也就認了，可我偏偏……」

偏偏機緣之下得到了長公主的賞識，又早早勘破天機，知道她是未來女帝。

孟如韞幽幽嘆了口氣。「可我偏偏有野心。」

第四十章

陸明時默然許久，輕聲勸道：「妳要想清楚，大周自開國至今，從未有能堂堂正正站在朝堂上的女子。賢明服眾如先太后，令帝位空懸了十年，也不過是垂簾秉政，最後仍要歸還宣成帝。長公主是先太后之女，始終越不過先太后去，她自己在朝堂上都名不正言不順，如何能滿足妳的野心？」

孟如韞問：「何以見得女必不如母？」

陸明時往外看了一眼。夜色朦朧，兩、三個守衛手持長槍在庭院裡走動。

他壓低了聲音。「妳既奉命來相助六殿下，還不知道長公主安的什麼心嗎？今上子嗣不豐，成年的幾個皇子中，除了太子，只有六殿下稍微看得過去。長公主是想扶持六殿下爭東宮的位置。」

孟如韞微微皺了皺眉，想起臨行之前聽到了長公主與霍弋的爭執。

「長公主也是為他人作嫁妝。縱然日後蕭胤雙登基，也不過是比蕭道全多敬她一些，長公主變成大長公主，也依然是後宮婦人；妳在她身邊再出色，頂多也就是個掌印女官。屆時且不說與朝堂上的文武群臣比，即使是見了他們後宅裡的誥命夫人，妳也得行禮相見。」

陸明時說完，見孟如韞出神，臉色也不太好看，擔心自己話說得太重，頓了頓，轉圜道：「矜矜，我不是看不起妳，只是妳選的這條路太難了，從未有人走過，我怕妳一時熱血而往，日後恐要失望難過。」

沒有人走過嗎？孟如韞掌心緩緩攥緊。

這世上，沒有人走過的路可太多了。

蕭漪瀾之前，大周從未有過女帝。她孟如韞之前，也從未聽說過誰死後重得一世。

孟如韞的目光轉向陸明時，他正憂心地望著自己，俊逸如玉的面容上神情略顯擔憂。命運總是弄人，他如今在自己面前振振有詞，一定想不到長公主登基的背後，屆時也會有他添的七分柴火三分力。

孟如韞忽然低頭一笑。「子夙哥哥，倘我執意如此，你會不會討厭我，從此不喜歡我了？」

聞言，陸明時走到她身邊，將她冰涼的雙手攏進掌心裡，低頭看著她柔和美麗的面容，心頭生出百般滋味，既憐又愛。

「慕月華之皎潔，不厭其高遠。我既愛慕妳與眾不同，又怎會怪妳不拘世俗。」陸明時溫聲安撫她。「我只是……擔心妳再如今日這般傷著自己。」

肩膀上的傷口仍在隱隱作痛，孟如韞嘶了一聲。「以後我會小心一些。」

「妳這傷口是刀刃擦傷，可見傷妳之人本是衝著妳的頸間砍下。若是他刀鋒再準一寸，或者妳躲得稍微慢了些……」陸明時嘆了一口氣，緩下自己語氣中尚未被察覺的輕顫。「矜矜，我今天險些要被妳嚇死了。」

聞言，孟如韞一愣。「你如何得知……」

陸明時知道她要問什麼，將袖間已經擦乾淨血跡的珍珠步搖拿出來，放在桌上。

東海粉珍珠在燭光下顯得十分瑩潤。孟如韞驚訝得睜大眼睛，拿起珍珠步搖仔細端詳，確認是陸明時之前送給她，今日又被她情急之中插進匪首眼睛裡的那支。

「怎麼會在你手裡？」她心裡隱隱有個猜測，心跳慢慢加快。「難道……救我的那一箭是你射的？」

陸明時微微嘆了口氣。「矜矜，不是每一次我都能及時趕到。」

「真的是你?!」孟如韞眼神明亮地仰視著他，一把抓住他的手腕，哪裡還聽得進去他在說什麼，自顧自驚嘆道：「那樣俐落的準頭，那樣狠的力度，你隔了多遠？竟能一箭射穿他的喉嚨！」

陸明時有心教訓她要愛惜性命，話到嘴邊卻沒出息地頓了頓。「也就三百多尺吧。」

「三百尺外射穿人的喉嚨，與百步穿楊相比，哪個厲害？」

陸明時微微挑眉，看似渾不在意地說道：「準頭上都差不多，但是力度上可能比百步穿楊要強一些。」

孟如韞情不自禁哇了一聲，笑吟吟望著他道：「不愧是大將軍。」

什麼大將軍，他現在離將軍還遠著呢。只是孟如韞這樣誇，陸明時還是毫不謙虛地接了，他說道：「妳乖一些，等我回北郡，給妳獵頭呼邪山雪狼做冬裘。」

「好呀。」孟如韞笑著應了。

話題就這樣被她三言兩語揭了過去。關於她隨侍長公主身邊這件事，陸明時心中仍不贊成，正此時，梁煥有事來尋他，順手端了些粥和消夜過來。陸明時盯著孟如韞用了正正一碗粥，又叮囑她早些休息，這才與梁煥離開此處。

桐縣地方小，沒有官驛，孟如韞如今所待的是當地一家富商的別院，被蕭胤雙租來安放賑災糧食和物資。結果陸明時帶著梁煥也硬要住進來，還偏偏擠進了他和孟如韞中間的院子，他人不在別院的時候，還要派兩個人在孟如韞院子前面來來回回地巡視。

真是氣死蕭胤雙了。

孟如韞這幾日待在屋子裡哪兒也沒去，除了養傷之外，她將所了解到的澇災情況整理成十幾頁的長信，派人寄往長公主府。

與此同時，陸明時連夜寫了摺子遞進京說明上次鎮壓流匪的情況。宣成帝十分欣賞他的雷厲風行，想起他押送忠義王世子進京的壯舉，朱筆一揮，不僅沒治他無權擅攝之罪，反而還封了他一個臨時官，叫「巡鎮使」，為巡邏、鎮撫之意，命他從蘇和州、鄞州兩處駐軍中借調一千騎兵、三千步兵，保證災民別相聚為亂，夷平災縣流匪後再回京。

於是陸明時領了駐軍，每天沿著太湖沿岸巡邏，幾天之內就端了好幾個流匪窩點。這些流匪裡有的是乘機出山作亂的老匪窩，有的是剛糾集不久的新團夥，陸明時留下幾個頭目審問，將剩下的人悉數抓了，押去決堤口做開河道的苦力。

太湖沿岸的抗洪事宜有條不紊地進行著。知州梁重安帶領駐軍和當地青壯男丁開新河道引流，工部也派了人來整修被衝爛的河堤，周圍危縣百姓被引導前往安全的地方暫住，朝廷派了馬軍副都指揮使李正劾押送第一批賑災銀四十七萬兩來到蘇和州虔陽府，與他同行的還有左都御史薛錄、程知鳴之子程鶴年。

李正劾是陛下心腹，薛錄的姪子薛青涯是長公主的先駙馬，程鶴年則是經由太子蕭道全在朝會上舉薦。這三人背靠三方鼎立之勢，各懷心思地往蘇和州而來。

他們到達蘇和州時，連綿一個月的陰雨終於停了。

李正劾聽說陸明時在距離虔陽府不遠的桐縣，連知州安排的洗塵宴都拂了，扛著一罈好酒，連夜快馬趕到了桐縣。

孟如韞正在寫一篇如何安排流民過冬的文章，準備寫好之後先寄給長公主，待她加印之後再轉交梁知州。她行文尚未過半，忽聞隔壁院子一片喧譁，一個聲如洪鐘的中年男人高聲喊道：「陸子夙、陸子夙！出來陪你爺爺喝酒！哈哈哈！」

哪來的粗魯莽漢，說話竟如此不客氣？

孟如韞三分生氣七分好奇，放下筆，提裙行至院內，貼著牆聽陸明時院子裡的情形。

陸明時剛回來不久，洗了個澡換了身衣服，正準備去找孟如韞，被李正劾給堵了個正著，他眉頭一跳。「李正劾？你怎麼跑蘇和州來了？」

「老子現在是馬軍副都指揮使，來給孫子們送錢來了！怎麼樣，混得比你小子好吧？」

李正劾得意洋洋，陸明時笑了笑。「怎麼，在聖上面前當差也沒改改你這稱老子罵爺爺的毛病，不怕哪天犯大不敬被誅九族嗎？」

「聖上面前自會收斂，不過你小子，嘿嘿，兩年多沒埋汰你了，嘴癢得很！」

陸明時忽然伸手掐住了他的下巴，把他兩片肥嘟嘟的嘴唇捏成了鯉魚嘴。李正劾大驚，抬手與他過招，沒想到陸明時十分靈活，一點也沒被他碰著，抽出別在腰間的摺扇在他頭頂和左右臉上分別抽了一下。

陸明時打完就撤回三步之外，搖著扇子悠悠道：「皮癢了也得對你陸爺爺放尊敬些。」

李正劾摸了摸臉，瞪著他嚷道：「陸子夙！你敢拿娘炮的玩意兒打我！老子今天跟你拚了！」

李正劾是個粗魯漢子，所有公子哥兒愛用的物件，玉珮、摺扇、香囊一類，都被他稱作「娘炮玩意兒」。陸明時聞言，似笑非笑。「你來，看爺爺我能不能把你綁了，給你套件花裙子。」

李正劾腳下猛的一頓。

「老子馬不停蹄跑了這麼遠，是來找你喝酒的，你少欺負人！」

陸明時懶得戳穿他，笑了笑。「進屋等著，我讓人弄兩個下酒菜來。」

他走出院子吩咐了守衛一聲，腳步一拐就繞進了孟如韞院子，見她正站在兩院的牆底下，眉梢一挑。「都聽見了？」

孟如韞大大方方承認。「他嚷嚷的聲音那麼大，在虔陽府都能聽見。」

「這位是陛下派來押送賑災銀的李副都指揮使。從前是北郡鐵朔軍校尉，兩年前調升至臨京侍衛親軍中。」

孟如韞道：「你同我說他做什麼，我又不好奇。」

「那妳趴在牆上聽什麼？」

「我沒有，我繞著院子消消食。」

陸明時笑了笑。「我兩天沒回來了，還以為妳是想見我。」

孟如韞輕輕哼了一聲。「兩天沒回來又怎樣，還不是一回來就要與人酗酒。」

陸明時覺得她罵得好聽，上前幾步。「那我不喝了，今晚陪妳看書。」

「去吧去吧，人家特地從虔陽府趕過來的。」孟如韞只是同他開句玩笑。「我等會兒還要去找六殿下商議事情。」

陸明時眉一皺。「妳與蕭胤雙有何話可說？」

陸明時打心眼裡不喜歡這位六皇子，背地裡左一個蕭胤雙右一個蕭胤雙，他在陸明時這裡一點皇家的威嚴都沒有。

孟如韞無奈道：「你當長公主殿下派我來蘇和州是遊山玩水的嗎？自然是安置流民的事。天晴了，朝廷的賑災銀也運到了，等洪水退去，安置流民就成了頭等大事，我先與六殿下提前商議個方案出來。」

「那我等會兒去他院子裡接妳。」陸明時道。

孟如韞驚訝。「就兩步路……」

陸明時咬牙。「妳不讓我接，我就拉蕭胤雙去喝酒，李正劾能灌倒他十個。」

孟如韞無奈地妥協。「好好好，都聽你的。」

第四十一章

孟如韞回房將剩下的半篇文章寫完，然後去找蕭胤雙。

她的院子在陸明時院子西側，蕭胤雙院子在陸明時院子東側，她沒走幾步就進了蕭胤雙院子。此時天色已暗，蕭胤雙正坐在廊下臺階上，藉著清亮的月光與屋內的燈光，拿匕首雕刻一截木頭根。站在院子裡，隱隱還能聽見隔壁李正劾爽朗的笑聲。

「六殿下興致不錯。」

蕭胤雙抬頭，衝她笑了笑。「乘月而來，孟姑娘也是。」

孟如韞問道：「聽說殿下與工部郎中張大人去查探河堤被毀情況，不知結果如何？」

蕭胤雙說道：「太湖西萃水縣一線一百五十尺的堤壩已經被完全沖毀，連當初建造堤壩的石頭都沒剩下幾塊。豐縣的情況還好一些，堤壩兩頭加起來還剩一半，但張郎中的意思是，剩下的也不結實，要拆了重建。」

蕭胤雙手裡的匕首靈活反轉，老樹根在他手裡也漸漸露了個輪廓出來。他自顧自笑道：「太湖西邊這一帶除了萃水、豐山外，還有十幾個縣，這些地方的堤壩都是三年前一起修的，照張郎中的意思來看，都不結實，都要拆了重修。」

「都拆了重修？」孟如韞並不擅長工部的事，也知道這是個耗費錢財的大工程。「那得花多少錢？」

「朝廷不是撥了賑災款下來嗎？張郎中說拿三十五萬修堤壩，勉強也足夠了。」

「三十五萬還勉強？張大人胃口倒是不小。」孟如韞憤憤道：「一共才給了多少錢，拿三十五萬修堤壩，剩下的零頭讓災民們怎麼活？買糧賑災尚且不夠，哪來的錢造屋過冬，又哪來的錢修整土地，買種春播？我看堤壩還沒修好，明年春天太湖一帶就已經屍骨累累了！」

蕭胤雙道：「張大人說朝廷自有對策，不會餓死一個災民。」

孟如韞想了想，說道：「四十七萬不是小數目，朝廷撥這麼多銀子下來，肯定會有章程，容不得張還耕等人肆意貪瀆……三十五萬，他一個五品郎中能有這個膽子？」

「哦，妳還不知道吧，張還耕是工部尚書劉銓一手提拔上來的。劉銓是東宮的人，今年六月就是他上摺子讓我來蘇和州巡堤，現在回想起來，那時候太子殿下就想拉我來背鍋了。」

蕭胤雙聲音平靜，渾不在意，專心致志地琢磨著手裡的玩意兒。孟如韞聽在耳裡卻是一驚，在院子裡一邊來回走一邊思索。

蕭胤雙掀起眼皮看了她一眼，笑了笑。

兩年前，太湖西岸修堤壩花了近四十萬兩銀子，今年決堤以後，聖上下旨怒斬河道使和宮裡的監工太監，然後派了工部郎中張還耕來重新勘查，結果張還耕給出的答案與四十萬差不多。

四十萬換成金子堆起來都能擋一擋水，何至於修出一條紙糊的堤壩？修太湖西岸的堤壩，肯定用不了這麼多錢。

孟如韞走著走著，心裡忽然一閃。

聖上懷疑先前的河道使貪污，可是抄家之後並未發現多少銀兩，也未查出他曾重金向誰行賄。倘若這些錢不是到了河道使手裡，而是到了東宮手裡呢？

如果當年修堤壩的河道使和監工太監都是東宮的人，他們貪了錢，必然要將大頭獻給太子。如今人死了，錢還在追查，所以東宮又指使張還耕獅子大開口，說重修堤壩要白銀三十五萬兩，為此還讓他畫了一張詳細的工程圖。

這個報價和兩年前差不多，陛下和朝臣必然動搖，東宮的人再從中鼓譟，說被斬的河道使並非貪污，而是純粹無能，四十萬銀錢其實差不多都花在了修河堤上，再將秋汛之嚴重渲染一番，那麼上次修堤款的追查，很可能被輕易揭過去。

經此一番，東宮既洗脫了嫌疑，又可以從此次修堤款中繼續貪污，可謂是一石二鳥。

思及這種可能性，孟如韞心裡一時恍然。只是這種猜測尚沒有任何證據。

「孟姑娘在想什麼？」蕭胤雙抬眼望著她。

孟如韞道：「我在想他們會怎麼用剩下的錢安置流民。若錢都拿去修堤壩，餓死了人，不用等到明年秋汛，恐怕春天就會有叛亂，這個罪名張還耕恐怕擔不起。」

蕭胤雙說：「這次押送賑災銀，太子殿下也派了人隨行，想必對此會有所準備。」

「誰？」

「內閣次輔程大學士的兒子。」

「你說，程鶴年？」孟如韞驚訝出聲。

「你們認識？」

孟如韞點點頭。「見過幾面。」

「那孟姑娘覺得，依這位程公子的行事作風，會如何處理此事呢？」

孟如韞猜不出來，但是依照她對程鶴年的了解，他做事目的性極強，又擅長以利相誘，他以太子的名義千里迢迢跑到蘇和州來，絕不只是為了安撫災民這麼簡單。

蕭胤雙沒有追問，用袖子擦掉木雕上的碎屑，翻來覆去端詳了一番，用掌心托到孟如韞面前。「送給妳。」

是一隻正在振翅的青鳥，做工算不上精緻，但勝在栩栩如生。

孟如韞沒接。回頭要是被陸明時知道，非把翅膀掰折了不可。

「殿下自己留著吧。」

「怎麼，妳不喜歡？」蕭胤雙定定望著她。「只是一個小玩意兒罷了。」

「我……」

「她不喜歡。」

背後冷不防傳來陸明時的聲音。

他不知何時走進了院子，掃了一眼蕭胤雙掌心裡的木雕青鳥，笑道：「臣倒是挺喜歡的，殿下不如送給臣吧。」

蕭胤雙淡淡一笑。「這麼秀氣的東西，只適合送給女孩子。陸大人要是喜歡，改天我尋個大點的樹根，重新雕一個送給你。不知陸大人喜歡虎還是喜歡狼？」

陸明時道：「臣喜歡狐狸。」

蕭胤雙一笑。

「我找阿齇有事，就不叨擾殿下了。」陸明時拉起孟如齇的手往外走，出了蕭胤雙的院子，一路回到她的住處。

他掌心溫暖乾燥，孟如齇的手被他焐了一路，也漸漸有了溫度。

孟如齇點亮屏風前的燈燭，問道：「李副都指揮使呢？我還以為你們會喝到半夜。」

「他已經連夜趕回虔陽府了。他來找我本也不是為了喝酒，說完事情就走。」陸明時站在她身後說道。

「這麼說，你在牆邊聽了有一陣子？」孟如齇失笑。「陸大人也做這麼不體面的事。」

「反正你們正事都聊完了，天這麼冷，我怕妳著涼。」陸明時從身後靠上來，輕輕握住孟如齇的手。「妳肩上的傷口怎麼樣了？給我看看。」

他聲音輕飄飄地落在耳邊，孟如齇面色微紅。「我每天都上藥，已經好得差不多，不必再看了。」

陸明時低笑。「妳這是在害羞嗎？」

「瞎說什麼。」

孟如韞要走，手腕攥在他掌心裡抽不出來。陸明時笑吟吟瞧著她，暖黃色的燈燭映得他眉眼如畫。

他說道：「明天我要去虔陽府，不一定什麼時候回來，妳的傷無礙，我也少些牽掛。」

孟如韞眉頭一皺。「你去虔陽府做什麼？」

陸明時不說話，拉她到椅子上坐好，解開她上衣的釦子，將肩膀上的衣服褪至半臂處。

孟如韞將臉轉向一邊，臉色紅得彷彿新撲了一層胭脂。

陸明時神色並無旖旎，仔細查看了她肩上的傷口。因為縫了針，裡面的皮肉已經慢慢癒合，皮膚表面的刀痕處也開始結痂，再過半個月左右，血痂會逐漸脫落，長出新的皮肉。

「這幾天儘量少沾水，等我從虔陽回來，就可以給妳拆線了。」陸明時溫聲道。

孟如韞點點頭，將衣服重新穿好，問道：「如今流匪都在災縣附近流竄，虔陽府是最安全的，你去虔陽府總不會是剿匪，難道是有別的事情嗎？」

見她執意要問，陸明時道：「太子派了程鶴年來，我不放心他，去探探情況。」

「也是為了賑災銀的事？」

「恐怕沒那麼簡單。賑災銀被東宮派給了張還耕，」陸明時道：「我懷疑程鶴年另有所圖。」

「你帶我一起去虔陽府吧，我也想知道他要做什麼。」孟如韞說。

陸明時一口回絕。「不行。」

「為什麼？」

「不想帶。」帶她去看程鶴年，自己是得有多大方？

他倒是理直氣壯。

孟如韞試著與他講道理。「太子讓張還耕要三十五萬賑災銀修堤壩，一來可以遮掩兩年前修堤壩貪墨的錢，二來可以再貪一回。可是剩下的賑災銀不足以賑災，屆時出了亂子，東宮仍要擔責。程鶴年必然是給太子出了什麼兩全的計策，能保證太湖不出反民，你帶我去虔陽府，我早些弄清楚，也好早些寫信給長公主。」

陸明時垂眼聽著，一副不為所動的模樣。「妳為長公主打探，與我有何干係？」

「我知道的事情也會告訴你呀。」

「我自己有腿，可以自己打聽。」

孟如韞嘗試以情動人，小聲央求他道：「子夙哥哥，你就帶我去吧，反正都順路。」

陸明時嘖了一聲。「有事子夙哥哥，無事就是陸兄，一點誠意都沒有。」

孟如韞有些急了。「你不帶我我就自己去，大不了被山上流匪搶去做壓寨夫人！」

「妳敢！」陸明時屈指在她腦袋上敲了一下。「妳這傷疤還沒好，就開始忘了疼？」

孟如韞冷哼了一聲，轉過身去不理他。

陸明時嘆了口氣，苦口婆心勸她道：「如今虔陽府各方勢力交雜，不比桐縣安全。我的人帶不進城裡，萬一東宮的人發覺妳在刺探消息，對妳下手，我怕我護不住妳。妳在桐縣等著，我有什麼消息一定第一時間告訴妳。」

「冠冕堂皇。」孟如韞不信。「你就是不想讓我見程鶴年，你怕我跟他有什麼，你不相信我！」

是又如何，她怎麼還惡人先告狀？

但他嘴上不肯承認。「矜矜，妳未免把我想得太小氣了。」

「那好，既然不是——」孟如韞起身走到書案前，鋪開紙張開始研磨。「我這就給程鶴年寫信。他是天子特使，背後又有東宮，我隨他住到官驛館去，保證萬無一失，絕對安全，這樣子夙哥哥你就不用擔心了。」

「我不准！」陸明時語氣一變，從她手裡抽出紫毫扔到一邊，瞪了她一眼。「孟如韞，妳存心氣我是不是？」

孟如韞學著他的語氣道：「與你有何干係？」

陸明時一噎，無奈地承認道：「行行行，我承認，我就是不想讓妳見他。我小心眼，我吃醋，行了吧？」

孟如韞信誓旦旦地保證道：「你若是帶我去，到了虔陽府我一定跟緊你，不同他私下見面。若是不小心見了，說了什麼做了什麼，保證一字一句學給你聽。你若是不帶我去……」

陸明時眉梢一挑，語氣暗含警告。「妳待如何？」

「我嘛……」孟如韞話音一轉。「那我會想你想到睡不著的。」

陸明時無言。

「行不行呀？子夙哥哥。」

陸明時被她這軟硬兼施拿捏住了，面上強撐著不情願，話音裡已改了風向。「跟我去虔陽府就要聽我的話，不許自己胡鬧。」

「那當然，到了虔陽府，我肯定跟著你走！」

孟如韞心願得逞，十分高興，忽然伸手圈住陸明時的脖子，飛快在他臉上親了一下。

此舉未免有些不矜持，她親完就後悔了，面色如桃花，奈何陸明時扣著她不鬆手，將她拉進自己的懷裡。兩人目光貼得極近，能互相在對方的眼睛裡望見自己的倒影。

陸明時以目光請求孟如韞的允許，他的左手扶住了孟如韞的後頸，見她沒有抗拒，嘗試著親吻她的眉心、鼻尖，一路向下落到唇間。

孟如韞心裡怦怦直跳，又緊張又慌亂，陸明時輕輕撫她的背，安撫她。「別怕，矜矜。」

難得月色正好，穿戶入庭，桌上燈燭搖曳，爆開一朵燈花。

手邊的墨條不小心被掃落下去，啪嗒一聲。

許久之後，孟如韞靠在陸明時懷裡喘氣，陸明時有一搭沒一搭地撫著她的背。

他剛要說什麼，孟如韞搶先警告他道：「不許笑我。」

陸明時倒還不至於那麼愣頭青，他眼下笑痛快了，苦日子可都在後頭呢。

為了讓孟如韞放鬆下來，陸明時與她說起了李正劾的事。

「論年紀我該喊他一聲世叔。他曾在我爹手底下當過校尉，兩人是過命的交情。只是他這人沒大沒小慣了，又早十幾年調回臨京，他不拿我當小輩，我也不當他是叔叔。」

孟如韞好奇。「這麼說，李副都指揮使知道你的身分？」

「知道。」陸明時嘆了口氣。「當年爹娘出事以後，就是他悄悄把我送去了阜陽韓老先生門下。」

聞言，孟如韞對李正劾改了印象，又擔心地問道：「既然他也曾在鐵朔軍中待過，陛下還敢如此重用他？」

陸明時解釋道：「他當年只是一個無關緊要的校尉，而且在呼邪山一戰之前就調回了臨京。有一次，他隨聖上去春獵，聖上一箭驚怒了一隻白虎，是李正劾擋在聖上身前，徒手箝住了老虎的嘴，才讓侍衛有機會射殺猛虎，所以聖上十分賞識他。」

「原來如此。」

「睏了嗎？」聽孟如韞的聲音越來越低，陸明時輕輕碰了碰她的臉。「既然明天要趕路去虔陽府，今晚早點休息吧？」

孟如韞依然靠在他懷裡，點了點頭。

第四十二章

程鶴年與遲令書之女遲琬的婚事本定於九月初七，因為程鶴年奉命去太湖賑災，所以將婚事推遲到了來年三月。

為此，程鶴年親自攜禮登門向遲令書請罪。遲首輔為人寬和，沒有怪罪他，反而勉勵了他幾句，讓遲琬出來與他見了一面。

出了遲府後，程鶴年心裡鬆了口氣。

去太湖賑災這件事是他自己向太子求來的。他沒能藉著石合鐵的案子成為兩淮轉運使，也沒有回到欽州繼續做通判，而是重新入了翰林院，暫知編修，做些整纂書文的清要工作。

若他還是從前的程鶴年——以內館為高華，以外吏為流俗，以辭賦為雅道，以吏事為風塵，他一定會為此高興。可他已經變了，相比起文人詩賦之雅道，他更留戀權勢帶來的興奮。

聖上昏聵，太子多疑，都只是庸淺俗人，卻因為手握權勢而號令天下。才華與清望只是好看的面子，唯有權勢，才是獲得一切的倚仗。

所以他以利相誘，在太子面前立下軍令狀，說服他舉薦自己前往太湖，一來這是他在朝中立足的機會，二來也可以拖延他與遲琬的婚事。

程鶴年總覺得不甘心，想再試一試。

他到達虔陽府的第二天就給蘇和州的幾個富商發下邀帖，請他們到廣寒樓一聚。他沒有用賑災巡撫的身分，請帖落款處簽的是私人花押。可消息靈通些的商人都清楚，此人背靠程府，又有東宮作保，不敢怠慢，紛紛寫了回帖答應。

陸明時得知此消息時，剛與孟如韞在虔陽府落腳。

他們沒有去官驛館報到，那裡各方耳目太雜，而是在虔陽府府衙附近租了個小院子。

孟如韞指揮著臨時雇來的僕役打掃房間，又差人去買菜買米，見人手不夠，就留在廚房幫忙淘米。陸明時找了半天才找到她，一把將她拉了出去。

「米還沒淘完……」孟如韞支著兩隻濕淋淋的手不知所措。

「我是缺個丫鬟才帶妳來的嗎？」陸明時沒好氣地瞪了她一眼，用袖子裹住她的手擦乾淨水。「妳本來就體寒易咳，還往廚房裡鑽，泡了這麼久的冷水，是想生病嗎？」

「我看廚房忙不過來了，就打個下手。」孟如韞忙解釋道。

「忙不過來就喊人。」陸明時往院子裡一指。「這麼多人不夠妳支使的嗎？要是不夠，梁子英——」

「欸，師兄你叫我？」梁煥從房間裡探出頭來。

「去廚房把米淘了。」

梁煥啊了一聲，懷疑自己聽錯了。

陸明時提高了聲調。「我說，去淘米。」

「唉……好！」雖然梁煥對這個指令有些摸不著頭腦，但師兄的語氣明顯不容他再問第三遍，於是他麻利地往廚房走去。

孟如韞看了梁煥一眼，一個十六、七歲的富家少爺。「他會淘米嗎？」

「餓不著妳。」陸明時拉起她往房間走。「跟我來，我有正事和妳說。」

陸明時屏退了下人，將程鶴年宴請蘇和州富商的消息告訴了孟如韞。「請的都是當地有名的富商，有做絲綢生意的、開錢莊的、做漕運的，還有幾個田畝過萬的大地主。」

孟如韞問：「會不會是為了籌集賑災糧？張還耕要挪錢去修堤壩，他拿什麼籌？」

「若東宮肯作保，這些富戶肯無押而借，賣他個人情也未可知。」陸明時輕輕搖了搖頭。「程鶴年與太子一丘之貉，都是只進不出的主兒，有銀子尚且不會往外拿，何況借銀子賑災。若以朝廷的公名，此事尚有幾分可能，以私人名義宴請，太子不會允許程鶴年如此慷慨。」

他說得有道理。孟如韞默然沈思，一時也沒有頭緒。

陸明時說道：「宴請定在明天晚上。後天一早，朝廷來的賑災巡撫與當地的州官、災縣縣令就要商議賑災銀的具體用度，我猜是與此有關。」

「太子擔心這些地方官不同意把錢挪去修堤壩？」

陸明時點點頭。「堤壩塌了，倒楣的是河道使，逼反了災民，頭一個倒楣的就是縣令，當然會有人不同意。」

孟如韞問道：「那子夙哥哥可有辦法得知他們議事的內容？」

聞言，陸明時嘆了口氣。「後天的議事，李正劾與梁重安都在。此事不難，可明晚的宴請一時還沒有探聽的管道。我正在猶豫要不要找梁重安借人，可這老賊滑不溜手，我怕他心志不堅，反而把咱們給賣了。」

孟如韞思忖了一番，說道：「我離開臨京前，長公主殿下給我點了幾個關鍵時候可用的暗樁，其中有個叫趙閎的茶葉商人，不知是否在程鶴年邀請的名單裡。」

「蘇和州茶行行頭，景月莊的東家趙閎？」

「是他。」

陸明時眉梢一挑。「他竟然是長公主的人？」

「是霍少君為殿下培養的。」孟如韞比了一個噤聲的手勢。「此事他知，殿下知，我知，現在還有你。知道的人不多，從他那裡拿消息應該會很安全。」

陸明時望著孟如韞。「妳才入長公主府多久，殿下是不是有些太信任妳了？」

孟如韞驕傲地一抬下巴。「我招人喜歡。」

「矜矜，妳同我說實話，」陸明時屈肘俯身靠近她。「妳是不是打算賣命給長公主？她連這麼深的暗樁都敢給妳用，妳呢，又能給她什麼？」

孟如韞道：「殿下不是那麼勢利的人。再說了，我來太湖本也是給她辦事。」

「她或許不是，但霍弋是。」一想起與霍弋打過的幾次交道，陸明時輕輕皺眉。「妳想跟著長公主謀前程，我不干涉妳。但霍弋此人妳一定要小心，他若給妳一把匕首，一定會提前給妳餵下毒藥。」

霍弋有這麼陰險嗎？

想起那個長年坐在輪椅上的年輕男人，在長公主面前總是顯得溫和多情，孟如韞下意識覺得他不會是陸明時形容的那般冷漠陰毒。

陸明時看她的表情就知道她沒聽進去，氣得伸手在她臉上捏了一把。「等被他陰了妳就哭吧！」

虔陽府雖比不上臨京繁華，但畢竟是蘇和州的州府所在地，酒肆茶樓沿湖岸林立，夜幕垂下時，沿河岸燈火亮起，樓閣裡急管繁弦，人聲鼎沸。

廣寒樓位於湖心小島，與岸上的熱鬧隔了渺渺的湖面，恰如月中廣寒宮與人間熱紅塵，故得名「廣寒樓」。樓中酒菜歌舞，皆非岸上凡品，有資格來此逍遙者，都不是販夫走卒。

程鶴年到廣寒樓時，他邀請的富商巨賈已經來齊，這些商人們慣有一番寒暄的本事，兩、三杯酒喝下肚，場子就熱絡了起來，為首的是開錢莊的岳老闆，在座不少商人的錢都存在他家錢莊裡。岳老闆見程鶴年只是個年輕的俊後生，心裡的敬畏不自覺就少了幾分，上前敬了他兩杯酒，自顧自讓人叫琵琶娘進來熱鬧。

程鶴年將酒杯放在手邊，面上微微帶笑，任岳老闆如何想反客為主，只要他不點頭，他的侍衛就不會放任何人進來。

廣寒樓的琵琶娘一曲千金，哪裡受過這種委屈，站在門外吵嚷不停。在座有不少她的老主顧，岳老闆向程鶴年說情，讓他把人放進來。

程鶴年溫和一笑。「那就進來聽聽吧。」

琵琶娘抱著琵琶走進來，目光在屋裡一掃，知道程鶴年是貴客，衝他嬌媚一笑，一改剛才的潑辣，柔柔問道：「不知客官想聽什麼？」

程鶴年問：「〈六么〉會嗎？」

「自然。」琵琶娘略顯得意。這首曲子是她從一開始抱琵琶時就練習的，整個虔陽府不會有人彈得比她還好。

琵琶娘開始彈奏，塗了紅蔻丹的手指按住細長的琵琶弦，靈活地翻弄挑撥，屋裡響起歡快明麗的樂曲。她有心賣弄，短弦格外短，長弦分外長，引得滿屋的客人鼓掌叫好。

程鶴年端坐主位，眉眼溫潤，卻如畫上去的一般無動於衷。

一曲既終，琵琶娘笑吟吟望向程鶴年。「客官覺得如何？」

「妳的贖身銀子多少錢？」程鶴年問。

聽他此言，滿屋商人與琵琶娘都笑了。前者是了然哄笑，後者是嬌羞的笑。

岳老闆高聲對琵琶娘道：「珩娘，妳今天有福了。這位程公子可是程閣老的兒子，妳若跟了他，哪怕是個通房，也比咱們這種小門小戶家的正室夫人氣派啊！」

程鶴年看了他一眼，目光又轉向琵琶娘。

琵琶娘面上越發嬌羞，柔柔說道：「奴家贖身要八百兩銀子。」

「程雙，把錢給她。」

站在程鶴年身後的程雙拎出一個小木箱，打開，裡面整整齊齊摞滿了五十兩一錠的銀元寶。程雙數了八百兩銀子交給聞聲而來的廣寒樓老闆，老闆笑呵呵地與他交接了賣身契。

程鶴年手裡把玩著賣身契，對程雙道：「把她的手廢了。」

程雙左手捏住琵琶娘的兩隻手，右手狠狠一折，只聽清脆一聲，琵琶娘慘叫出聲，癱在地上捂著雙手，痛苦地哀號著。

「程公子，你這是……」岳老闆大驚。

只聽程鶴年淡淡說道：「六么者，謂之轉關，轉關者，即為『攏捻』。攏要輕，捻要慢，所謂『輕攏慢捻』是也。妳彈六么，卻連攏與捻的節奏都掌控不好，遑論此曲意境不在媚人，而在聲詞閒婉。妳彈得如此難聽，在虔陽府這種小地方尚能頭插雞毛充鳳凰，到了臨京連教坊司的大門都進不去，再練也沒什麼意思，不如廢了吧。」

他語調平淡，彷彿不是剛廢了人一雙手，而是賞了幾錢碎銀。琵琶娘的手腕被折斷，胳膊充血腫脹得十分駭人，手掌還連在上面，不停地往下滴血。

程鶴年拾起筷子，挾了一口當地有名的「鯉魚躍龍門」。

在座的商人雖一向圓滑狡詐，卻從未見過這種場面。岳老闆望著從容飲宴的程鶴年，知道是自己著相，小瞧了這位高門公子。

岳老闆三分懼七分敬，朝程鶴年一拱手。「我等在虔陽府這種小地方沒什麼見識，叫公子見笑了，還望公子海涵，莫與我等井底之蛙計較。」

「好說。」程鶴年一笑。「我今日來，本也不是為了尋各位的晦氣，是要與各位謀前程，賺大錢的。」

在座的商人們面面相覷。岳老闆道：「還請程公子賜教。」

程鶴年讓人把疼昏過去的琵琶女拖了下去，接過程雙遞來的帕子擦了擦手，緩聲說道：「今日我宴請諸位，雖然用的是私人的名號，但背後也有太子殿下的授意。太湖決堤，朝廷雖然撥了賑災款下來，但單憑這點錢，並不能安頓好災民。太子殿下聽說這件事後寢食難安，特命我邀請諸位，要為百姓做點實事。」

岳老闆略一沈吟。「殿下的意思是讓我們捐錢？」

此話一出，桌上眾人竊竊私語，有人面露難色，對程鶴年道：「程公子，實不相瞞，自澇災以來，我們的日子也不好過。在災縣的田產跟著遭了災，生意一落千丈，何況咱們天天在虔陽府外布施，都快把家底捐乾淨了！」

他們此起彼伏地應和哭窮，程鶴年也不生氣，笑了笑。「我知諸位心善，必不藏私，所以今天我不是來請諸位捐錢的。我說了，我是來請諸位賺錢的。」

岳老闆眼球一骨碌。「願聞其詳。」

「太湖秋澇，災民奔走，這段日子蘇和州必然米貴而地賤，諸位何不乘機以米換地呢？」

「以米換地……只怕朝廷和災民都不肯。」

程鶴年解釋道：「馬上就是冬天了，朝廷的賑災銀都拿去修堤壩，沒錢給災民發過冬米和造房子，災民要想活下去，只能賣地，有何不肯？」

「這麼說，朝廷不會插手？」岳老闆眼睛一瞇。

程鶴年一笑。「你們出錢，災民有了活路就不會造反，朝廷為何要插手？」

「倘若別地的商人也攜米過來賣……」

程鶴年瞥了他一眼。「我與諸位保證，不會有別人與諸位搶購災縣的地。」

岳老闆一時陷入了沈思。

田地是個好東西，在座的絲綢商人要種桑養蠶，茶葉商人要圈地栽樹，收租的地主也要擴大產業，有越多的田地，就能賺越多的錢。但田地也是普通百姓的根，若非走投無路，百姓不會賣地；就算賣，也要力爭賣個好價錢。

澇災當頭，若朝廷發不下賑災糧，又沒有別州商人來壓低糧價的話，等量的米能換出從前三倍面積的田地。等洪水退去，那田連阡陌，一望無際的可都是自己的家資啊！

岳老闆心動，其他商人也十分心動。

「太子殿下此舉抬愛，我等不勝感激，只是不知我等能為殿下做些什麼，來分擔殿下的憂慮？」

天下沒有免費的午餐，太子肯費心讓他們賺錢，必然有他的條件。岳老闆快速地在心裡撥了下算盤，只要太子別獅子大開口，這樁買賣就是划算的。

程鶴年說道：「第一，為了保證供給災民的米的質量，諸位買地的米，必須從我手裡買。放心，價格雖比市價貴點，但絕不會讓諸位為難。」

岳老闆點了點頭，覺得此舉甚妥。太子以監督品質的名義賣米給他們，既收到了好處，又能避開直接收銀子的風險。

「第二，今年賣了地的災民需得有個去處。誰買的地，誰就要雇傭他們做佃農，只要別餓死人，工錢你們隨意定。要是嫌吃白飯的太多，等澇災的風頭過去，你們再慢慢解雇。」

岳老闆道：「這也好說。」

程鶴年笑道：「那這件事就成了。待我讓人擬個章程出來，諸位願意來的簽字畫押，咱們也算是給殿下分憂了。」

「此事若成，我等必對殿下和公子感激涕零！」岳老闆舉起了酒杯，其他商人也紛紛高興地應和。

談妥了這件事，程鶴年心裡的一塊石頭也落了地，等待著第二天議事會上讓第二塊石頭也塵埃落定。

第四十三章

另一邊，孟如韞與陸明時等到了將近子時，終於等到了景月茶莊老闆趙閎的消息。他沒有露面，只派人送了一封信來，信中詳細記錄了廣寒樓晚宴上的對話。

孟如韞看完後將信扔在桌上，蹙著眉不說話。陸明時撿起讀了一番，嘲諷地笑出聲。

「沒想到程公子出身書香世家，算盤打得比鑽慣錢眼的商人都響。以米換地，朝廷省錢，商人滿意，東宮還能從中撈一大筆，真是妙啊！」

「可惜苦的只有百姓。」孟如韞冷聲道：「十擔米換一畝田，尋常百姓家七、八畝田地，勉強夠拿去換過冬口糧和造房子所需的木石。等明年開春，百姓窮得一無所有，只能去給地主佃農，每日領三兩米做工錢，尚不能飽己腹，如何養家餬口！太子位居儲君，為了斂財，竟連百姓死活都不管了嗎？」

陸明時將燈芯挑亮了些，溫聲道：「天之道，損有餘而補不足；人之道，損不足以奉有餘。如此下去，貧者赤貧，富者更富，實非良政。」

「以米換地的路子絕不能開，要阻止這件事。」孟如韞沈聲道。

陸明時望著她的側臉。「矜矜想做什麼？」

「我還沒想好……明天上午就要開議事會，此事來不及稟告殿下，可在賑災一事上，你我皆非舉足輕重之輩，單憑你我要阻止程鶴年推行這個方案，太難了。」

孟如韞焦灼地在房間裡走來走去。她越深思，越覺得以米換地這個主意是在刳脂剔膏，竭澤而漁。她能想到，那些縣官、州官必然也能想到，可這個主意妙就妙在符合了所有人的利益。

富商願意掏錢買米供災民過冬，解了賑災銀不能兼顧重修堤壩和安民濟困的窘境，這些地方官也不必夾在得罪太子和轄地出反民的兩難裡左右為難。

除了災民，所有人都很滿意。

就連災民，程鶴年都考慮得十分周全，給他們過冬米，給他們生計，他們雖然失了田地，但不會糾集生亂。

如此完美的安排，要怎樣才能阻止？她心中煩亂，眉心緊蹙。忽然有一隻手輕輕按在她的肩膀上，安撫地拍了拍她。

「不要著急，矜矜，我們慢慢想。」陸明時的聲音溫和如春風。「程鶴年此舉的前提是朝廷賑災銀不夠修堤和賑災兩用，為了讓挪錢修堤壩更順利才行此策。如果我們能證明修堤用不了這麼多錢，以米換地就沒了施行的道理。」

孟如韞道：「張還耕既然敢要三十五萬，必然準備好了充足的說詞。」

陸明時一笑。「但只要是假的，就一定能找出破綻。」

聽出他言外之意，孟如韞眼睛微微一亮。「莫非子夙哥哥已經找到了？」

陸明時起身走到書架前，抽出一本小冊子遞給她。「前些日子在各縣巡邏時，我讓梁煥幫我搜集了一些信息。當年，太湖修堤前後共用工一萬五千人，其中五千人是屯兵，兩千人是服苦役的犯人，剩下八千是雇傭當地的百姓。屯兵吃的是軍糧，修堤雖然會給額外津補，但這筆錢比雇來的當地百姓要低很多。服苦役的犯人只有口糧，沒有工錢，然而當年修堤的帳上，卻全部是按當地百姓的價格往外支的工錢。」

「看來張還耕這次仍打算這麼做。」

陸明時點點頭。「多用幾次這種欺上瞞下的手段，帳面上修堤的成本就上去了。」

陸明時此言給了孟如韞靈感，她突然想起前幾天看的縣志。「我記得上次修堤，名義上有一大筆錢是拿去疏通河道，怎麼這次修堤仍有此項消耗嗎？」

陸明時點點頭。「張還耕的意思是舊堤要拆了重建，河道也要重新整飭，花費不比上次少。」

「這就有問題了。」孟如韞眉梢一挑。「仁帝三十七年，也就是明德太后主政的時候，時任工部右侍郎的薛平患大人曾在紇州靈江修堤。他發明了一種燒石澆醋的方法來開通河道，花費不及人力十分之一，速度也更快。若是改用這種方法，又可以省一大筆錢。」

陸明時頗有些驚訝。「薛平患是先太后舊臣，妳如何會知道他的事？」

孟如韞道：「小時候娘給我講過這個故事，我還自己偷偷嘗試了一下，結果把道觀裡的一堵牆給弄塌了。」

陸明時想像她幼時淘氣的情形，不禁笑出聲來，摸了摸她的頭。「聰明的姑娘。」

孟如韞臉色微微一紅，心裡有些不好意思。

這話半真半假，她確實用燒石澆醋的辦法弄塌了道觀的牆，但那是為了寫《大周通紀》裡的〈薛平患傳〉，她需要求證此事真偽。後來發現這個辦法確實好用，只不過因為薛平患曾是明德太后提拔的人，宣成帝登基後不久，他就上書致仕，此方法沒來得及被推廣，只在民間小範圍流傳著。

「這樣一看，其實修堤用不了那麼多錢，細算下來，或許二十萬就夠了。」孟如韞嘆了口氣。「只是咱們算的帳，該如何搬到檯面上去？」

陸明時想了想，說道：「妳把這些事整理成一封信，寫完之後，讓梁煥連夜送去給梁重安看。」

「這些事畢竟有待查證，僅憑這一封信，難道就能阻止東宮的計劃嗎？」孟如韞有些懷疑。

「此事只是一擊。妳寫完後就好好休息，我出去一趟，剩下的事交給我。」

陸明時抓起佩劍要往外走，孟如韞叫住了他。

「子夙哥哥！」

陸明時微微側首。「怎麼了？」

孟如韞走上前，摟住他的脖子，踮起腳，在他嘴唇上輕輕親了一下。

「夤夜行事，一切小心。我等你回來一起吃早飯。」

陸明時撫摸著她的側臉，滿眸月色，笑著應道：「好。」

夜已深，月光昏沈，寂靜的屋簷上飛快掠過一個黑影，驚起停棲在樹叢裡的一片黑鴉。

夜空中傳來貓頭鷹淒清的叫聲。虔陽府的官驛館已經閉門，但沒有幾個人能在今夜安然入眠。眾人心思各異，都在為即將到來的議事會而煩憂。

程鶴年自廣寒樓歸來後，一直待在房間裡整理書稿。程雙眼見著他將平日裡珍而重之的書稿一張張撕下來，用火摺子一點，扔進銅盆裡，化作一片灰燼。

紙頁上的字溫婉秀麗，不是程鶴年的筆跡。程雙心中疑惑，但片言不敢多問。

程鶴年一邊翻一邊燒，待燒完整整兩本書稿後，他似是終於回過神來，縮回險些被火舌舔到的手，對程雙道：「去打盆溫水，我要洗手。」

程雙推門離開。程鶴年仍目不轉睛地盯著銅盆裡被火焰捲噬的書稿，自言自語道：「阿韞，我實不願妳見我這般……」

身後的門傳來極輕的吱呀聲，程鶴年以為是程雙打水回來了，回頭卻見空無一人，彷彿只是一陣風吹過搖動了門。

陸明時的身影隱在夜色裡，臉色卻比夜色還黑，已經走出了程鶴年的院落一段距離，仍嫌晦氣地拍了拍身上的衣服。若不是今夜另有要事，他真想一把火將程鶴年給點了。

緊鄰著程鶴年院子的是馬軍副都指揮使李正劾的院子。此人沒心沒肺，僅僅是從他窗外路過，陸明時都能聽見他捧著肚皮打鼾磨牙的聲音。陸明時正從程鶴年那裡帶出來一肚子火，聽不得他如此痛快，想了想，翻窗潛進了他屋裡。

李正劾的呼嚕聲戛然而止，緊接著屋裡傳來嗷的一聲。

守衛聞聲而來，李正劾沒讓他們進屋，隔著房門打哈哈道：「沒事，腿抽筋了，該幹啥就幹啥去吧！」

守衛走後，李正劾抱著自己被強行抽筋的腿，瞪著陸明時。「大半夜爬你爺爺的床，抽什麼風！」

陸明時氣定神閒地坐在桌邊，用扇柄有一搭沒一搭地敲著膝蓋，欣賞李正劾被擾清夢後氣急敗壞的臉色。

「你是聖上欽點的賑災巡撫使，明天議事會上該說什麼，你想好了嗎？」陸明時問道。

李正劾兩眼一翻。「什麼欽點的巡撫使，屁！聖上是覺得我押銀子安全，把我當鏢頭使呢！」

「別人這麼覺得，我可不這麼覺得。臨京來的三位巡撫使中，你代表著陛下的聖意，明天的議事會上，你可是主角，你要是擔心說錯話——」陸明時閒閒一笑，看著李正劾道：「德介兄，明天帶我去議事會，如何？」

李正劾眼皮狠狠一跳。「你想坑死老子是吧？要去你自己去，別攀扯我。梁重安他兒子還在你手裡，你把刀駕在那兔崽子脖子上，別說議事會，你想上天梁重安都不攔你！」
陸明時皮笑肉不笑。「我就跟著你。」
李正劾嘶了一聲，看陸明時的眼神就像看青樓裡甩不掉的娘兒們。
陸明時沒給他拉來扯去的機會，定下計劃就走，氣得李正劾罵罵咧咧了半宿。
陸明時出了李正劾的院子，又繞了一段路，摸黑進了另一名賑災巡撫使，左都御史薛錄的院子裡。
薛錄的書房裡隱約透著燈光，侍衛守在院門外，小廝靠在廊下打盹候命。陸明時靜靜觀察了一會兒，摸出袖子裡的銀色飛鏢，叮的一聲打入窗縫裡。
他對薛錄比對李正劾客套得多，先以銀鏢傳信，得到允准後才潛進了他的書房裡。
「薛大人，別來無恙。」陸明時對著薛錄拱手作揖。
薛錄沒有回禮。「我與陸安撫使尚未熟稔到可以深夜來訪的程度吧？」
「事急從權，還望大人見諒。」
「什麼事這麼急？」
「明日議事會。」
「議事會？」薛錄哼笑了一聲。「據我所知，陛下讓你做臨時巡鎮使，是讓你留在蘇和州清剿流匪，什麼時候這賑災事宜也要煩勞陸巡鎮使操勞？」
陸明時說道：「不巧，陸某正是在剿匪途中，發現這些流匪與賑災事宜有很大干係。」

「胡說八道，議事會還沒開，賑災事宜還沒定下來，流匪更無從得知，遑論與之有關。」

「薛大人先看看這個。」

陸明時從袖子裡掏出一卷紙遞給薛錄。「這裡面有三份口供，分屬桐縣、豐山縣、萃水縣附近抓到的流匪。」

薛錄接過口供，先是一目十行快速掃過，看著看著眉頭慢慢皺起，讀得越來越慢。

「竟都不是本地人士……」薛錄驚疑不定地喃喃出聲。

陸明時點頭。「而且這幾個關鍵頭目的左臂後方都有麒麟頭刺青。據我所知，這是永林衛的標記。薛大人應該知道永林衛吧，那可是兵部尚書錢兆松一手督設，說是太子親軍也不為過。」

「大膽！」薛錄變了臉色。「你竟敢構陷太子！」

「是不是構陷，薛大人心裡清楚。」陸明時渾不在意地笑了笑。「你堂兄薛平患心裡也清楚。」

「你！」

提起薛平患，薛錄看向陸明時的眼神登時變了，像一隻被人扔進油鍋裡的螞蟻，背著手在屋裡轉了幾圈，最後半是警惕半是不耐煩地說道：「陸大人不妨打開天窗說亮話。」

「好，那我就與薛大人明說。」陸明時緩聲道：「太子欲從太湖澇災中斂財，支使張還耕漫天要修堤價款，怕爾等與地方官不同意，又讓程鶴年搞了個以米換地的餿主意出來，要抽乾蘇和州百姓的血，然後與當地富商三七分成。為了控制局面，不讓外地糧商進來攪亂糧價，他讓親軍糾集災民扮成流匪四處作亂，專搶外地商人運進來的糧食。此舉也可以混淆視聽，若有災民不服從以米換地的政策想要鬧事，便可視為流匪，就地斬殺。」他語速不快，娓娓道來，吐字清晰，語調平和。「薛大人，你是左都御史，也是賑災巡撫使；此事，你管也不管，參也不參？」

薛錄卻聽出了一身冷汗，寒風一吹，狠狠打了個寒噤。「東宮之尊，萬人之上，怎會……如此……」

陸明時苦笑了一下，沒回答。貪慾這種事，追究原因是最無趣的，它本就是人性，因為未曾得以遏制，而變成了一種禽獸的本能。

許是長公主回京令太子殿下多了政敵，所以錢財耗費增多；許是錢袋子徐斷被石合鐵的案子搞下了臺，東宮的收入驟減，急需從別處找些進項，又或許是單純愛錢。

誰不愛錢呢？當今陛下也愛錢，曾多次挪用太倉儲銀作私用，官員獲罪動輒抄家，將其家產沒入自己的私庫。臨京盛傳什麼天子好樸素，不過是大臣不敢在聖上面前露富，怕哪天家產遭了聖上惦記。

薛錄兀自思忖了半晌，試探著問道：「這麼說，明天議事會上，程巡撫使會提以米換地的策略，來紓解賑災銀兩不夠修堤撫民兩用之難？陸大人想讓我做些什麼？」

「不是我想讓大人做什麼，區區陸某，有何資格。」陸明時望著薛錄，神情溫和，眼裡卻一片清明，沒有半分笑意。「我與大人並不熟悉，大人知道我為何找你嗎？」

自收到陸明時要深夜拜訪的銀鏢傳信，薛錄也一直在想這個問題。利益、派系，抑或是別的什麼他尚未看透的糾葛。

「因為大人姓薛。」

見他猜不透，陸明時解釋道：「一門三公，七代五卿，大人之姓，是大周開國文勛薛櫟之薛，是匹馬持節說服戎羌王后向大周獻降的薛寒旌之薛，是平紇州靈江數十年水災的薛平患之薛。先太后在朝時，曾言朝堂不可無薛家子弟，正如車馬不可無軛鞅，人之不可無手足股肱。今百姓有難，朝堂有弊，正需軛鞅以束正軌，股肱之轉乾坤，故陸某夤夜唐突拜會，還望薛大人行御史之責，振巡撫之威，為一州百姓討個天理公道。」

聽完這番話，薛錄頗為震動，沈默地行至窗前，望著窗外灰濛濛的月亮。

不是什麼派系角抵，也不是利益權衡，他說的竟然是天理公道。這番話聽起來如此可笑，如此陌生，卻又如此……讓人心頭難安。

「可惜此時月非彼時月，如今的薛家亦非當年的薛家。」薛錄苦笑著嘆氣。「聽聞陸大人是進士出身？」

「宣成帝九年二甲進士。」

「宣成帝九年……」薛錄看著陸明時，笑了笑。「陸大人，太年輕了。」

「此言何意？」

薛錄慢慢說道：「我叔祖薛寒旌，我堂兄薛平患，那都是很多年前的人物。一朝天子一朝臣，沒有久盛不衰的恩寵，也沒有長青如春的家姓。多年前，臨京也有一戶人家姓陸，祖孫世代為武將，守北疆，擊南蠻，男為將軍，女為宮眷，那可是實打實的功勛，浩浩皇恩……」

陸明時臉色白了一瞬，背在身後的手掌慢慢攏緊。

薛錄長嘆了一聲。「到後來，男皆戰死，女皆籍沒，數年之內，門殫戶盡。可見家族之天恩，一姓之積威，是最不可靠的。」

想起往事，陸明時微微愣神。他很少聽別人議論陸家，如今薛錄猛然提起，竟讓他有種置身事外的恍惚感。

他不喜歡這種感覺。

陸明時一字一句說道：「四方守將仍在，陸家雖死不滅，豈可以一時香火之斷續，妄言四方萬世之得失。若陸家後人仍在……」他望著薛錄，眸色幽深，似藏著千重萬卷的淵海，沈靜的表象下隱藏著看不透的重重深浪，斬釘截鐵道：「絕不因風雪載途而稍涼熱血，亦不因斧鉞加身而棄道捐義。」

陸明時微微閉了閉眼，平復心中的情緒。片刻後，平靜地望向薛錄。「那麼，薛家呢？」

薛錄沈默良久後，說道：「薛家……不能做第二個陸家。薛家已經死了一個薛青涯，不能再拉整個薛家下水。我當為百姓計，可也要為薛家計！」

「我明白您的意思了。」陸明時垂眼一笑。話已至此，不願再多說，便起身告辭。「夜已深，陸某不叨擾了。」

陸明時甚至不願讓他相送，行至門口時，腳步頓了頓，忽又說道：「此次陛下欽點了三位巡撫使，背後分別代表著天子、東宮與監國長公主。您面上代表長公主而來，這是聖上對您的試探，他不願見薛家繼續為長公主所用，可也不會願意見到您捨此就彼，轉而投入東宮麾下。薛家想明哲保身，退出黨爭，只有做天子的耳目，才算絕對投誠。如今太子魚肉太湖百姓，您不敢掣肘，此事若是傳進陛下的耳朵裡，他是會覺得您不再為長公主所用甚為寬慰，還是覺得您已轉投東宮而心中不喜？哦，陛下還可能想，您此舉太過反常，反而有此地無銀三百兩之嫌。」

薛錄一愣。「我並無此意……」

「單為薛家計，大人您更應該三思而後行。」陸明時頭也不回。「告辭。」

不到萬不得已，陸明時不想以利害相誘，他更想薛錄的作為是出於公心道義。

陸家還在時，與薛家交情不錯，他曾喊過薛錄幾聲「世叔」，是薛錄教他「為官思社稷，為將守疆土」。

只是薛錄忘了。

第四十四章

陸明時夜探完程鶴年、李正劾、薛錄這三位賑災巡撫使的住處，對第二天的議事會心裡有了底。見天色尚早，想了想，又轉回與孟如韞租賃的院子，進門繞過照壁，遠遠就看見她房間裡仍亮著燈。

陸明時以為她尚未寫完給梁重安的信，推門進去，才發現她坐在燈下，一隻手托腮，肩上半掛著他的披風，竟這樣睡著了。睡得並不安穩，頭一點一點的，在將燃將熄的燭影裡時而顰蹙，時而展眉。

這樣也能作夢嗎？

陸明時悄步上前，輕輕攏住她的肩膀，見她沒什麼反應，慢慢彎腰將她從桌椅之間抱起來。

他一隻手腕墊在她後頸上，覺得她的皮膚像晾了一夜的玉石那樣涼。

他抱著孟如韞走到床邊，先將她大半身體放在床上，右手扯開被子鋪好床，然後托著她的後頸慢慢放在枕頭上。

他不方便給她更衣，只將她攥著一角的披風慢慢抽出，打算給她蓋上被子。結果披風剛抽出來，孟如韞就醒了，半睜開惺忪的眼瞧著他。

「你回來了？什麼時辰……」
「還早，沒過丑時，再睡一會兒吧。」陸明時摸了摸她的臉，低聲問：「冷嗎？」
孟如韞點了點頭。
陸明時看了一眼衣櫃。「我再去給妳加一床被子。」
孟如韞沒說話，握著他的手輕輕貼在臉上。他的手是溫熱的，即使剛從外面回來，衣服上還沾著寒氣，可他人在這兒，孟如韞就覺得暖和。
陸明時心裡微微一動。
她的臉很小，只要他手指微微一張，就能整個籠住。在他的掌心裡，她彷彿變得十分脆弱，連呼吸都是輕輕的，貼著他手掌的邊緣慢慢起伏。
他有些心猿意馬，見她垂眼不語，問道：「怎麼了？矜矜。」
「剛才作了個夢，夢到很久很久以前的事，」孟如韞微微一頓。「夢見了你。」
陸明時低笑。「很久以前的我，那時候妳才多小，記事了嗎？」
孟如韞夢見的是前一世。
她夢見陸明時殺人。不是在戰場上，她也說不清是在哪裡，像誰家的府邸。陸明時提著刀，從正門一路砍進了五進院子，血與屍體鋪了一路。他身上沾滿了血，背上胸前全是傷口，但他不停地殺人，不停地尋找。
這不是上一世真實發生過的情景，但他的眼神，那種乍見赤紅冷漠，神情微動時卻又翻動出刻骨恨意的眼神，孟如韞卻在上一世見過。

那是誰的府邸？他又在找什麼人？

見她愣神，陸明時問她夢裡的具體細節。孟如韞笑了笑，說已經忘得差不多了。「我每次作夢都是這樣，一醒來就忘。」

見她不想說，陸明時也沒有繼續追問，安撫地拍了拍她的肩膀。「睡吧，我再守妳一會兒。」

「你等會兒還要出去？」

「今天的議事會我打算去盯著，卯時的時候去找李正劾碰頭。」

「那還有兩個時辰，你也上來睡會兒吧。」孟如韞往床裡側靠了靠，給陸明時騰出一塊地方。

陸明時眉梢微挑，看她的眼神裡含了些不清不楚的笑。

孟如韞不知怎的就明白了他笑裡的意思，面色轉紅，瞪了他一眼，狠狠捲緊了被子，低聲罵道：「狗咬呂洞賓。」

「矜矜說誰是狗，誰是呂洞賓，嗯？」

陸明時擠到了床上，逼得孟如韞往裡側讓出幾寸，他仍不滿意，得寸進尺地搶她的被子。

被子也被他搶走了一半，孟如韞背對著他，感覺到他的懷抱從背後慢慢貼上來，雖然隔著層層衣物，依然柔韌而溫暖。

「矜矜？」

他輕聲喚她。孟如韞閉上眼，又想起了夢裡的陸明時，心裡疼得狠狠一揪。

她睜開眼，轉身面向陸明時，然後一把鑽進他懷裡，摟住了他的腰。

正在猶豫要不要從背後抱住她的陸明時突然覺得心口被狠狠一撞，劇烈地跳動著。

「矜矜……」

他再開口，聲音裡帶了幾分暗含纏綿的低啞。

孟如韞極輕地「嗯」了一聲。

「矜矜。」

「我在呢。」

陸明時的掌心落在她後頸，慢慢向下撫摸，滑到腰際又返回，彷彿帶著某種隱密情愫的暗示，又彷彿只是下意識的安撫。

是什麼都好。孟如韞心想，他在這兒，好好地在她身邊，是什麼都好。

「馬上就要開議事會了，我有些緊張，睡不著，矜矜，妳陪我說會兒話吧？」陸明時的聲音在她頭頂響起。

孟如韞睜開眼，仰臉看向他，學著他調笑的語調，故作輕鬆道：「你那是緊張得睡不著嗎？分明是心裡不老實，想東想西。」

被戳破心事的陸明時反倒沒了包袱，屈指勾起她的下巴，身體微微一傾，幾乎將她壓在了身下。「被妳猜對了。」

孟如韞只顧著調笑他，卻不知自己此刻正面如桃花，青絲繚亂，被陸明時盯著，一寸一寸賞看了個清楚。

陸明時壓下來吻她。

他們不是第一次親吻，可白天與夜裡的感覺不同，床榻外與床榻間的感覺也不同，除了唇齒的交纏，還有衾枕間呼吸的交疊，綺念的勾連。

兩人髮鬢散開，青絲纏在一起，被子裡變得十分暖和，甚至於有些滾燙，罩得人昏昏欲睡。孟如韞的胳膊環著陸明時的脖子，拉低他也貼向他，閉著眼睛，只聽聞曖昧的呼吸，感受唇齒間親密的纏綿。

不知過了多久，孟如韞聽見陸明時低聲在耳邊說道：「寅中了。」

寅中了？孟如韞睜開眼，伸手撥開青紗帳往外面一看，天色仍是一片漆黑。

「聽說軍中拔營，往往都是寅中就要起床準備，是嗎？」孟如韞一隻手支在床邊，懶懶地看著陸明時穿好外衣，整理凌亂的髮冠。

「嗯，很多人帶兵是這樣。」

「你不是？」孟如韞心想，看不出來，他還是個帶兵寬和的將領。

陸明時笑著摸了摸她的頭。「我喜歡連夜拔營。」

聞言，孟如韞將整個人都縮進被子裡，只露在外面一雙眼睛，撲稜稜地瞧著他。

陸明時被她看得心軟，彎腰在她眉間親了一下。

「我走了，若午時中還未歸，就不必等我吃午飯了。」

孟如韞點點頭，看著他走出房間關上門，沒一會兒睡意又襲了上來。被子裡仍十分暖熱，她很快又睡著了。

陸明時與李正劾碰面，兩人喬裝改扮一番，陸明時修容改貌扮作李正劾的侍茶隨從，李正劾則扮作夜半吹風著涼咳嗽不停，需要一直喝水的憔悴病人。

議事會在州府衙門的議事堂舉行。梁重安是蘇和州知州，作為主會人坐在上首，接著是朝廷派來的三位賑災巡撫使，再往下就是州府的其他官員和受災各縣的縣令。

由於主事官員各懷心事，又慣於把李正劾當作押鏢的武夫看待，所以誰也沒有對他單獨帶了個侍茶小廝進來有什麼意見，更不會關注那低眉順眼的黑臉小廝有何面容古怪之處。

辰時一到，梁重安先讓底下官員將如今災縣的情況細細稟報。

此次太湖秋汛決堤，共淹沒縣城七個，村莊三十六個，農田三萬頃，造成無家可歸的災民有近八萬人。如今，這些災民被分散安置在虔陽府及附近的縣城周圍，靠蘇和州本地的賑災糧和各處捐糧存活。據分糧官統計，眼下的存糧還能堅持最多五天。

「若糧食用盡，該當如何？」萃水縣縣令最先發問。

「自是買糧。」梁重安目光掃向三位賑災巡撫使。「朝廷撥下賑災銀四十七萬，從周圍各州調糧食來，先讓災民吃上飯，諸位巡撫使以為如何？」

程鶴年最先應聲。「梁大人可知如今的糧價？」

梁重安道：「一兩銀子六石米，拿二十萬兩出來，能買一百二十萬石，平均每個災民十五石米，足以挨到明年秋收。」

「非也。」程鶴年輕輕搖頭。「豐年一兩銀子六石米，歉年一兩銀子五石米，如今這種顆粒無收的災年，一兩銀子未必能買到四石。且糧食越買越貴，您陡然買一百多萬石米，會讓周遭幾個州的米價跟著飛漲；咱們買得虧，沒受災的百姓也跟著遭殃。算下來，二十萬兩銀子買到的米不僅不夠災民挨到明年秋收，而且會導致修堤之事荒廢，捨本逐末，實不明智。」

「何為本，何為末，程大人莫非顛倒了吧？」梁重安問道。

程鶴年從容應答。「民為本，修堤利民；商為末，買糧利商。」

一直默不作聲的薛錄問道：「看來程大人另有良策，不妨說來議議。」

程鶴年乘機將自己「以地換米」的策略提了出來。「朝廷的錢，一釐一毫都有法度，用就要用在刀刃上。修堤是長久之計，用朝廷的錢理所應當。相較而言，災民的安置則宜可便宜行事，當地商人有錢有門路，便讓他們買米救民，既解了賑災銀不能兩全之困，又避免他們與朝廷對著幹，炒高米價，兀自浪費錢財。諸位大人以為如何？」

他的主意一出，底下官員議論紛紛。

百姓受災，反倒鼓勵商人兼併土地的做法，他們是第一次聽說。有不少官員下意識出言反對，提出諸如「商人重利」、「朝廷顏面」的觀點，被程鶴年三兩句話駁得啞口無言；也有務實的官員詢問關於百姓明年的生計問題，程鶴年便將他與諸位富商擬定的雇傭協議示意眾人。

陸明時站在李正劾身後，默默聽著，見時候差不多，給李正劾奉上一盞茶，茶盞上用橙黃色的茶水寫了兩個字：地價。

於是李正劾突然扯著公鴨嗓出聲問道：「這些商人願意出多少米換地？」

程鶴年一愣，似是沒想到李正劾這木頭佛也會開口，想了想回答道：「地價自有市價，買賣皆出情願。」

沒有陸明時的提點，李正劾不懂怎麼追問，只好故作高深地點了點頭，也不知是滿意還是不滿意。但他不問，有人會問。坐在上首的梁重安笑了笑。「災民求生，商人求利，求利的不怕求生的。若富商一味壓低地價，譬如壓到十五石糧食一畝，災民若不賣，活活餓死；若賣，也不過飲鴆止渴。」

程鶴年說道：「朝廷自會干涉，不容富商如此欺市霸民。」

第二盞茶遞了過去，茶盞上用水寫著：實策。

李正劾的公鴨嗓又亮了出來。「具體如何干涉，程大人給個章程。」

程鶴年皺眉看了他一眼，似是沒想到他會糾結如此深。一個陛下親派的押銀官，太湖賑災與他有何利害，為何突然揪著不放？

他只好說道：「太子殿下對太湖的事十分關心，此事有東宮坐鎮，這些商人不敢仗勢欺人。」

又一盞「奉命否」的茶遞到李正劾手中，喝了太多茶水的李正劾打了一個響亮的水嗝。「這麼說，讓商人從災民手裡買地是太子殿下的主意？」

「誰的主意不重要，重要的是為民。」程鶴年的臉色有些難看，見李正劾一直盯著茶盞，下意識看向他身後的小廝。

陸明時低眉垂眼，不動聲色。逼得太急了。

此刻，薛錄卻突然將話接了過去。「程大人此言差矣，誰的主意還是很重要的。負責太湖修堤的工部郎中張還耕是太子殿下舉薦，他張口要三十七萬修堤款，如今太子又出了以糧換地的主意，讓人難免懷疑是為了挪錢給張還耕。」

「一碼歸一碼。」程鶴年冷笑著看向薛錄。「太子殿下是儲君，心繫萬民萬事，有何可指摘？」

「既是儲君，更應懂得避嫌。以米換地是否為了挪錢給修堤，太子殿下又是否與蘇和州的這些商戶有什麼協議，修堤款到底能不能用得上三十七萬，這些事，我身為巡撫使，有權過問，身為左都御史，更有聞風而奏的權力！」

薛錄說到最後，擲地有聲。陸明時悄悄看了他一眼。

程鶴年冷冷看了薛錄一眼。「薛大人這話是替誰問的？替自己，替薛家，還是替長公主府？」

薛錄道：「我是替太湖百姓問的。」

「替太湖百姓？」程鶴年嗤笑一聲。「您這話，陛下可未必信。」

「信與不信，陛下自有聖斷。如今要給眾人一個交代的，是程大人，是太子殿下。」薛錄不卑不亢地說道。

一方搬出了太子，一方搬出了長公主，遠在臨京波譎雲詭的朝堂派系爭鬥映射在虔陽府衙門這個小小的議事堂上，氣氛一時有點微妙。

梁重安適時出來打圓場。「諸位今日來是商討賑災之事，不要將官司扯到臨京無關的貴人身上。」

此話一落，他又笑咪咪地轉向程鶴年。「不過關於修堤之事，本官倒有幾處不明白的地方，要向程大人請教。」

「梁大人請問。」

梁重安拍了拍手，一個端著托盤的文書侍從走進來。托盤上放著一摞文書，梁重安讓他給每個與會的官員發了一份。

「請諸位先看看這封文書，咱們再討論修堤之事。」

李正剱打開文書，陸明時站在他身後，一目十行地掃了一遍。

裡面的內容與他昨夜和孟如韞商討的事項大致吻合，只是行文更加細緻嚴謹，除了詳細敘述薛平患用醋煮山石開河道的方法外，她還參考了所有能查閱到的地方志，詳細而周密地論證了修堤所需的款項糜費，根本用不上三十七萬兩銀子。

孟如韞從昨夜子時之後開始動筆，不到丑時便已完成。這篇〈論太湖西堤重修糜費書〉全篇不到兩千字，字字切理，行文流暢，法度嚴謹。

行文最後字字切言——「汛不毀堤而蟻蠹毀堤，堤不害民而紛奢害民。懇望諸公明察秋毫之費，洞燭徇私之奸，惜羽孚望，節用愛人。蕓蕓太湖，伏惟呈請」。

議事堂裡逐漸響起竊竊的議論聲。這封論書，無論是內容還是文采，都足以令滿堂州官驚詫。有人為其鼓掌叫好，也有心向東宮的人閱後大怒，說作此文之人誹謗東宮，心懷不軌，應當嚴懲。

程鶴年將文書扔回桌上，冷冷地看向梁重安。「梁大人，此文出自何人之手？」

梁重安笑了笑。「不問此文虛實，卻問此文出處，莫非對文中所提及的修堤費用虛高的事，程大人心裡早已清楚？」

程鶴年說道：「本就一派胡言，有何細究的必要？本官更好奇此人什麼來路，竟如此大言不慚，將傾工部之力擬定出來的修堤款項駁斥得一文不值，莫非天下就他一個聰明人不成？」

李正劾此時又說話了。「既是胡言亂語，當有理可駁。單就醋煮山石開河道這一項就能省下近十萬的修堤款，工部之前為何沒想到？」

程鶴年瞥了他一眼。「太湖情況與靈江不同，李大人又怎知必然可行？」

「如何不行！」

堂外突然傳來一聲高喝，眾人紛紛向外看去，只見一身粗布短褐、滿身風塵的蕭胤雙大步流星地踏進來。

眾官員紛紛起身行禮。

他是皇子，沒人敢攔他。蕭胤雙一身狼狽塵土，但神情十分暢快，樂呵呵地將滿堂官員掃了一圈，目光落在程鶴年身上時，頗有些幸災樂禍的意味。

程鶴年心裡輕輕咯噔了一聲。

今天這場堂會，出現的意外實在太多了。

蕭胤雙高聲宣布道：「昨夜寅時，我帶十二個侍衛試驗醋煮山石的方法，兩個時辰就開出了十尺長的河道，就在太湖邊上，哪位大人不信，我現在就帶他去萃水縣親眼看一看。張還耕一開始也不信，現在正趴在河道裡感恩神跡呢！哦對了，他還交給我一本工部的內部帳冊，裡面記載了前年修堤實際發放的酬銀總數，哪位大人有興趣來看一看呀？」

此言一出，程鶴年心中一緊，知道事情出了大岔子，自己已經徹底失去了說服眾人同意以米換地的可能性。

準確地說，今日的議事會從一開始就已經出乎他的意料。

本該見風使舵的梁重安手裡有一份切中肯綮的〈論太湖西堤重修糜費書〉，本該是莽夫一個的李正劾突然句句中鵠，本該努力與長公主府撇清關係的薛錄突然做了出頭鳥，就連本該遊手好閒的六皇子竟然都準備了針對他的致命一擊。

每個人都不對勁，彷彿有一雙提線的手在操縱著他們與自己作對。

會是長公主嗎？不，不是，她遠在臨京，不可能有如此機變之舉。

那會是誰？

比起贏得此次議事會，程鶴年現在更好奇這些事的背後之人，好奇誰能在他不知不覺的情況下，一夜之間織出一張黃雀在後的網來。

於是程鶴年對蕭胤雙說道：「沒想到六殿下如此好文采，若是陛下讀到您寫的這篇〈論太湖西堤重修糜費書〉，一定會很高興。臣今日就擬摺子，將這篇論書抄錄給陛下。」

陸明時聽出程鶴年在套話，然而大庭廣眾之下，他沒有辦法公然提醒蕭胤雙。只見蕭胤雙一擺手。「程大人誤會了，我向來不愛讀書，更別談寫文章了。」

「那這篇文章是？」

「一個我喜歡的姑娘寫的。」蕭胤雙樂呵呵道：「她是女子，與大人素不相識，程大人再問就不禮貌了吧？」

程鶴年覺得蕭胤雙是在胡言亂語消遣他，而陸明時則在想等會兒怎麼找個法子削蕭胤雙一頓。

堂會上的氣氛又微妙了起來。梁重安適時將話題拉回修堤的正事上。「看來關於修堤款的數目，諸位仍有異議，不如擬個摺子給工部，讓工部重新給個預算，等修堤的款項定了，再談以糧換地的事，程大人覺得呢？」

程鶴年笑了笑。「梁大人此言有理。」

張還耕的修堤方案被人戳了個天大的窟窿，修堤款挪不走那麼多錢，他就沒理由提以糧換地的方案，除了同意之外，還能怎麼辦呢？

見以糧換地的方案被擱置，那些隸屬東宮的官員臉上露出失望的神色。陸明時心裡的石頭落了地，面上不動聲色，堂會結束後跟在李正劾身後離開了州府衙門。

孟如韞在家中等著他，一上午朝院子裡望了十幾次，給長公主的信件磨蹭了好幾個時辰還沒寫完，一聽到陸明時推門回來的聲音，忙不迭扔下筆跑了出去。

「子夙哥哥——」陸明時沒卸掉臉上易容的妝，硬生生嚇住了孟如韞的腳步。「你是……」

陸明時朝她走過去，見她頻頻後退，笑了。「嚇著妳了？」

聽見熟悉的聲音，孟如韞止住腳步，神情仍有疑惑。「子夙哥哥？」

「嗯，是我。」

「你怎麼……變成這樣了？」孟如韞這才慢慢湊過去，驚奇地打量他。

他的皮膚變黑了，鼻子變塌了，眉毛變粗了，就連眼睛都變小了，雖仔細辨認之下有幾分熟悉的神情，但此中人之姿與平日的陸明時實在是天壤之別。

「易容了，不然怎麼混進議事會裡去？」見孟如韞一臉嫌棄的表情，陸明時嘖了一聲。「怎麼，嫌我這樣醜了，打算不認我了？」

「你快去把臉洗了。」

孟如韞推他進屋去洗臉，陸明時偏不去，還把她拉進懷裡，作勢要親她。

「啊——不要過來——」孟如韞捂著臉尖叫起來。

陸明時氣得臉更黑了，一把扛起孟如韞往屋裡走。孟如韞連捶帶打地直掙扎，他倆的動靜招來了梁煥，梁煥從西側房的窗口看見有個面黑的陌生人對著孟如韞動手動腳，提著佩劍就衝了出來。

梁煥衝陸明時高喝道：「賊人！把人放下！」

孟如韞見梁煥真要提劍衝上來，忙喊道：「別衝動！他是陸子夙！」

聞言，梁煥揮至半空的劍閃了一下。「啊?!」

陸明時覺得自己半輩子的臉都丟盡了。

他默默把孟如韞放下了，整了整自己的衣服，努力擺出一副為人師兄的尊嚴來，清了清嗓子。「是我，子英。」

梁煥露出了和孟如韞剛才一樣的表情，十分坦誠地說出了孟如韞剛才沒說的實話。

「幾個時辰不見，師兄，你怎麼醜成這樣了？」

孟如韞捂著嘴竊笑。

陸明時眉頭一皺。「以貌取人，失之子羽。老師平日就是這麼教你的嗎？」

梁煥雙手握劍一抱拳。「我錯了師兄，您不醜，是我瞎了。」

陸明時哼了一聲，這才施施然走進屋去。孟如韞給他打了盆水，又拿了自己卸妝用的水油，用浸水的帕子沾了，沿著他的眉眼和輪廓，一點點把他臉上油膩黑亮的妝容擦乾淨。

直到那張鳳眼朱唇、秀逸神致的臉重新出現在眼前，孟如韞才舒心地點了點頭，捧著他的臉左看看右看看，彷彿是要多看幾眼，把剛才那副樣子趕快忘掉。

剛被明目張膽嫌棄過的陸明時心裡很不痛快，伸手捏著她的臉質問道：「孟如韞，妳跟我說實話，萬一我哪天破相，妳是不是轉頭就跟別的小白臉跑了，嗯？」

「不會不會，子夙哥哥怎樣都是最好看的。」孟如韞眨著杏眼說道。

「那妳說，是我好看，還是蕭胤雙好看？」

「嗯？」孟如韞驚訝。

陸明時咬牙切齒。「怎麼，是拿不定主意還是不敢說啊？」

「不是。」孟如韞樂了。「怎麼突然提六殿下，你在議事會上見著他了？」

「先回答我的問題。」

「你好看你好看，子夙哥哥是全天下最英俊不凡的男子。我一見了子夙哥哥，就好比萬花叢中見到牡丹，百鳥群裡見到鳳凰，眼裡就只看得見子夙哥哥，再容不下其他人了。」孟如韞聲溫氣軟，討他歡心的話不要錢似的，一句接一句把陸明時砸得暈頭轉向。

陸明時心裡得意，還想再聽幾句好聽的，面上故作冷色唬她。「呵，妳果然只是看中了這張臉。」

孟如韞無語。蒼天可鑑，怎麼能說是「只」呢？

陸明時提著她的腰把她抱起來親。為了證明自己是真的喜歡他，孟如韞只好任他胡作非為。

兩人平日裡親吻，總是孟如韞矜持些，如今她不攔著，陸明時難免有些失了輕重，腦海中又浮想起昨夜帳中那將將守住底線的旖旎，箍在她腰上的手漸漸攏緊。

若是往上往下稍稍一動，都是覆水難收的禁地。

孟如韞握住了他的手，面色赤紅，聲音微顫。「子夙哥哥……」

陸明時心神驟回，慢慢將胳膊鬆開，低頭把她被揉亂的衣襟整理好，安撫地在她眉心落下一吻。

「抱歉，是我唐突。」

孟如韞輕輕搖了搖頭，表示自己沒有生氣。

陸明時給自己倒了杯水，待身體裡異樣的燥熱平復下來，才與孟如韞說今日議事會上的正事。

「我本以為，若是昨夜我沒說服薛錄，今日最壞的情況就是我藉李正劾的巡撫使地位與程鶴年一爭。沒想到今天不僅薛錄站出來反對，就連素來擅長明哲保身的梁重安都爭做出頭鳥，與程鶴年和東宮為難。妳那篇論書寫得確實好，可也不至於讓梁重安如此死心塌地，矜矜，妳是不是還做了別的事？」

孟如韞略有些得意。「你猜猜看？」

陸明時想了一會兒。「妳讓子英去勸他了？」

孟如韞點頭。「我口述了一封〈勸父書〉，梁煥執筆，寫完後與〈論太湖西堤重修糜費書〉一起送給了梁知州。」

「文以載道，情以動人。看來文昌魁斗下凡，降在了女嬌娥身上。」陸明時握住孟如韞的手輕輕摩挲。「矜矜什麼時候也給我寫封情真意切的信啊？」

孟如韞眉微揚。「你都沒給我寫過，哪有女子先寫給男子的道理。」

「我那點文采，哪敢在妳面前班門弄斧。」

「好歹是二甲進士，能差到哪裡？」見他推脫，孟如韞哼了一聲。「剛才你自己也說，以情動人，看來你是情不到位，故言語枯澀，無從落筆。」

「我用情到位不到位，矜矜若是還不清楚，我們可以再切身體會一番。」見她又要開始藉機攀咬，陸明時靠近她，雙手撐著桌沿，將她鎖在懷抱與桌子之間，作勢要低頭吻她。孟如韞一把捂住他的嘴，驚恐地搖了搖頭。

破。

只見她唇紅如丹，不染而朱，豐潤盈盈，如蘸飽水的桃花，薄薄的一層，彷彿一碰就再親，她嘴唇就要腫了，青天白日給人看出來，可真要羞死人了。

陸明時眉眼一彎，暫且放過了她。

「今日蕭胤雙闖議事堂，這事不會也與妳有關吧？」

孟如韞點頭。「昨天晚上你走之後，我擔心醋煮山石這事如果沒有實證，可能被程鶴年敷衍過去。所以讓長公主派給我的侍衛連夜送信給他，讓他求證之後速去議事堂支援。事發倉促，沒想到他還是趕上了。」

「他不僅驗證了醋煮山石可行，還想法子從張還耕那裡拿到了工部的內部帳冊。」

「是嗎？」孟如韞眼睛一亮。「看來他這幾日在桐縣沒有閒著。」

「他出了風頭，妳高興什麼？」陸明時想到蕭胤雙在議事堂上的胡言亂語，心裡不免有些泛酸。

孟如韞道：「我替長公主高興呀。六殿下是來巡堤的，秋汛沖塌堤壩，他回去肯定要挨罰。如今多做些事，多立些功，挨的罰少一些，也讓長公主殿下少為他操點心。」

「長公主操心不操心我不知道，我看妳是挺操心的。」陸明時幽幽嘆道。

蘇和州發生的事很快傳回了臨京。

程鶴年不僅沒把以糧換地的事辦好，還讓都察院的人查出了工部在修堤款上做的手腳。太子蕭道全非常生氣，若不是看在程知鳴的面子上，底下又有幕僚勸著，蕭道全恨不能把派給程鶴年的人都調回來，讓他和張還耕那個沒用的老東西大眼瞪小眼去。

相比之下，一向得他心的詹事王翠白又做了件讓他滿意的事。

之前石合鐵一案折了徐斷、劉濯，也斷了東宮將富餘鐵料賣給北戎羌賺錢的路子。當初為了鋪這條路，蕭道全在戎羌的天漢城佈置了不少人手，他打算將這些人都調回來。此事交給王翠白去辦，他不僅很快將人安置好，而且還帶回了戎羌王后的親筆信。

戎羌曾附屬於大周，大周封其最高王為忠義王，嫡出的忠義王世子就是戎羌未來的繼承人。如今的忠義王世子被陸明時抓進臨京後，一直關押在大理寺的牢房裡。

戎羌王后讓王翠白的人帶信給蕭道全，戎羌願以二十年不北下侵犯大周為條件，並輸貢每年一千張上品牛皮、三百匹戰馬，換回忠義王世子。如果太子願意從中周旋，事成之後，戎羌不僅會私下以財物相謝，而且願與他締結盟約，在宣成帝百年之後，助他登上大周皇位。

蕭道全收到信後十分高興。單是促成二十年和平局面就足以令滿朝稱頌，何況單獨許給他的條件又是那麼誘人，蕭道全恨不能馬上就寫摺子給宣成帝。但是王翠白攔住了他。

「王后寫信給您，並不是讓您直接去求陛下放人。若是被人知道您與戎羌私下來往，反而會弄巧成拙。」

蕭道全覺得有理。「依你看該怎麼辦？」

王翠白早已想好計策。「戎羌那邊早晚會派使者來正式商談，咱們只要在此之前造勢，讓陛下和朝中百官相信放世子回去是筆划算的買賣，將可能阻礙這件事的人提前擺平就夠了。」

「你覺得誰會反對這件事？」

「這件事最大的阻力，」王翠白壓低了聲音。「自然是昭隆長公主。」

蕭道全瞇了瞇眼。

大周與戎羌的恩怨由來已久，但若說這朝中誰恨戎羌恨得最徹骨，那必然是他的小姑姑蕭漪瀾。

當年蕭漪瀾的駙馬薛青涯死於一種罕見的戎羌毒草，據說由此查出之前明德太后病逝並非全是勞累過度，或許也有可能中了戎羌人的慢性毒藥。只是人死已久，不願為此開棺驚擾先聖之體。

因此，在事關戎羌的政事上，他的小姑姑總是不啻以最嚴苛的手段、最狠戾的態度，讓戎羌付出最沈重的代價。依大周律例，外族細作當處以杖刑和流刑，但是自蕭漪瀾從興隆寺回來後，抓到的戎羌探子一律被判了斬刑，若曾成功探得消息回去，則要被凌遲處死。

忠義王世子是未來的忠義王，是戎羌王后唯一的兒子，蕭漪瀾恨不能啖其肉飲其血，怎麼可能會同意放他回去呢？

蕭道全心裡的興奮淡了一些，緩緩道：「此事，是該好好想想。」

蕭漪瀾這邊也收到了孟如韞的消息。

孟如韞將蘇和州的受災情況及現行的賑災措施詳細地寫在了信裡。她去蘇和州之前，蕭漪瀾從長公主府的私帳上支了十萬兩銀子給她。孟如韞已經花了三萬多購買賑災糧，剩下的錢除了賑災糧之外，她打算拿去支持災民整飭田地以備春耕，購置木石重建屋舍。除此之外，她將程鶴年與東宮謀算「以糧換地」之事的來龍去脈都寫在了信裡。

這封信洋洋灑灑寫了二十多頁，蕭漪瀾翻來覆去看了好幾遍，幾乎熬了個通宵。對於花錢賑災的事，蕭漪瀾放手任她去做，可是以糧換地事關災民生計與朝廷顏面，她對此十分重視，將此事與霍弋商議對策。

「土地兼併是取亂之道，明君不為。」蕭漪瀾嘆氣。「太子既然敢提，必然提前知會過聖上，所以此次巡撫使的人選，他沒問過我就直接定下薛錄。本是想著以如今薛家的處境，薛錄不會幫我，李正劾又是個頭腦簡單的武夫，以糧換地的政策想要在蘇和州推行，簡直沒什麼阻力。」

「阿韞在信裡說她透過梁煥勸動梁重安，又讓六殿下從中斡旋。」霍弋翻著信件，有些想不明白。「那薛錄和李正劾又是怎麼回事？她以您的私人名義前去，按理說不會受這兩人待見。」

蕭澹瀾道：「是陸明時。他如今暫知蘇和州巡鎮使。」

霍弋皺眉。「他怎麼也攪和進這件事來了？」

「前些日子他護送梁重安的兒子回蘇和州，又受梁重安所託鎮壓流匪。聖上見他辦事俐落，索性給了他個名頭，他在此事中露臉倒也不奇怪。」

霍弋輕輕搖頭。「他這人若是管閒事，向來是只為公不為私。但您不覺得他在這件事裡送您的人情太多了嗎？救了六殿下，救了阿韞，甚至還派人護送您買的賑災糧，勸告薛錄和李正劾……」他話音一頓，後知後覺道：「他勸薛錄和李正劾這件事，阿韞怎麼會知道？」

「你的意思是，陸明時有意投靠我長公主府，所以故意示好？」

「不，」霍弋話音轉冷。「臣覺得，阿韞和他走得太近了。」

蕭澹瀾雙眉一挑，心下了然。

第四十五章

由於議事會上沒有通過賑災銀修堤、災民以糧換地的方案，與程鶴年簽了契的當地富商都十分沮喪。尤其是開錢莊的岳老闆，本想趁此機會放貸大賺一筆，誰知黃粱還沒熟，夢先醒了。

他三番五次去找程鶴年打探風聲，程鶴年如今正忙得焦頭爛額，上要應對太子的責疑，下要調查薛錄與李正劾背後的人，哪有時間和心思聽這群商人訴苦，只派程雙打發了一句「必不毀約」就不再理。

他說「必不毀約」並不是敷衍岳老闆。對於以糧換地的方案，程鶴年不甘心就這樣放棄。

對太子來說，這只是一次賺錢的機會，饒了這隻兔子以後還有別的獵物。可是對他程鶴年而言，錯過這次機會，他在朝堂上將再無立錐之地。畢竟他已經因為王槲的事得罪了長公主一派，若是連東宮也冷待他，難道要他以後靠程家的恩蔭混日子嗎？

他寧可死，也不甘心受此屈辱。

眼見著賑災的餘糧就要用完，眾人議定先拿出十萬來買賑災糧，剩下的事如何安排，等遞進宮裡的摺子有了批覆再商議。

知道這件事後，程鶴年一不做二不休，去找了永林衛的指揮僉事。

永林衛是兵部尚書錢兆松一手督辦起來的，然而其指揮使、指揮僉事等重要官職都是東宮麾下的人，雖名屬兵部，實則為東宮調用，散布在各地，替東宮做事。

如今在蘇和州的這位指揮使僉事叫魯得永，管著蘇和州的永林衛調度，是蕭道全的重要心腹之一。此人不貪財不好色，唯愛重其夫人，聽聞魯夫人好音律，程鶴年送了她一把古琴，據說是先秦時期師曠為晉平公彈奏〈清商〉的那把月琴，年代久遠，琴面已經形成了梅花狀的天然紋路。

魯夫人一見月琴就十分歡喜，先上手彈了幾曲，待賞玩痛快了，才問魯得永此琴的來處。

得知是巡撫使程鶴年送的後，魯夫人突然變了臉色。

「此人面黑心狠，珩娘的手就是他給弄廢的！」

原來魯夫人與那天在廣寒樓裡彈琵琶的珩娘均出身於蘇和州教坊司，是一起長大的玩伴。當年魯得永要娶媳婦，珩娘主動把脫籍從良的機會讓給了魯夫人。魯夫人嫁人後，礙於禮教雖不常與珩娘見面，但心裡記掛著她，二人常互通信件。

珩娘的手被活生生掰斷，魯夫人心疼得好幾天沒吃下飯，如今得知罪魁禍首程鶴年竟是今日送琴之人，十分震怒，若不是魯得永攔著，恨不能當面把琴摔爛。

魯得永勸她道：「程巡撫使出身高貴，不好得罪，他當日又不知珩娘與夫人有交情，事已至此，別同他計較了。」

「不計較了？」魯夫人嬌目一瞪。「他折了珩娘的手，與殺了珩娘有何區別？活生生一條性命，你不計較，我可要計較！把這琴退回去，以後不許他進咱家的門，更不許你與他往來！」

見夫人真動了氣，魯得永十分為難。

程鶴年所託之事，並不是他將這把古琴退回去就可以一拒了之的。事關東宮，關係他的前程與性命，雖然他不忍惹夫人傷心動氣，但這件事上，他也不敢聽夫人的話。

因為程鶴年所託，是要他派永林衛的人假扮成流匪，待府衙買的賑災糧到達蘇和州後，將賑災糧劫持；若是帶不走就就地燒毀，以此來控制蘇和州糧價不降，逼眾人同意以糧換地的策略。

此事非程鶴年私人請託，事關太子，他若答應了又反悔，怕令東宮見疑。

於是魯得永面上答應了夫人將琴退回去，背地裡悄悄將月琴藏在書房。奈何整座魯府對魯夫人來說如臂使指，沒有哪個角落是她注意不到的。魯得永藏好琴的第二天，魯夫人就發現了他在騙自己，實際上並沒有把琴退給程鶴年。

魯夫人先怒後驚。魯得永愛她如命，第一次如此欺瞞她。她心裡想不通，便將此事告訴了珩娘，珩娘又將此事告訴了景月茶莊的老闆趙闊。

珩娘如今住的是趙闊的宅子。程鶴年與眾商賈在廣寒樓議事的那天，趙闊也在，他見珩娘被掰折了手，又被趨炎附勢的廣寒樓老闆趕出門，心中不忍，便將她接到了自己的一處宅子，請了大夫為她醫治。

趙閎對她三分慕七分憐，本不求什麼回報，不料竟從她這裡得知了程鶴年暗中勾結魯得永的消息。

趙閎將這個消息告訴了孟如韞。

一開始，孟如韞以為這只是東宮僚屬之間的正常結交，但提到了永林衛，陸明時比她更加敏感。

之前在桐縣附近平定流匪時，他就抓到了幾個永林衛的人，知道太子一直派人在蘇和州的澇災裡攪和，企圖渾水摸魚。他親自審問後，摸清了永林衛在蘇和州的目的，就是協助程鶴年和張還耕給東宮撈錢。

「永林衛相當於太子私衛，不動則已，動必有妖。」陸明時對孟如韞說道：「薛錄和梁重安的摺子遞進京，看來程鶴年坐不住了。」

孟如韞問：「你覺得他想做什麼？」

陸明時踱步思忖，半晌後說道：「往好了想，可能是行刺某個人。」

孟如韞驚訝。「還能比殺人更壞？」

「如果我是程鶴年，想要繼續推行以糧換地，除了殺掉阻礙這件事的人之外，還有一個法子……」陸明時冷笑一聲。「劫糧。」

「劫誰的糧？」

「自然是官府買來賑災的糧。府衙的存糧最多夠災民吃兩天，這一、兩天內，用賑災銀從別的州買來的糧食也該到了。等災民手裡有了糧食，以糧換地就推行不下去了。」陸明時說道。

孟如韞凝眉。「他這是瘋了嗎？」

陸明時拎起掛在架子上的披風往外走。「我出去一趟，不必等我吃飯。」

「子夙哥哥。」孟如韞叫住了他。

陸明時回頭。「怎麼了？」

孟如韞站起來望著他，欲言又止，一雙盈盈的桃花眼裡暗含著幾分懇求的意味。

陸明時的目光落在她絞在一起的雙手上。她沒說話，但他似乎明白了孟如韞的意思，正欲推門的手緩緩從門框上放下來。

「妳想讓我放過程鶴年？」陸明時的聲音聽不出情緒。

孟如韞下意識否認道：「他若真打算勾結永林衛劫糧，視數萬災民性命如螻蟻，那他該死。」

陸明時望著她，問道：「他該死，那妳想讓他死嗎？」

孟如韞嘴唇動了動，沒說出話來。

她不能說是，也不能說不是。

她對程鶴年的感情是複雜的。前世是他辜負她信任，所以這一世她早早止損，與他一刀兩斷。可是對這一世的程鶴年而言，是她無端變心，毀山盟海誓在先，他不僅沒有恨她，反而仍處處幫她，幫她花錢買藥看病，幫她向東宮隱瞞在石合鐵案中的算計。

於公，他們各有立場，可是於私，這一世她欠了程鶴年的人情。

她不想對陸明時撒謊，也不想讓他為難。她甫一出言叫住他時，心裡就有些後悔了。

孟如韞不說話，陸明時也不說話。兩人這樣僵持著。天色漸漸暗下來，房間被昏暗的靜謐籠罩著，安靜到一個人站在屋裡，一個人站在門口，卻彷彿能聽見彼此的呼吸聲。

陸明時嘆了口氣，似是要抬步離開。孟如韞心中一慌要追過去，沒提防腳邊有一張矮凳，被狠狠絆了一下，整個人前仆摔在地上，疼得她倒吸了一口冷氣。「陸子夙……」

眼前出現一雙烏靴。陸明時伸手將她從地上扶起，看見她掌心被擦出的血痕，皺了皺眉。

「子夙哥哥，我不是對程鶴年餘情未了。」孟如韞覷著陸明時的臉色，小心翼翼地解釋道。

陸明時嗯了一聲，轉身去櫃子裡找紗布，又吩咐人打來清水，拉著孟如韞坐下，給她清理掌心的小傷口。

他垂著眼，對這細小的皮肉傷也處理得很認真，語氣卻十分冷淡。「還有什麼想說的？」

孟如韞有些拿不準他心裡在想什麼。「你剛才是要去……殺了他嗎？」

陸明時終於掀起眼皮看了她一眼。

「他若有罪，自有刑部鞫問，大理寺審判。妳把我當什麼人了，和程鶴年一樣目無王法，恣意生殺嗎？」

「不是不是，我不是這個意思。」孟如韞生怕他誤會。「他是他，你是你。」

陸明時心裡本來是有些生氣的，除了生氣之外，還有莫名的煩躁。可是看到孟如韞嚇成這樣，如此急切地解釋，他心裡又有不忍。

陸明時的語氣下意識緩了緩。「我是要去找李正劾，讓他最近注意安全，暗中多派點人保護賑災糧。」

「這樣啊。」孟如韞點點頭，握著被處理好的手腕。「那你快去吧，此事不宜遲。」

陸明時將東西收拾好，回身看了孟如韞一眼。「妳要不要寫封信給他？」

「誰？」

「程鶴年。」

孟如韞一時沒反應過來陸明時此話何意。

「放心，這次不會改妳的信。」陸明時說道：「妳既然不想讓他找死，不妨寫封信告誡他。若他肯就此停手最好，若他不聽，也算妳還了他的人情。自此之後，權當陌路吧。」

孟如韞心中滋味難解。「其實你不必顧及我……」

「寫完這封信後，我不想再看到妳待程鶴年有何不同，無論是表現出來，還是在心裡。」陸明時伸手輕輕抬起她的下頷，與她目光相對，緩聲如玉，字字敲在孟如韞心裡。「矜矜，從妳的眼睛裡，我能看出妳的心事。」

孟如韞目光一閃，長睫垂下，思慮了一會兒，說道：「好，我寫。」

她取了筆墨紙硯，提筆思考半晌，只在紙上寫了幾句話。

人間私語，天聞若雷，暗室虧心，神目如電。

陸明時在一旁看著，見她擱下筆，問道：「僅此而已？」

「我不指望真能勸得住他。他這個人看著溫和可親，其實心裡驕傲又固執。」孟如韞苦笑了一下。「誠如你所說，我不過是了卻自己的一樁心事。他聽與不聽，全在他心，與我無關。」

陸明時摸了摸她的髮頂。「我明白了。」

陸明時悄無聲息地將信放在程鶴年桌上。程鶴年看了之後驚疑不定，他認出了孟如韞的字，卻沒搞清楚這封信的意思。

這算什麼，警告？勸誡？抑或是被人利用？

難道她也來了虔陽府？程鶴年思索了許久，喊來程雙。「去給我查個人，陛下親命的巡鎮使陸明時，查他住在哪裡，最近與誰過從甚密。」

「公子懷疑他就是背地裡阻礙以糧換地的人？」程雙問。

「單憑他自己，恐怕沒那麼大本事。」程鶴年把玩著手裡的信。「但我懷疑他知道了一些不該知道的事。」

程鶴年想起那次約孟如韞同遊南陽湖，陸明時強行帶走了她。看他倆那樣子，不像是剛認識不久。

今日收到的這封信，也讓程鶴年聯想到了在石合鐵一案中將他騙到城外的那封信。如果當初是陸明時利用了孟如韞，他是北郡安撫使，自然對石合鐵的案子上心，那麼一切就說得通了。

可阿韞在這其中又扮演什麼角色？她是自願的，還是被迫的？想到孟如韞被陸明時欺騙或者脅迫的可能，程鶴年目光泛冷。

他叫住了程雙，補充道：「找幾個武功高強的人，若發現異常，陸明時此人……不可再留。」

程雙抱拳領命。「是！」

陸明時從李正劾的住處出來後不久，發現有人跟蹤他，約莫有五、六個，功夫十分了得，離得近了他才發覺。

他今日出門沒帶佩劍，不想與他們糾纏，於是繞路穿巷。不料這幾個人輕功高強，纏得很緊，路過一處無人空地時，團團將陸明時圍住。陸明時這才看清他們個個黑衣蒙面，拔劍的拔劍，持弓的張弓，殺意迎面撲來。

陸明時彎腰從地上撿了根不長不短的樹枝，做出迎戰的招式。

黑衣人一起撲上來，招招陰狠攻向要害。陸明時騰旋後躍，邊躲邊觀察他們的招數，見他們勝在配合得當，便不與他們正面相對，而是挑了個看上去最弱的，一樹枝挑釁地抽在他臉上，然後轉身就跑。

黑衣人很快追了上來，尤以被抽的那個跑得最快。陸明時見他與別人拉開了距離，突然一個煞住腳回身，猛的用樹枝刺穿了他的咽喉。

鮮血噴湧而出，陸明時奪過他手裡的劍，一腳踹開他，然後毫無停頓地揮劍砍向另一個黑衣人。

他這樣邊拆邊殺了四個黑衣人。最後一個明顯是他們的頭目，武功高強，用招狠毒，與陸明時面對面過了十幾招後就明白自己不是對手，轉身要跑。陸明時被他們纏殺出火氣來了，不肯饒他，追他跑了一段路，將他踹倒在地。

他本可以一劍抹斷黑衣人的脖子，劍揮下去又改了主意，準備抓了活口，於是反手用劍柄將他的下巴砸脫臼，防止他吞毒自殺。

劍招停頓的空隙給了黑衣人反擊的機會。他袖中藏了一把匕首，猛的刺向陸明時胸口，陸明時側身一躲，那匕首插進了他肋骨裡。

與此同時，陸明時手裡的劍砍下了他的小臂。

最後一個黑衣人疼得昏死過去，陸明時顧不上處理自己的傷口，忍著痛將他綁了，暫時藏在破竹簍下，匆忙折回去找李正劾，讓他速去將那黑衣人控制住。

李正劾被他肋骨裡插著的刀嚇了一跳，要叫人來給他處理傷口。陸明時擺了擺手。「別大張旗鼓地吆喝，我死不了，你把人給我看好了就行，明天我親自過來審。」

他說完就走了，肋骨裡還插著刀，踉踉蹌蹌回到租的院子裡。

孟如韞正在等他吃飯。

陸明時捂著肋骨進了院子，孟如韞正從廚房端著一煲粥走出來，嚇得面無血色，滾燙的粥砸在地上，濺了她一身。

她一邊高聲喊梁煥，一邊跑上前去扶陸明時，攙著他進屋躺在小榻上。

看著陸明時被血洇成暗色的長袍，孟如韞整個人都在發抖，嘴唇在動，卻一句話都說不出來。

「沒事的，矜矜，卡在肋骨中間，別怕。」

陸明時疼得厲害，可是見孟如韞嚇成這樣，不忍叫她再擔心。

早知道她反應這麼大，他就不該貪她的憐惜，帶著傷來嚇她，應該在李正劾那裡處理好了再回來。

孟如韞盯著插在他肋骨間的那把匕首，眼睛一眨，豆大的淚珠簌簌地砸到了地上。

「矜矜，別怕……」陸明時握住她的手。她適才被熱粥燙了一下，手背一片紅腫，卻冷得像冰。陸明時不敢揉，怕她疼，只虛虛握著。「我想喝水，去幫我倒杯水好嗎？」

孟如韞起身去倒水，不小心灑了半杯。陸明時喝了幾口，靠在小榻上休息。梁煥很快將大夫找來，拔刀之前，陸明時示意梁煥將孟如韞帶出去。

「我不走，我在這兒看著。」孟如韞眼圈泛紅，定定地瞧著陸明時。「我不會打擾你們。」

陸明時微微嘆了口氣，點點頭。

匕首沒入血肉約三寸有餘，雖沒傷及脾臟，但卡在兩條肋骨之間，大夫按著他的傷口擠壓許久都沒成功取出來，最後只能以白布包裹刀柄，硬生生拔出來。

那一瞬間，殷紅的鮮血從傷口中噴出，陸明時眉頭狠狠一皺，咬緊了牙關，將下意識的痛呼聲壓在喉嚨裡。

孟如韞狠狠攥緊了拳頭。

陸明時的傷口處理了近一個時辰，大夫長吁一口氣，收起了藥箱，孟如韞懸著的心這才微微回落。

躺在小榻上的陸明時聲音略顯嘶啞，對大夫道：「煩勞您給她看看手上的燙傷。」

大夫看了一眼雙眼通紅的孟如韞，心下了然，對她道：「煩勞夫人將手伸出來。」

孟如韞一心都牽掛在陸明時身上，陸明時此時卻還有心情偷著樂，聽大夫喊孟如韞「夫人」，十分不要臉地嘿嘿了兩聲。「您看我夫人傷勢如何？」

大夫嘆了口氣。「尊夫人的傷比公子你的輕多了。」

「我皮糙肉厚，可我夫人金枝玉葉，這哪能比，煩勞您多費心，診金翻倍。」

為了多喊幾聲「夫人」，陸明時豁出去了，忍著傷口疼，直接和大夫嘮了起來。

大夫見這位公子對夫人十分上心，不僅給孟如韞塗了最好的消腫藥，還用布巾給她細細纏了好幾圈，除陸明時的藥方之外，另鋪一張紙給孟如韞也寫了一張。

如此又耽誤了近一個時辰，天色已經徹底黑了。

梁煥將大夫送走，孟如韞走到小榻邊，扯過被子蓋住他傷口以下的身體。

陸明時望著她笑道：「這可真是易求千金方，難得賢夫人。」

「你別說話了，好好休息。」孟如韞沒有心情跟他貧嘴。「我去廚房給你弄點吃的。」

「手都傷了，別忙活了，讓梁煥去。」

「我手沒事。」

「那我跟妳一起去。」

陸明時說著就要掀被子起身。孟如韞覺得太陽穴突突直跳，扶著桌子站穩，冷冷地瞪著他，竟是氣得一句話都說不出來。

見她這副模樣，陸明時心一虛。「好好好，我不動彈。」

孟如韞深深喘了幾口氣，才覺得緩過神來，慢慢說道：「我不去廚房，我去跟梁煥說一聲，可以嗎？」

陸明時嗯了一聲。「矜矜，我真的沒事……」

孟如韞轉身就走。

她回來時手裡端了一盆溫水，盆邊搭著一條乾淨的帕子。她彎腰將水盆放在一邊，用沒受傷的手擰了帕子，輕輕擦陸明時額頭上的汗。

她什麼都沒問，但陸明時知道她擔心，主動交代道：「人已經處理乾淨，短時間不敢再來。我還留了個活口，讓李正劾看住了。」

「是誰的人？」孟如韞問。

「暫時還不知道。」

「是程鶴年，」她的語氣很篤定。「是因為我的信。」

她擦完臉後又抬起陸明時的手，一根手指一根手指地仔細擦拭，彷彿是捧著一件精巧易碎的玉擺件。陸明時反握住了她的手。

「別胡思亂想，程鶴年知道我給他使絆子，朝我下手是早晚的事。」

「若非我的信，他猜不到你身上。」孟如韞眼眶又慢慢變紅。「我怎麼這麼傻，怎麼這麼……」

「這麼什麼？」

孟如韞哽了一下。「自私。」

「自私？」陸明時有些生氣。「怎麼，妳是要把程鶴年的罪過都攬到自己身上？他沒殺死我，妳來替他氣死我是不是？」

孟如韞眼裡落下淚來，忙別過臉去，舉起袖子擦乾淨。

「把臉轉過來，要哭就當著我的面哭。」

孟如韞按了按眼睛，低聲道：「我不哭了。」

房間裡安靜了一會兒，孟如韞的心情漸漸平復。此時，梁煥將重新熬好的米粥端進來。粥裡加了肉末和青菜，她端過來用杓子輕輕攪動，待熱氣散了些，餵陸明時吃了一碗，又倒了水讓他漱口。

她始終垂著哭得通紅的眼，鼻尖也是紅紅的，安安靜靜一言不發，像個受了氣的新媳婦。陸明時覷她一眼，心裡火氣消了大半，再覷一眼，就只剩心疼了。哪裡還說得出半句重話，只想將人拉進懷裡溫言細語地哄。

「別忙活了，妳過來。」陸明時往小榻裡挪了挪。「陪我躺一會兒。」

孟如韞側身躺上去，怕碰了他的傷口，只占了窄窄的一條邊，半個身子都露在外面。見陸明時要過來扯自己，忙又往裡挪了挪，輕輕靠在他沒受傷的半邊身體上。

陸明時輕輕撫著她的背，低頭在她眉心吻了一下。

他聲音柔和，緩緩說道：「我知道妳是關心則亂，可妳亂了，我也亂妳之亂，妳忍心見我身心都不得安寧嗎？」

孟如韞搖了搖頭。

「妳心疼我，是我的福氣，可妳自責，我心裡難堪。矜矜，妳明白我的意思嗎？」

孟如韞輕輕嗯了一聲，解釋道：「我不是為別人，是為你。」

陸明時低笑出聲。「妳看咱倆多傻，妳為我難過，我也為妳難過，難道就不能都不難過，一起做些開心的事？」

孟如韞不解地望著他。「開心的事情？」

「妳靠過來些。」

微涼的嘴唇落下來。孟如韞驚訝地瞪大了眼睛，陸明時按著她的脖子不讓她動，一下一下，由淺啄慢慢深入輾轉。

「你的傷……」

「我疼著呢，」陸明時的聲音低低在兩人唇齒間流轉，含喑帶啞，如勾似誘。「所以妳別亂動，讓我好好解解疼。」

孟如韞睫毛顫了顫，緩緩鬆開了攥著他衣襟的手。

第四十六章

孟如韞的信讓程鶴年起疑，派去刺探陸明時的人有去無回，更是讓他驚心。他懷疑事謀不密，意圖劫糧的計劃已經被陸明時知曉，但轉念又想，他若是知曉，又怎會寫信來打草驚蛇？

程鶴年更傾向於認為陸明時根本不清楚自己要做什麼，遞這樣一封信來，是為了恐嚇他威脅他，也是為了試探他。

他多番思慮，仍不甘心就這樣放棄。

從鄴州買糧的官船這幾天就到，魯得永遞了消息來，詢問他何時動手。程鶴年讓程雙去遞口信。「告訴魯僉事，買糧的船明天未時到虔陽府港口。我想辦法拖時間，讓府衙第二天早晨再將糧食入庫，你讓他帶著永林衛的人偽裝成災民流匪，夜裡亥時去劫糧。」

程雙記下，程鶴年又叮囑他。「然後你去找管府衙糧倉的鄭中銓，讓他馬上帶人清理倉庫。等糧船到了，就說還要趕一夜才能整理完，讓賑災糧第二天早晨再入庫。記住，一定要以魯得永的名義去說，這是模仿魯得永字跡的信，上面有他的私人花押。此事是魯得永與鄭中銓二人相謀，與你我無關，明白嗎？」

程雙一愣，旋即明白過來。「公子放心，屬下一定將事情辦好。」

程雙走後，程鶴年又將此事細細梳理了一遍，確定沒有大的紕漏，這才放下心來。孟如韞的信並非一點用也沒有，至少提醒了程鶴年要將自己從這件事中摘乾淨。將來若是事發，推阻賑災糧入庫的是鄭中銓，帶人裝成災民劫糧的是魯得永，與他程鶴年可無半點關係。

孟如韞一直在暗中關注程鶴年的動作。陸明時因為有傷在身，被她堵在家裡不許外出，只能百無聊賴地將小榻搬到院子裡，一邊曬太陽一邊剝石榴。

蘇和州盛產石榴，籽軟汁甜，這幾個是梁煥從梁重安侍弄的果園裡剛摘回來的，個個有拳頭般大小。陸明時揀了個最紅的，輕輕剝開，裡面石榴粒紅如瑪瑙。他嚐了一個，覺得味道不錯，便將剩下的石榴粒都掰進白瓷盤裡。

孟如韞從外面回來的時候，白瓷盤裡的石榴粒已經堆成了小山高，在陽光下閃閃發亮，像紅寶石雕成的器玩。

她正口渴，摘了帷帽，捻起一顆嚐了嚐，很甜。

陸明時把白瓷盤轉了個方向。「這邊是剛剝的。」

孟如韞小心抓起一小把。「你剝這麼多做什麼，又吃不下。」

陸明時朝竹籃裡的石榴一指，笑道：「妳看這些石榴，哪兒也去不了，只能待在籃子裡，苦得很，還是趕快剝掉，免得它們受苦。」

孟如韞被他逗笑了。「是嗎？怪不得一點也不甜，原來是心裡苦。」

「苦嗎？我嚐嚐。」

孟如韞挑了顆又大又紅的石榴粒餵進他嘴裡。陸明時騙得她近身，銜住她的手指不鬆口，被她瞋了一眼。

「嗯……確實是苦的。」陸明時仰躺在貴妃榻上，笑得眉眼纖長，一臉得逞。「再給我嚐一顆。」

孟如韞冷哼。「自己沒長手嗎？」

「我傷口疼——」陸明時張口就來，見她下意識蹙眉，又不想惹她心疼，忙道：「不疼不疼，已經好得差不多了，我騙妳的。」

孟如韞眉心一展，作勢要拿石榴打他，被陸明時一把扯過去。

正這時，司闍進來通稟說蘇和州當地駐軍千戶李稟前來拜訪。陸明時點頭讓他放人，然後抓起一把石榴粒，將汁水擠到自己肋骨處纏著的白紗布上。

「矜矜，把石榴端進屋裡。」

孟如韞端著剩下的石榴進了屋，從花窗的菱格裡遠遠看見一身軍甲的李千戶走進來。

陸明時欲起身相迎，被李千戶勸住。兩人一躺一坐，李千戶看見了紗布上洇出來的紅漬，知道他確實傷得不輕，客套幾句後又急匆匆離開了。

孟如韞從屋裡走出來，望著李千戶的背影沈思。「他來找你做什麼？」

「萃水縣出了流匪，李稟本想喊我一起去剿匪，看我傷成這樣，沒好意思硬拉我去。」陸明時說道。

孟如韞望著他紗布上以假亂真的石榴汁。「你早就知道？」

「猜的。」陸明時說道：「李千戶的小舅子是程知鳴的門生，他來看看我傷勢如何，如果能下地，就拉我去萃水縣剿匪，省得我待在虔陽府礙他的事。」

「萃水縣真的有流匪嗎？」

陸明時回答道：「有流匪，但不在萃水縣，在虔陽府。」

孟如韞說道：「我上午去見了趙閎。他從開錢莊的岳老闆那裡得了消息，說程鶴年讓他們放心，當初簽訂的契約還作數。看來程鶴年鐵了心要將以糧換地推行下去，如今又要將你調到萃水，你說他真打算劫官糧嗎？」

陸明時冷冷一笑。「不然他哪來的糧賣給這些商人。」

第二天中午，載著賑災糧的官船泊進了碼頭。因為倉庫還沒有整理完，所以糧船要在碼頭上停一夜，明天上午再將糧食入庫。

天色漸漸暗下來，秋夜霜濃露重，花壇草叢裡促織聲切切。孟如韞無心入睡，站在抄手遊廊下卷帷望月。

一件暖融融的披風悄無聲息落在肩上，孟如韞轉頭，看著陸明時微微蹙眉。「怎麼起來了，快回去躺著。」

「我的傷無礙，別大驚小怪。倒是妳，」陸明時抓起她的手放在掌心裡捂著。「像冰一樣。」

兩人誰也沒道理說誰，乾脆不說話了，偎在一起等消息。

酉時末，趙閎突然帶著一名婦人來訪。

那婦人生得窈窕美豔，年紀約莫在三十歲上下，懷裡抱著用黑布裹著的長木匣，打開木匣，裡面是一把古琴。她撲通一聲跪在陸明時面前，還未說話，先掩面痛哭了起來。

孟如韞看向趙閎。趙閎以口形表明此婦人是魯得永之妻。

陸明時捂著傷口坐在廊下，對魯夫人說道：「夫人再哭下去，魯大人怕是真要活不過今夜了。」

魯夫人忙止住了啼哭，跪倒在陸明時面前。「我夫君遭人算計，請巡鎮使救救我夫君！」

孟如韞上前將她攙起。「魯夫人慢慢說。」

魯夫人擦擦眼淚，將程鶴年如何以月琴相贈，如何誘騙魯得永帶著永林衛的兵劫官糧的事講了出來。

「今夜申時，我去給夫君送晚飯時，聽見他與一男子商議劫官糧，言談之間提到了程巡撫使。我進屋斥責夫君，那男子竟要拔劍殺了我，我夫君與他爭執半天才保下我。他將我綁在了櫃子裡，但繫的是個活扣，我便知他是為人逼迫，要我找人救他。」

「如何找到了我身上？」陸明時問。

「是珩娘帶我找了趙老闆。趙老闆說巡鎮使手裡有兵，或許可以救我夫君，所以帶我來找您。陸大人，我求求您救救我夫君，他真的是受人逼迫，求您救救他，民婦願捐家財以謝大人！」

陸明時思索了一會兒，對魯夫人說道：「我沒有百分之百的把握救下魯得永，但可以一試，需要夫人配合。」

走投無路的魯夫人只能選擇信任陸明時，急忙點頭答應了。

陸明時緩緩起身，孟如韞急忙上前一步。「你要出去？」

「我是巡鎮使，這件事我去最合適。」陸明時拍了拍她的手背。「我努力保證清醒著回來。」

孟如韞眉心緊蹙，但是沒有攔他，幫他穿上軍中軟甲，目送他帶著梁煥與魯夫人，騎馬往駐軍營地的方向趕去。

「這個魯夫人，真的可信嗎？」孟如韞望著他們的身影漸漸消失，問站在身後的趙閎。

趙閎拱了拱手。「小人經商十幾載，閱人過萬，據我判斷，魯夫人此言情切，不似作偽。我派人查探過，當時與魯得永在書房說話的那人是程巡撫使身邊的親隨程雙。想必是他說了什麼話，令魯得永起疑，又見他要拔劍殺他夫人，所以生了悔意。」

孟如韞垂目想了一會兒，對趙閎道：「煩勞趙老闆找輛馬車，咱們也去碼頭看看情況。」

因為秋汛賑災事宜繁雜，所以最近虔陽府解除了宵禁。碼頭距虔陽府城十幾里地，孟如韞與趙閎帶了兩個保鏢趕到碼頭時已經是戌時末，距程鶴年與魯得永約定的行動時間還有不到半個時辰。他們將馬車停在矮丘的一棵榕樹下。

夜色已深，碼頭上的海風十分猛烈，吹著高掛的旗旛獵獵作響。遠遠能看見有幾個巡夜的人擎著火把走來走去，除此之外，安靜得一點都不像是要有大事發生。

亥時一到，碼頭東側忽然竄起一道信號彈，接著，黑漆漆的巷道內湧出了許多衣衫襤褸但訓練有素的蒙面人。他們揮著長刀向碼頭衝去，為首幾個人已經一隻腳踩在了船上，還沒摸到裝糧食的麻袋，忽聞身後傳來破空的呼嘯聲，一轉身，只見羽箭如雨落下，唰唰釘進了碼頭的甲板上。

這陣羽箭更像是警告，只有最外圍的十幾個流匪中箭，但剩下的人仍亂了陣腳。

在這群流匪身後，陸明時率五百步兵團團圍了上來。他端坐在馬上，沒有出手與流匪交戰，目光緊緊鎖住流匪中一個穿褐色破衣、蒙著面的首領。

那首領看見他，神色一慌，手裡的長刀朝陸明時一指，破空朝他砍過來。

陸明時坐在馬上，唰的一聲抽出佩劍，擋下了流匪首領的刀。兩人交手十幾回合，流匪首領露出頹勢，被陸明時一腳踹出十幾尺遠。

更多窮凶極惡的流匪朝他圍過來，陸明時猜測他們應該都是永林衛假扮，輕嗤一聲，舉在胸前的劍上閃著寒光。

他有以一當十的氣勢，率領的士兵也士氣大振。雙方交手一個時辰左右，流匪們寡不勝多，顯出了敗勢，一步步往碼頭裡面退去。

陸明時見他們的氣焰滅得差不多了，抬手打了個手勢，只見人馬中緩緩開出一條路，一輛木欄囚車緩緩推出，車裡是戴著鐐銬的魯夫人。

正指揮流匪對抗陸明時的魯得永見狀目眥盡裂。

陸明時高聲道：「爾等賊匪夜劫官糧，罪無可恕，棄刀投降，尚可待明刑論罪！若負隅頑抗，就地格殺！」

魯夫人在囚車中朝魯得永哭喊道：「夫君！你不要糊塗啊！夫君救我！」

「魯得永！」陸明時望著那蒙面首領道：「你死在這裡，你夫人就要替你頂罪！你若就此繳械，可保你夫人無虞！」

魯德永握著長刀的手直打顫，陸明時剛才那一腳踹得如今有些站不穩。

「不要傷我夫人！」

許久之後，流匪中蒙面的首領魯得永突然高聲嘶吼了一聲，哐噹一聲扔下手裡的刀，就地跪了下去。

他這一跪，本就顯出頹勢的流匪更加不堪一擊，紛紛繳械或者被制伏，套上了枷鎖。

遠遠見局勢被控制住，孟如韞懸著的心終於放下。

趙閎心裡仍有疑惑，請教道：「既然您與陸大人早早就猜到魯得永打算派人劫糧，為何不提前阻止他？」

「怎麼阻止？是暗中殺了，還是對外宣揚？」孟如韞輕輕嘆了口氣。「魯得永也是為人所用，殺了他，程鶴年還會找別人。對外宣言更是無稽之談，在他們真正舉事之前，任何沒有實證的話都是構陷。」

「所以您是打算抓個現行？」

孟如韞解釋道：「不是抓魯得永的現行，而是為了抓程鶴年的現行。我們原本的打算是待魯得永劫了官糧後，必然會與程鶴年會合。李巡撫會派人跟著，找出他們存糧分贓的地方，只要程鶴年一露面，馬上帶兵圍捕。」

「若他們放火燒糧，毀滅證據怎麼辦？」趙閎問。

「此事陸大人沒同我說，但我猜，他不會拿官糧冒險。」孟如韞指指那糧船。「麻袋裡裝的恐怕不是糧食，不怕他燒。」

趙閎點點頭，先是恍然大悟，佩服孟女官與陸巡鎮使的縝密，繼而又迷惑不解地問道：「既然您的計劃已如此穩妥，為何要因為魯夫人而臨時改變，這樣豈不是打草驚蛇，抓不到程巡撫的把柄了？」

魯得永倒戈的消息很快就會傳到程鶴年那裡，為了避嫌，程鶴年一定不會在這件事裡露面，反而會想方設法抹去自己參與過的痕跡。

孟如韞望著遠處嘈雜的人馬燈火，忽然一笑。

陸明時沒同她解釋，但她猜得出原因。魯得永雖為人所用，但罪不至死，陸明時嘴上不說，但想必心裡體恤魯夫人救夫心切。

他與程鶴年不同，不願牽連無辜的人，所以今夜給了魯得永束手就擒的機會。

「無妨，留下魯得永也是個證據，事情尚未結束，程鶴年未必跑得了。」孟如韞對趙閎說道：「走，我們去驛館找程鶴年。」

趙閎驚訝。「現在？」

「現在。」孟如韞想了想，對趙閎道：「你涉身其中，不方便露面，馬車留給我，我自己去。」

程鶴年當夜就收到了魯得永束手被俘的消息。

孟如韞到官驛館拜訪程鶴年時，他正披著一件月白色的披風，坐在書房靠著遊廊的窗下與自己對弈。他看上去從容又專注，彷彿棋盤之外的世界皆與他無關。

孟如韞緩步走進書房。「程巡撫倒是很沈得住氣，夜深不眠，是在等什麼消息？」

程鶴年笑了笑，望向她。「在等故人，閒敲棋子落燈花。」

「不知閣下敲的是誰家的棋，落的是誰家的燈？」

程鶴年反問道：「那阿韞呢？」

孟如韞不答，在他對面的軟蒲團上坐定，瞥了眼棋盤，說道：「我與程大人再對弈最後一局吧。」

程鶴年問：「為何說是最後？」

孟如韞不緊不慢地說道：「因為朝廷派的新巡撫使這幾天就要到了，他要做的第一件事，就是查辦魯得永劫官糧一案。」

程鶴年捏著棋子。「魯得永劫官糧與我有何關係？」

「有沒有關係，程大人不應該問我，應該去問新巡撫。你的親筆信算不算物證，下屬口供算不算人證，你的人在魯得永打算存放贓糧的地方被抓，算不算人贓俱全。」

「我從未與魯得永寫過親筆信，也不曾派人去魯得永放官糧的地方。」程鶴年神情微變，看向孟如韞的眼神泛冷。「妳想構陷我？」

「程大人，程公子，程兄……」孟如韞覺得好笑。「你我算半個故交，無緣無故，我構陷你做什麼？」

「那就是陸明時。」

孟如韞輕輕搖頭。「著相了。你看這棋盤上，黑子吃白子，白子殺黑子，非是因仇怨不可相容，不過都是為人驅使，替人殺奪。無論是我與陸明時，還是程大人你，都是掌權者手裡的一枚棋。所以我來的時候才問，程大人敲的是哪家的棋。」

她的話虛虛實實，似每一句都意有所指，又每句都沒落到實處。程鶴年心裡警惕，不敢亂接。「我聽不懂妳的意思。」

「罷了，那我把話說得明白些。」孟如韞將指間的棋子落到棋盤上。「你替太子謀事，若太子想保你，縱你真與魯得永有書信往來，他也有辦法把你摘乾淨。若太子不想保你，你再清白——」她拈起一枚被困在死局裡的黑子，扔進青瓷棋簍裡。「也不過是枚棄子。」

程鶴年一哂。「東宮為儲君之尊，誰能讓太子自斷股肱，就憑長公主？」

「程兄又錯了。」孟如韞搖頭，看向他的眼神裡帶了幾分同情。「太子雖尊，可上面還有聖上呢。」

程鶴年不信。「此事與聖上有何關係？」

「有何關係？這天下是聖上的天下，朝堂是聖上的朝堂。」孟如韞輕笑一聲。「以糧換地，劫的是聖上的糧，換的是聖上的地。如此淺顯的道理，你竟然問有何關係？」

程鶴年抿唇不語，望著棋局，似在思索她的話。

孟如韞提醒他道：「難道程兄至今仍沒想明白，為何議事會上，梁重安、李正劾、薛錄都反對你嗎？因為他們都是聖上的人，來蘇和州賑災是替聖上辦事。以糧換地最大的敗筆在於，賺錢的是東宮，但百姓們罵的是天子，太子將蘇和州百姓搜刮乾淨，你讓聖上找誰收稅，單靠那幾個商人的商稅養著嗎？」

程鶴年的聲音沈了下去。「妳的意思是，以糧換地之所以推行不成，是因為聖上反對，而不是長公主。」

「我與程兄說句交心的話。」孟如韞壓低了聲音，身體微微前傾，燭光沿著她的長睫，在鼻尖上投出一片淺淺的陰影。「我若是長公主，樂得見子奪父財，臣污君名。聖上不喜，東宮就算賺得富可敵國又有何用呢？」

程鶴年心裡微微一跳，嘴唇動了動，竟一句話也說不出來。

「我早就提醒過程兄，『人間私語，天聞若雷』。這天，指的可是聖上啊！」孟如韞手指間慢條斯理地盤著兩枚棋子。「難道程閣老沒有寫信告訴你，是太子上疏請求更換巡撫使嗎？」

「什麼?!」程鶴年微驚。

「看來，程閣老也被蒙在鼓裡，聖上防著程家呢。」

是蒙在鼓裡，還是她在顛倒是非？程鶴年盯著孟如韞，想從她的表情裡找出破綻。

孟如韞坦然從容地任他打量，眉眼微微帶笑。這與程鶴年印象裡的孟如韞十分不同，她已不再是那個柔麗無害的姑娘，會將一盆蘭花小心翼翼地塞進他懷裡，會與他掃雪對酌，醉後吟作。

她像一盞宮燈，他初時只見其表文繡畫采，未見其裡焰火灼人；又像一柄匕首，只見其鞘鑲玉嵌珠，未見其刃鋒芒逼人。

是他錯了，他一開始就看錯了。

程鶴年忽然大笑，起身走到窗前，推窗見月，任夜風吹熄燈燭，月光湧進屋裡。

孟如韞咳嗽幾聲，忙攏了攏身上的披風。

程鶴年望著她，問道：「既然我已是東宮棄子，妳還來找我做什麼？」

「東宮棄了你，又並非天下棄了你。我來，是勸程兄考慮一下長公主。」

程鶴年沈默了一瞬。「這是妳的意思，還是長公主的意思？」

「我代殿下在蘇和州行事，有何區別？」

「當然有區別。」程鶴年走到孟如韞身邊，掌心輕輕落在她肩頭。「我信妳，不信她。」

孟如韞笑了笑，不置可否。

程鶴年問道：「不知妳能許我什麼，我又能為妳做什麼？」

孟如韞假裝沒有聽明白他話裡的暗示，傾身去拿桌上的茶杯，避開了程鶴年的手。她說道：「新任巡撫打算以官匪勾結之罪查辦你，就算你沒留下實證，他們也可以捏造。這是長公主殿下讓我提醒你的，權當賣給你個人情。但是在你為殿下做事之前，殿下不會出手幫你，所以如何解眼前之困，還得程兄你自己想辦法。」

程鶴年點點頭，長嘆一聲道：「殿下的意思，我明白了。」

該說的話已經說完，孟如韞起身整理披風，戴好兜帽，望了眼外面的月色。「好了，夜已深，我該回去了。」

死灰。

「阿韞。」程鶴年目送她走到門口，突然叫住了她。

今夜她的拜訪，令他心裡又生出了某些旖旎而隱密的希望，如逐漸冷卻的爐灶裡復燃的死灰。

「可不可以留下……」

孟如韞心裡湧起一陣厭惡，面上不露分毫，溫聲道：「程兄把我當什麼了，一個籌碼，一個物件？」

「我不是這個意思！」

見程鶴年要追上來，孟如韞匆匆幾步走到院子裡，微微回身道：「程兄別送了，適可而止吧。」

她的語氣隱含警告，程鶴年頓住了腳步，眼睜睜看著她拂袖而去，望著清稜稜的月亮嘆了口氣。

罷了，來日方長，她既然願意替長公主來招安他，或許心裡還是有他的。

第四十七章

馬車緩緩駛離了官驛館，見程鶴年沒有跟上來，孟如韞心裡鬆了口氣，這才發現自己緊攥的掌心裡全都是冷汗。

今夜此行確實大膽，所幸程鶴年暫未對她的話起疑。

她有些睏倦地靠在車壁上，在顛簸中昏昏欲睡。正此時，忽聞外面馬聲嘶鳴，馬車猛的一停。

孟如韞驀然驚醒，想起上次被流匪劫道的經歷，心懸到了嗓子眼，轉念又想到自己在虔陽府城中，定了定神，正欲掀簾一瞧，趙閎留給她的駕車侍衛在外面稟道：「女官，好像是陸巡鎮使。」

陸明時？他怎麼到這裡來了？

孟如韞推開馬車門，見長街上浩浩蕩蕩擠滿了一支軍隊，正中的士兵朝兩側讓開一條路，陸明時緩緩馭馬行來。

那馬疾行間忽被勒停，正躁動不安地噴著響鼻。

「你這是要帶人去哪裡？」孟如韞下了馬車，仰面問他。

陸明時一身甲冑，兜鍪遮住了半張臉，只露出鼻梁和眼睛，隱在陰影裡，一時看不清神色。

他不說話，也不下馬，就那樣定定瞧著孟如韞。

「陸子夙？」孟如韞上前一步，望著他身後浩浩蕩蕩的軍隊，小聲問道：「你……該不會是特意來找我的吧？」

「嗯。」陸明時語氣很低，對她道：「太晚了，回家吧。」

孟如韞意識到他可能是生氣了，拉住他解釋道：「我沒想到你這麼快就安置完流匪。本來我應該在你之前回去，不煩勞你出來尋我。」

陸明時看了她一眼，話到嘴邊又戛然而止，嘆了口氣道：「有什麼事先回去再說。」

孟如韞不讓他走。「那我不坐馬車了，你騎馬帶我，好不好？」

誰料陸明時不為所動。「天太冷了，回馬車裡去。」

孟如韞蹙眉看著他，陸明時依然無動於衷。竟這麼生氣嗎？

陸明時不再理她，逕自馭馬掉頭離去。孟如韞怏怏不樂地站了一會兒，確實覺得有些冷，失落地回到了馬車上。

馬車被護在軍隊中間，周遭都是甲冑與兵器的碰撞聲，放眼過去，孟如韞一個也不認識。她將頭探出馬車去，隱約看到了為首走在最前的陸明時，他們之間隔著長長的隊伍，他卻沒有回頭看她一眼。

孟如韞心中有些忐忑難過。貿然來尋程鶴年是她的不對，可今夜時機難得，若是等他什麼都弄明白，她再來說這些話就太晚了。她自覺自己有幾分道理，便想著等回去後再跟陸明時解釋。

軍隊一路將馬車護送到了胡同口，孟如韞下了馬車後，本想等陸明時一起回去，可他不知是沒意識到她在等著，還是故意拖延，同百夫長交代起來沒完沒了。

巷子裡的風冷颼颼的，孟如韞凍得雙腳發麻，想進屋先暖和一會兒，剛邁進大門就撞上了正團團轉的梁煥。

梁煥見了她十分高興。「孟姊姊，妳可算回來了，妳沒事吧？」

孟如韞笑了笑。「我沒事，別擔心。」

他往孟如韞身後望了一眼。「師兄呢？他也沒事吧，有沒有同驛館的官兵起衝突？」

孟如韞一愣。「怎麼會和官兵起衝突？」

梁煥解釋道：「師兄回來後見妳不在，十分著急，又聽趙老闆說妳尋程鶴年去了，怕他對妳不利，便執意要帶兵去圍剿驛館，救妳出來。我實在是攔不住他，他堂堂巡鎮使大半夜帶兵衝官驛館，這樣胡來，萬一被別有用心的人參一本——」

陸明時走過來，打斷了梁煥。「別胡說八道，回去。」

孟如韞沒想到他擔心成這樣。「子夙哥哥，我……」

陸明時並未看她，只冷聲道：「妳也回去。」

他轉身又要往外走，孟如韞抓住他的手，發覺他掌心裡都是汗，卻又燙得驚人。

她心下一驚。「你怎麼燒成這樣？」

陸明時下意識想要拂開她，結果身形一個踉蹌，幸虧梁煥眼疾手快，一把扶住了他。身上穿著軍甲的陸明時像一座鐵山一樣壓下來，壓得梁煥變了臉色。孟如韞忙上前幫忙，兩人合力將他扶進了屋裡，安置在榻上。梁煥讓人去請大夫，孟如韞守在陸明時身邊，急切地喊他的名字。

「子英……」陸明時神志不清地囈語了一聲。

梁煥連忙上前。「師兄有什麼事？」

陸明時眉心緊蹙，似是想睜開眼。「矜矜……回來了嗎？」

「我在這兒，子夙哥哥，我在這兒。」

正在倒水的孟如韞聞聲忙跑過去，抓住了陸明時的手。

「矜矜……」

「我回來了，別擔心。」孟如韞捧住他的臉。她身上的氣息讓陸明時覺得安心，他緩緩安靜下來，緊蹙的眉心也慢慢展開。

孟如韞解了他的兜鍪和軍甲放到一邊，見他臉色燒得發紅，嘴唇沒什麼血色，忙用手帕沾了冷水，小心翼翼地擦拭他的額頭。然後給他脫了靴子，解了外袍，這才發現他肋骨間的傷口已經撕裂，殷紅的鮮血早已浸透紗布，將紗布和血肉黏在一起。

他就是這樣去碼頭上降伏魯得永，趕回城中與李正劾交接，安排後續事宜，回到家後發現她不在，又馬不停蹄地點了兵要去找她。

怪不得會傷口撕裂，怪不得會燒成這樣。

孟如韞盯著他的傷口，一眨眼，眼睛裡盈滿了水霧。

梁煥很快將大夫找來，還是上次那個，睡得正香被人從被子裡拎起來，連頭髮都沒來得及梳。大夫心急火燎地趕過來，揉著惺忪的睡眼看了一眼陸明時的傷勢，然後長嘆了口氣。得，今晚不必睡了。

「妳相公傷在肋骨，雖未及脾臟，但也是個動輒有牽扯的地方，關鍵在靜養。他這傷一天之內撕裂了好幾回，被甲衣捂著，出汗發膿，導致炎症；又內裡心急火旺，外面受寒吹風，肯定會發燒。若只發燒還是小事，怕只怕是……」

大夫一聲嘆息，孟如韞心裡整個提了起來，顫聲問道：「情況嚴重會怎樣？」

「若是高燒不退，可能會燒壞心肺。若是傷口的膿不消腫，可能要剜肉刮骨。」

大夫寫下一張方子，梁煥接過去，忙吩咐侍衛去抓藥。孟如韞守在床邊，看大夫用銀刀清理傷口周圍的腐肉，一刀一刀，縱使陸明時高燒不醒也疼得眉心緊皺，彷彿割在她心上，牽動著心神在呼吸間抽疼。

大夫處理完傷口，已經累出了一身汗，梁煥讓人送了些吃食，連同熬好的藥一起端上來。孟如韞讓大夫休息會兒，將藥碗端過去，去內室給陸明時餵藥。

杓子遞到嘴邊，陸明時似有知覺，微微啟唇嚥下。

孟如韞試探著問道：「子夙哥哥，你能聽見我說話嗎？」

「矜矜……」

「我在這兒呢，我在這兒！」

見他尚有幾分清醒，孟如韞心裡一鬆，抹了抹眼淚，又用杓子舀了一勺藥湯，餵他喝下。

一碗藥很快就見了底，孟如韞用濕帕子擦掉他額頭上的汗，柔聲在他耳邊道：「我在這兒守著，你好好睡一覺，明天早晨，不准再發燒了。」

陸明時沒有睜眼，手指動了動，勾住孟如韞的手，若有若無地「嗯」了一聲。

陸明時的情況沒有像大夫說的那樣變得更嚴重，喝下藥後半個時辰，額頭的溫度就沒有之前那樣燙了。孟如韞稍稍鬆了口氣，但仍不敢離遠，就在他榻前守了一夜，隔兩、三個時辰就要試一試他的溫度，給他冷敷一下額頭。

孟如韞最後一次醒來時已是天光大亮。窗外鸝鳴鵲鬧，風搖月桂，枝葉間落下的光影投在她眼皮上，忽明忽暗地晃蕩著。

孟如韞緩緩睜開眼，發現身上披了件披風，一轉頭，見陸明時正枕著胳膊瞧她。

她倏地起身湊過去，摸了摸他的額頭。「不燒了，真的不燒了，太好了。」

「是妳說的，今天早晨就不許我再發燒了。」

陸明時的聲音裡仍有些沙啞，但聽語氣似是已無大礙。孟如韞突然眼眶一紅，將臉埋進他懷裡，無聲地落淚。

陸明時輕輕嘆氣，撫摸著她的頭髮。「抱歉，昨晚嚇著妳了吧？」

「大夫說你可能燒壞腦子，快把我嚇死了……」孟如韞抽噎著悶聲道：「我這麼年輕，可不想守著傻子過一輩子。」

陸明時笑得胸腔微震。「天天說我欺負妳，等我燒傻了，豈不是剛好給了妳機會欺負回來？」

「誰要欺負一個傻子！」孟如韞抹了抹眼睛，抬眼瞪他。「何況你本來也沒什麼腦子，明知自己傷成這樣，還到處折騰。蘇和州上下幾百個官員，離了你還能癱了不成？」

「要開始與我翻舊帳了嗎？」陸明時笑著捋了捋她的頭髮。「妳昨夜招呼都不打一聲就跑去找程鶴年——」

「啊，差點忘了，大夫說早上要喝藥。」

孟如韞忙從他懷裡支起來，不給他興師問罪的機會，理了理衣服，轉身走了出去。

陸明時望著她落荒而逃的背影，嘴角微微一揚。

但這件事是躲不過去的。孟如韞也沒打算一直瞞著他，吃過早飯後，搬了個小凳子坐到陸明時床前，將昨夜在官驛館裡與程鶴年的對話一句一句學給陸明時聽。

陸明時微微皺眉。「妳代長公主招攬他，可曾問過長公主的意思，萬一長公主不喜他……」

孟如韞搖頭。「程鶴年此人喜權勢而無道義，若用為耳目，則耳目蔽；用為心腹，則心腹病。」

「既如此，為何要同他說長公主有招攬之意？」

「你看，連你也被我騙住了。」孟如韞得意地揚了揚眉。「我同他說新巡撫要捏造證據查辦他，又說長公主殿下有意招攬。他一門心思揣測殿下是否真心招攬，卻下意識相信了巡撫要查他這件事。我說這件事殿下要他自己解決，那他必然會出手消滅證據。昨夜碼頭劫糧，他將自己摘得乾淨，徒有魯得永的口供不足以給他定罪；但只要他再出手，咱們就能抓住他的把柄。屆時人證物證俱全，他勾結永林衛劫官糧的罪名就跑不了了。」

想明白前因後果，陸明時緊皺的眉頭緩緩舒展，笑道：「好一招借雷掩鼓。可妳膽子也太大了，若是他昨夜先扣下妳再向東宮求證該怎麼辦？」

「程鶴年沒這麼聰明。」孟如韞道：「他沒有全心信任太子，也不敢在這個關頭讓太子知道長公主招攬他，令太子生疑。」

她此事做得確實巧妙，可也確實驚險。陸明時見她自顧自得意，好言勸道：「人心叵測，以後還是不要在此周旋算計。」

「可我好不容易才想到的主意，你就不能誇我幾句？」他一句話就將自己昨夜的辛苦輕飄飄否定了，孟如韞面上有些失落。

「嗯，真是辛苦妳在程鶴年身上費了那麼多心思，不知矜矜何時有空，也費心騙騙我？」陸明時笑著逗她。

孟如韞瞪了他一眼。「你是不是有病？」

陸明時指指自己的腦袋。「昨晚剛燒傻了。」

孟如韞氣噎。

「好了，知道妳聰明。」陸明時拉過她的手，放在嘴邊親了一下。「程鶴年被抓了把柄，咱們後面就省心了。」

程鶴年果如孟如韞所料，派程雙去銷毀證據。

魯得永被抓下獄，魯宅被查封，他派人潛進去找那把月琴，被梁重安派去查案的手下當場抓住。同時，程雙想去之前與魯得永約好存放劫來官糧的宅子看一眼，看新任巡撫使打算捏造什麼證據，甫一露面，就被跟蹤他很久的李正劾逮個正著，要他交代現身此處的緣由。

程雙緘默不言，但魯得永、魯夫人早已有口供。管倉庫的鄭中銓見同謀紛紛落馬，嚇得說了實話，指控程雙就是吩咐自己拖延官糧入庫時間的人。

至此，程鶴年終於被拖進了泥潭裡，再也將自己洗不乾淨。

遠在臨京的蕭漪瀾與孟如韞心有靈犀，故意在朝堂上當著太子的面賣了幾手好給程知鳴。太子頓時對程知鳴起疑，又聽聞蘇和州亂成了一鍋粥，程鶴年不僅沒給他賺到錢，反而還將永林衛指揮僉事魯得永折在裡面，氣得不輕，在王翠白的建議下，當即上疏為魯得永辯解，說他是「受奸人脅迫而為」，要求徹查此案懲治元凶，還魯得永一個清白。畢竟程鶴年出事，蕭道全還可以分辯說與自己無關，可是魯得永是永林衛的人，誰都知道永林衛與東宮關係密切，保魯得永，就是保太子自己的名聲。

至此，太子徹底打算放棄程鶴年了。

十月初二，朝廷派了新巡撫來蘇和州，是戶部度支司郎中蔡文茂。與之同行的還有前來宣旨的司禮監隨堂太監季汝青，以及工部派來替換張還耕的主事官員。

蔡文茂雖是長公主的暗線，此次卻是經由季汝青舉薦而來，因此兩人相處起來要比原先幾位各自為政的巡撫使和諧很多。

他們一行人到達蘇和州後，先宣讀了朝廷的聖旨，大意是敦促各級州官要體恤百姓，勉力救災；又宣讀了新的賑災銀使用章程，修堤款從三十五萬被削到了十七萬，剩餘三十萬除了從周圍各州購買賑災糧之外，還要用來幫災民重建屋舍，整飭田地。

這些事交由梁重安與蔡文茂、薛錄擬一個新的章程出來，季汝青以天子親使名義從旁監管。重建湖堤的工程，由工部新任官員協同六皇子蕭胤雙一起完成。

除此之外，蔡文茂還要接手程鶴年勾結永林衛劫官糧的案子。

他作為一個戶部京官，第一次接手刑事案件，涉案人還是程閣老的親兒子，可謂是十分棘手。

季汝青從旁提點了他幾句，要他以不熟悉刑部條陳為藉口，「只查不判」，將卷宗一併封存送往朝廷，要殺要放，全聽上意。蔡文茂覺得有道理，於是將所有的人證物證整理好，請李正劾押往臨京。

十月初七，天高氣爽，程鶴年披枷帶鎖，離開虔陽府前往臨京。

孟如韞去城外長亭送了他一程。程鶴年已經在牢裡想明白了事情的來龍去脈，望著她苦笑。「我若是孟姑娘，今日當無顏相送。」

孟如韞搖頭。「可惜，你不是我。」

「我不是妳，所以猜不透妳，所以活該被妳算計至此，是嗎？」

孟如韞望著澄碧的長天，緩緩說道：「其實我沒算計你什麼。要以糧換地的人是你，支使永林衛劫官糧的人也是你，如今落在你身上的罪名，沒有哪個字冤枉了你。你落到此番境地，是天理王法之怒，非我之罪。」

程鶴年聞言大笑。「真是好一個天理王法，妳為長公主謀嫡，又能高尚到哪裡？」

無論他是套話還是斥責，孟如韞都不想同他探討這個問題。她為程鶴年倒滿酒，也為自己滿上，舉而飲盡，然後說道：「我今日非來炫耀，也無意規勸，只是看在相識一場的分上，來為程兄餞行。願程兄一路順風，到了臨京之後，萬事順遂。」

程鶴年也端起酒杯一飲而盡，笑了笑。「屠蘇酒。」

他與孟如韞數次在鹿雲觀對酌，飲的都是此酒。只可惜酒味因時變，故人隨境遷。

程鶴年飲完三杯，起身摔杯離去，身上枷鎖隨著他的步履撞擊作響。他邊走邊放聲道：

「得即高歌失即休，多愁多恨亦悠悠。今我為逐戴罪去，願卿青雲履九州。」

孟如韞嘴角勾了勾，眼裡卻沒什麼笑意。

她送完程鶴年回去，見陸明時坐在院子裡曬太陽，旁邊小几上隨意搭了一卷明黃色的東西，走近了才發現竟是一卷聖旨。

孟如韞大驚。「這哪來的聖旨？」

「哦，給我的。」陸明時仰在貴妃榻上懶洋洋地合著眼，長腿支在地上，踩著貴妃榻晃啊晃。

「給你的……」孟如韞將聖旨拾起來，小心翼翼展開，生怕弄髒了這張明黃的緞面。

「茲令十一月前歸北郡……」她眉心深擰。「不是說過完年再回去嗎？怎麼這麼快？誰來宣的聖旨，有沒有說別的？」

「宣旨的是司禮監隨堂季汝青，馬從德的乾兒子，妳指望他能說什麼？」陸明時語帶嘲諷。

「馬從德？」孟如韞問道：「是十一年前朝廷派往北郡的那個監軍？」

陸明時緩緩睜開眼，望向孟如韞，平靜的眼神裡似有暗湧泛起。

「當年的事，妳怎麼知道？」

「我……聽母親說起過一些。」

「妳之前不是同我說，孟夫人從不與妳講這些？」

「我……」

孟如韞正想著怎麼解釋，陸明時又緩緩閉上了眼。「罷了，妳不想說就算了，別費勁胡扯了。」

他看上去心情很不好，下頷綳得很緊，顯得整個人十分凌厲，長指一下一下地叩著膝蓋。這是他心思煩亂的表現。

孟如韞將聖旨捲起收進匣子裡，走到他身旁蹲下，輕聲問道：「子夙哥哥因何煩心，是舊事，還是未來事？」

陸明時嘆了口氣。「都有。」

「舊事是因為見了季汝青，那未來事又是因為什麼?聖旨裡只說讓你回北郡整飭軍隊，難道是要與戎羌打仗？」

陸明時道：「我倒不怕與戎羌打仗，我怕的是不打。年復一年這樣拖著，拖到北郡馬老刀鏽，而戎羌騎兵一年比一年剽悍。」

「不會的。」孟如韞握住他的手。「有子夙哥哥在，北郡不會輸的。」

陸明時望著她笑了笑。「這麼相信我？」

孟如韞點點頭，覷了眼四周，小聲說道：「那當然，你姓陸呀，是永冠將軍陸持中的陸，是昭毅將軍陸諫的陸。」

「也是孟家夫婿陸子夙的陸。」陸明時突然笑著接了句。

孟如韞拍了他一下。「我好心勸慰你，你竟然調戲我！」

「這就算調戲了？」陸明時伸手拉了她一把，孟如韞一個不穩，跌倒在貴妃榻上，被陸明時趁勢摟在懷裡。

「你的傷……」

「早沒事了。」陸明時摟著她的腰，將臉埋在她後頸處。「別動，給我抱一會兒。」

「青天白日的，你還要不要臉。」孟如韞羞臉粉生紅，不肯依他。

陸明時嘆氣道：「我馬上就要去北郡，連媳婦都沒了，還要臉做甚。」

孟如韞輕輕「呸」了他一聲。「誰是你媳婦。」

「不是我媳婦，那就是我搶來的壓榻夫人。」

孟如韞氣惱，又忍不住被他逗樂了。

陸明時貼在她後頸笑，鼻尖震得她後頸微微發麻。她看不見陸明時正目光幽深地盯著她後頸那顆豔如紅豆的硃砂痣。

「我心裡著急得很，矜矜，戎羌一日不平，我就不能安心娶妳為妻。」

孟如韞轉過臉去瞧著他。「為何，怕我壞了你的運道？」

「嗯，也不是沒可能。」陸明時笑著捏了捏她的臉。

孟如韞瞪他。

她心裡清楚陸明時在想什麼，大概是北郡不太平，隔三差五就要與戎羌人打仗，他不捨得帶她過去吃風嚥沙，也不捨得留她在臨京獨守空房，更怕自己哪天出了意外，連累她後半輩子無人可依。

可是她不喜歡他這樣想。

「那要是一輩子平不了呢，你要我當一輩子老姑娘嗎？」

陸明時道：「剛剛還說相信我，怎麼又開始咒我了？」

孟如韞哼了一聲。「我不管，我等得不耐煩了，就隨便找個人嫁了。」

孟如韞鼻尖發酸。他怕她守寡，她卻更怕等不到那天，上輩子過早病逝讓她害怕等待。

摟在腰間的手微微收緊，孟如韞故意氣他，以為他會反唇相譏，誰知他竟一句話都沒說，彷彿是默認同意了似的。

氣得孟如韞一把推開他，起身進屋去了。

第四十八章

蘇和州漫長的秋汛終於結束，一連多日都是晴朗的好天。蔡文茂替代程鶴年成為新巡撫，在梁重安、薛錄、季汝青等人的協作下，賑災事宜也在有條不紊地進行。

孟如韞心裡與陸明時置氣，恰逢蕭胤雙邀請她去太湖附近參觀新開出的河道，她便坐著馬車獨自去了。

太湖堤岸上露出泥濘的地皮和殘餘的堤壩，蕭胤雙一身布衣短褐，正指揮工部的幾個官員勘測新的河道，瞧見了她，遠遠招手呼喊，曬黑的臉上露出一嘴白牙。

「六殿下。」孟如韞摘下帷帽走過去。「險些沒認出來。」

「是曬黑了點，別笑話我。」

蕭胤雙摘下腰間掛著的水壺猛喝了兩口，用手背在嘴唇上一抹，對孟如韞說道：「走，我帶妳去看看新的分洪河道，足足有五十多尺寬，十幾尺深，準備一路通到汾水，不僅可以澇期洩洪，平時也能通航。」

孟如韞驚訝。「這麼大的工程？」

蕭胤雙道：「多虧妳那個醋煮山石的辦法，我和曾郎中又改進了一下，明年春汛之前，這條河道一定能完工，最遲後年可以通航。」

孟如韞笑了笑，不敢居功。「其實這辦法是當年在紇州靈江修堤的薛平患發現的。六殿下打算在蘇和州一直待到明年嗎？」

蕭胤雙說道：「我寫了摺子說想戴罪立功，也給皇后娘娘寫了信，讓她幫忙向父皇求情。唉，孟姑娘，等妳回臨京後跟我小姑姑說一聲，讓她也幫我說點好話。臨京我是真不想回去，我想留在這裡把太湖的河道開完，堤壩修好。」

「殿下不喜歡臨京？」

「也不是不喜歡，就是不能一直待在同一個地方。待得久了，就不知道外面是什麼樣子。」

孟如韞笑了笑。

他們邊走邊聊，遠遠瞧見又一輛馬車停在湖邊，下來一個身著青色深衣的瘦削男子，面容年輕秀致，氣度儒雅。他看見蕭胤雙，遙遙拱手作揖，然後緩步走過來。

孟如韞從未見過他。「這位是？」

「父皇身邊的隨堂太監，季汝青。」

他就是馬從德的乾兒子？孟如韞有些驚訝。她還以為會是個獐頭鼠目之輩，沒想到乍一見，竟有如此溫煦的文人氣度。

季汝青走近了，又行一禮。「六殿下萬福。」

「季中官免禮，是來巡看堤壩的？」

「是明日要回京，臨行前再來看一眼，不知殿下在此，妄自驚擾。」

「無妨。」蕭胤雙道：「恰好我與孟姑娘也在，一起吧。」

見他有些茫然地看了孟如韞一眼，蕭胤雙介紹道：「是小姑姑派來幫我的女官。」

孟如韞與他執平禮，三人一同沿著湖堤巡看。孟如韞與蕭胤雙並行，而季汝青則謙遜地跟在他倆身後半步遠的距離，仍固執地恪守著宮廷的規矩，像個無驚無擾的影子。

他們沿著湖岸慢慢走，蕭胤雙連說帶比劃地給她講接下來的修堤計劃。短短一個月時間裡，他從一個什麼也不懂的皇室擺件變成了半個工部郎中，雖然有些細緻的計算和設計還不理解，但是建造河堤的大致規劃已經能給孟如韞講清楚。

聽到感興趣的地方，孟如韞便問得詳細些，蕭胤雙答不上來，就隨手扯過正在指揮的工部郎中來解釋。她又問了修堤工人的情況，有不少是周圍災縣的災民，領了一些賑災糧，聽說修堤有工錢拿，於是來賺些家資。有人剛來兩三天，有人已經幹了快半個月。孟如韞默默聽著，都記在心裡。

轉完一圈已過正午，孟如韞看完湖堤後就坐馬車回去。她與季汝青之間並無交談，結果馬車走到半路陷進了泥窪裡，後趕來的季汝青見狀停下，邀她上車同行。

孟如韞正猶豫，季汝青溫聲勸道：「即使車推出來，車輻八成也斷了，讓車夫留在這兒處理吧！我送女官到虔陽府。與我一個內侍同乘，不會妨礙女官的名聲。」

他話說到了這個分兒上，孟如韞不好再推拒，且她確實急著趕回去，怕回得晚了，陸明時又要佩刀點兵出來找她。於是她提裙登上季汝青的馬車，同他道謝。「煩勞季中官了。」

「無妨。」季汝青端坐在馬車裡，合目小憩，像一尊周正的玉雕。

孟如韞一直偏頭看外面的風景，快到虔陽府的時候，季汝青突然說話了。

「我在梁知州處見到一封〈論太湖西堤重修糜費書〉，可是出自孟姑娘的手筆？」

孟如韞收回目光轉向他。「私人信件，季中官如何看到的？」

「偷看的。」季汝青十分坦然。

她沒有回答，季汝青也沒有追問，似乎只是隨口一提，又轉了別的話題。

「我來蘇和州前，殿下託我囑咐妳早些回去。」

「殿下？哪位殿下？」

「長公主殿下。」

孟如韞靜靜盯著他，似乎並不相信他說的話。

他一個深受聖上倚重的內侍，替長公主傳私信，未免太容易讓人起疑。

季汝青無奈地一笑。「我之前從未見過孟姑娘，但孟姑娘似乎從見我的第一面起就對我頗有防備，這是為何？」

孟如韞否認，但季汝青長年混跡宮幃，對幽微人心的探查可謂敏感到了極致。縱使她的警惕與不喜都極周全地掩藏在清麗芙蓉面之下，季汝青還是能感覺出來。

「倒也是人之常情。」季汝青笑了笑。「內宦閹豎，本就不必假以辭色。」

孟如韞沒有出言辯解。她對季汝青確實心有防備，但不是因為他宦官身分，而是因為他是馬從德的乾兒子，是提及即令陸明時難掩憎惡的人。

季汝青取出一枚青蓮玉珮交給孟如韞。「我的話妳不信，但這枚玉珮妳總該認得。殿下說蘇和州這邊已無要緊事可忙，讓妳趕快回臨京，她要無書可讀了。」

孟如韞接過玉珮仔細端詳了一番，確實是長公主的隨身物件，遂點頭應下。「我明白了。」

她回去便開始收拾行李。陸明時來找她時，書房幾乎被搬空，只剩下空蕩蕩的架子。他靠在門上看她裡裡外外地忙碌。「妳這是做什麼，離家出走嗎？」

孟如韞頭也不抬，沒好氣道：「我家不在這兒，在臨京。」

「好吧，臨京的小娘子。」陸明時笑道：「妳搬這麼多東西，是要回娘家嗎？」

孟如韞本就心中氣悶，聞言，心頭噌地燃起了火。

一本書兜頭朝陸明時砸過去，被他眼疾手快地截住。見孟如韞看都不看他，就裝出一副被砸疼了的模樣，捂著鼻子哎喲喊疼。

「你少在那裡裝模作樣，油嘴滑舌。」孟如韞冷哼。「既要毀掉婚約，嘴巴就放乾淨點，別開這些踰矩的玩笑。」

陸明時一愣。「這是什麼話，我何時說要毀約了？」

見孟如韞不理他，陸明時湊過去，按住了她的書箱，將她堵在角落裡。

孟如韞瞪他，陸明時神色認真道：「矜矜，我沒有毀棄婚約的意思。妳我的婚約是父母之言，亦是彼此心屬，我怎麼捨得拋下妳？」

「那你同我說『北郡不平不能成婚』是什麼意思，你要我守著一句空約，守到死嗎？」

孟如韞有些委屈。她明知陸明時不是負心人，可兩世的經歷讓她厭倦了等待，她所殷切期待的，都沒有好下場。

眼見她眼裡泛起薄霧，陸明時心裡一慌。

「我錯了……我向妳賠禮道歉好不好？是我自作主張，惹妳傷心了。」陸明時捧起她的臉，指腹輕輕揉過她下眼角，嘆息道：「我何嘗捨得明珠在外，惹人覬覦，我何嘗不想早日同妳完婚，與妳以夫妻相稱。」

孟如韞自覺失態，抹了抹眼睛。「我也不是急著要完婚。」

陸明時道：「我心裡是著急的，只是此次去阜陽拜會老師，同他說起妳我的事，他不贊成妳我倉促成婚。」

孟如韞聞言心裡一涼。「你說韓老先生不同意？是不是我——」

陸明時的食指停在她唇間，止住了她的胡思亂想。

「此事非妳之過。老師說妳有大才，非盛世明君不可容，非位加九錫不相配。若我娶妳為妻，卻只能讓妳囿於後宅，或者埋沒於蒼涼北郡，是令金玉蒙塵，明珠棄路，他不會給我主婚的。」陸明時緩緩說道：「矜矜，青鳥在天，白龍在海，若我只有立錐之地，尚不能與妳比肩，更談何愛重，有何顏面娶妳為妻？」

他神色認真，眼神柔和，孟如韞心中微動，長睫輕顫。

「但我見了妳，又忍不住親近妳，想與妳耳鬢廝磨，形影不離。這些都是我意志不堅之錯，只是大錯已成，我也改不了……妳若是生氣，任打任罰，絕無怨言。」

他說著說著又不正經起來，孟如韞心裡的感動尚未捂熱，又被他鬧得頓生羞憤，氣得抬腿踹了他一腳。

「你這些糊弄人的話，和臨京那些四處留情的浮浪子弟有什麼區別？」只是話音是軟的，踢人也不疼，分明是已經信了他。

陸明時也自知這些話說出來不好聽，像教人望梅止渴、畫餅充饑，所以若非今日萬不得已，他本不欲作這些蒼白無證的解釋。

陸明時嘆息道：「那妳就當可憐可憐我。矜矜，我一日不見妳，三餐食無味，真要我娶妳之前對妳執君子禮，倒不如剃成瓢子做和尚去。」

孟如韞沒忍住笑，狠狠瞪了他一眼。

見她笑了，陸明時心裡一鬆，摟著她不撒手，信誓旦旦地保證道：「妳放心，我此次回北郡，三年之內必有所成，給妳掙份體面的聘禮回來，行不行？」

話說到這分兒上，孟如韞心裡的氣也消了，又被他纏得心綿意軟，便低低應了聲「好」，順著他給的臺階下了。

只是臨京還是要回的，陸明時幫她一起收拾東西。孟如韞同他說起季汝青帶來的信物和口信。

「怎麼了？」見陸明時擰眉，孟如韞問道：「你覺得他不可信？」

陸明時說道：「妳與長公主之間可以書信聯絡，她卻讓季汝青專門帶話給妳，這或許是在暗示妳，此人可用，妳可以隨他一道回京。」

「難道他是……殿下的人？」孟如韞壓低了聲音。

「可能是，也可能不是。」陸明時說了句廢話。

其實他自己心裡也不是很清楚。他向來不太關心宮幃之內的事，只知此人是馬從德的乾兒子，所以恨屋及烏，但對季汝青這個人本身，他並未了解過。

陸明時思忖許久，仍然不放心讓孟如韞單獨跟季汝青走，說道：「罷了，我隨你們一起回臨京，然後從臨京去北郡。」

孟如韞心裡高興。「好，我去和季中官說一聲。」

對於陸明時要隨行這件事，季汝青沒什麼意見。陸明時辭別了梁重安與梁煥後，他們第二天就從虔陽府出發回臨京。

季汝青與孟如韞各乘一輛馬車。陸明時不愛拘束，騎馬行在孟如韞身側，時不時就要挑開側窗的簾子去逗她，有時摘個果子，有時送朵野花，若是孟如韞不理他，他就要使壞心思，把五顏六色的蟲子佯裝成果子放在她掌心裡，聽她失聲尖叫，然後十分混帳地拍馬揚長而去。

季汝青手裡握著一卷策論，臉上沒什麼表情，耳朵裡全是身後那駕馬車嬉鬧的動靜。他垂著眼，不動聲色地又翻了一頁。

陸明時的馬走到了他的馬車旁不停地打響鼻，季汝青抬手挑起車簾，見他端坐於馬上，眉眼冷然，氣度倨傲，便知來者不善。

「陸安撫使有何見教？」季汝青態度溫和而疏離。

「不敢，」陸明時摩挲著手裡的馬鞭。「再有三十里就到建州，今夜到城裡落腳，季中官意下如何？」

季汝青點頭。「依陸安撫使的意思。」

陸明時問完話沒走，一眼看見了他手裡的書，瞥了幾行，微微皺眉。「《蒼墨堂閒筆》？」

此刻再藏書未免有些刻意，季汝青將封面給他看了一眼，依然溫溫地笑著。「安撫使學廣識多。」

《蒼墨堂閒筆》的作者是孟如韞的父親孟午。孟祭酒在牢獄中自盡後，他曾寫過的書也被國子監收焚銷毀，只有民間還零零散散地流傳著一些散本。

陸明時看他的眼神有些變了，打量許久。「比不得季中官好奇尚異，連禁書都讀得這麼認真。」

季汝青握著書卷的手微微收緊。

陸明時欲掉轉馬頭回去找孟如韞，季汝青突然叫住了他。

「你對她好一些，別總欺負她。」

陸明時沒有回頭，冷笑問道：「季中官說誰？」

季汝青沒了聲音，彷彿適才只是陸明時的幻覺。

孟如韞一行人從蘇和州到臨京一共走了六天，到達臨京時已經是十月中旬。滿街梧桐飄旋，街上的行人也換上了冬裝，孟如韞挑開車簾，深深呼吸著臨京繁華熱鬧的空氣。

陸明時勒馬走到她身邊，對她說道：「我先送妳去長公主府，然後我要進宮一趟。」

「你打算何時出發去北郡？」孟如韞問。

陸明時道：「聖旨上讓十一月前回去，若聖上沒有別的旨意，這一、兩天就會出發。」

「那……」孟如韞抓著車簾的手微微收緊。「我明天能去找你嗎？給你餞行。」

「明日恐怕不行，我要去見兵部的幾位大人。」

「那好吧，」孟如韞點點頭，笑了一下。「沒關係。」

陸明時幫她把車簾放下，微不可聞地嘆了口氣。「矜矜，別考驗我的定力。」

孟如韞回到臨京的喜悅被即將到來的離別愁緒沖淡了許多。她靠在車廂壁上，連馬車外的景致都沒有心思再看。

陸明時與季汝青先將她送回長公主府。陸明時眼看著她的馬車進了長公主府側門，然後馭馬走到季汝青的馬車旁，隔著車簾說道：「我與季中官一同入宮。」

季汝青嗯了一聲。「陸大人辛苦。」

入宮後，季汝青先回去換衣服，陸明時先行前往勤政殿，待季汝青換好內侍宮服趕到勤政殿時，卻發現陸明時仍在勤政殿外候著。

除了他之外，還有幾個隨行的內廷隨侍。季汝青掃了他們一眼，知道眼下太子和長公主都在勤政殿裡，於是也恭肅地站到一旁，靜靜等著。

又等了約半個時辰，站得人有些雙腳發麻，勤政殿裡終於有了動靜。小太監將太子與長公主一前一後引出，又宣季汝青進殿覲見。

季汝青進殿去了，蕭道全慢悠悠走到陸明時眼前，陸明時作揖行禮。「見過太子殿下，長公主殿下。」

太子蕭道全笑吟吟道：「陸愛卿免禮。陸愛卿何時回來的？孤適才還和父皇提到你，說你在蘇和州鎮撫流民辛苦了，要父皇多加賞恤。」

「都是臣分內之事，但求無過，不敢居功。」陸明時態度謙和。

「賞功罰過是朝廷之責，等會兒父皇召見必有恩賞，陸大人不必謙虛。只是聽說陸大人不愛金銀，不重品秩，但是對小姑姑府裡一名女官青眼有加。」蕭道全看向同自勤政殿裡出來的蕭漪瀾。「不知小姑姑是否肯割愛，賞給陸大人做個美妾，成全了這段風流韻事？」

提到了孟如韞，太子這番話似乎暗含了某種警告。

陸明時微垂的眸色漸深，風過他的衣袍，有種無聲卻透骨的冷。

蕭漪瀾輕嗤一聲。「太子願意為我府上的人作媒，倒是天大的榮幸。可這事若是傳到修平耳朵裡，你說她是惱我這個姑姑，還是惱你這個哥哥？」

修平公主蕭荔丹喜歡陸安撫使，幾乎是滿城皆知的事，陸明時剛中進士那年，她沒少纏著太子找藉口召陸明時進宮。

當初蕭道全也有招攬陸明時的意思，只是陸明時架子大，連天子恩遇都敢拒，東宮更不放在眼裡，宣召的太監十有八九撲空而歸。

想起往事，蕭道全心裡不太痛快，說道：「孤隨口一提罷了，陸安撫使一表人才，孤倒是很願意讓他做妹婿。」

陸明時說道：「謝殿下抬愛，修平公主萬金之軀，名聲貴重，臣不敢玷污，還請殿下不要再提此事。」

「瞧瞧，枉費孤一片好心。」蕭道全面上和煦，眼裡卻沒什麼笑意，打量著陸明時。

「他倒還看不上。」

陸明時又一揖。「位卑言輕，不勞殿下記掛。」

真是糞坑裡的石頭，又臭又硬。

蕭道全臉上連笑都掛不住了，拂袖轉身而去。蕭漪瀾看了他一眼，什麼話也沒說，緩步邁下丹墀。

「兩位殿下慢走。」陸明時在身後恭送。

勤政殿外的對話很快傳進了宣成帝的耳朵裡，他正在看季汝青的摺子，季汝青垂眉順眼地侍立下首，上首處侍立的是司禮監掌印馬從德。宣成帝聽完殿外太監的稟報後，輕笑了幾聲。

馬從德揣摩著宣成帝的心思，問道：「主子可要宣陸安撫使進來？」

「兩個祖宗都走了嗎？」

馬從德回道：「兩位殿下都離開了，眼下勤政殿外只有陸安撫使。」

「汝青這摺子寫得不錯，你教導有方。」

宣成帝將摺子合起，擱在案上。馬從德忙繞到他身後給他按摩肩膀，恭聲笑道：「能得主子的誇讚，是他三輩子修來的福氣。」

馬從德給季汝青使了個眼色，季汝青跪到下首謝恩。

「起來吧，是立功又不是犯錯，不要動不動就跪。」宣成帝對季汝青道：「汝青，你對陸明時此人如何看？」

季汝青神情恭謹又懵懂。「不知陛下問的是哪方面？」

「聽說他與昭隆的女官走得很近，你覺得他是不是有意親近昭隆？」

季汝青想了想，回答道：「長公主殿下玉姿仙容，陸安撫使有敬慕之意也不奇怪。」

「朕說的不是這種親近。」宣成帝被他逗樂了。「你一個太監，腦子裡怎麼淨是些風流事。」

季汝青神態惶恐，耳朵一片通紅。「奴……奴才失言。」

「罷了，你與他還沒熟到那個分兒上，他就算心裡有想法，也不會讓你知道，只是隨口一問。」

宣成帝估摸著從他這裡問不出什麼端倪，對季汝青道：「行了，你退下吧，傳陸明時進來。」

「諾。」季汝青應下，躬身趨步出了勤政殿，在宣成帝與馬從德俱不可見的迴廊處，神情瞬間變得冷淡。

第四十九章

陸明時走進勤政殿，遠遠就望見了坐在上首的宣成帝。他行至殿中跪拜行禮，宣成帝抬手讓他起來，問道：「朕不是給了你旨意，讓你月底之前趕到北郡，怎麼又跑回臨京來了？」

陸明時回答道：「臣愚鈍，未曾深諳聖意，怕回北郡後行有所失。」

宣成帝微微皺眉。「怎麼，朕給你的聖旨中，哪個字你不認得？」

陸明時一拜。「陛下在聖旨中說要整頓北郡兵制，將北十四郡的十五萬募兵全部改成屯兵制，還要將戰馬數量減少到兩萬匹，種種政策，臣認為不可行。」

募兵制與屯兵制不同，募兵制從民間徵募青壯年成為專門的士兵，平時訓練，戰時作戰。而屯兵制中兵即是民，民即是兵，戰時作戰，平時則耕種生產，自給自足。

陸明時解釋道：「戎羌騎兵蠻橫，非精銳軍隊不可當其鋒芒。將募兵改為屯兵後鐵朔軍會戰力下降，若戎羌人今年冬天南下搶掠，恐難以保十四郡無恙。」

宣成帝道：「這件事你不必擔心，今年冬天，戎羌人不會再侵擾我大周。忠義王想用二十年的太平換回他兒子，北郡可以太平一段時間了。說起來，陸愛卿，這也是你的功勞。」

「這是什麼時候的事？」陸明時神情微變。

「國書是上個月送來的，朕還在考慮。總之，」宣成帝微微提高了聲音。「北郡這幾年不會有戰事，陸愛卿不必繃太緊，照朕的意思去辦就是。」

陸明時仍想爭取。「陛下，戎羌非守信之邦，仁帝二十三年時，他們曾撕毀和約，如今也不可不防。」

「仁帝是仁帝，朕是朕，仁帝時發生的事，朕絕不允許再次發生！」

宣成帝聲音微冷，俯視著跪在殿中的陸明時。「當年北郡有失，不只是因為戎羌毀約，更是因為鎮守北郡的昭毅將軍陸諫裡通外敵。你與他同姓，難道也要學他通敵叛國嗎？」

聞言，陸明時落在身側的手攏緊成拳，牙關幾乎咬出了血腥味，許久之後，才顫聲回道：「臣不敢。」

宣成帝只當他是害怕，敲打過後，又與他講道理。「朕削減北郡兵防，也不全是因為戎羌想議和的國書。這幾年各地陸續遭災，國庫不豐，戶部拿不出這麼多錢來繼續養兵。大周四境，非只北郡，朕不能顧此失彼。」

說是在考慮，但聽宣成帝的話音，已經鐵了心要與戎羌講和，不容任何人忤逆，連「學陸諫通敵叛國」這種話都能隨意拿來威懾臣下。

陸明時明智地閉上了嘴，只好恭聲應道：「臣明白。」

見他妥協，宣成帝滿意地點點頭，褒獎了他幾句以示安撫。

「你年紀雖輕，卻是朕在北郡的股肱，朕不會薄待了你。待日後北郡太平，朕考慮將你調回京，調到御前來，這是個體面又不辛苦的好差事。朕的修平也等了你不少年了，你莫要負她。」

說到最後，難免又帶了幾分敲打的意思。

陸明時知道宮廷裡頭無私語，適才太子在勤政殿外的一番話必然已經傳進了宣成帝的耳朵，說不定太子故意提長公主府女官，本就是說給宣成帝聽的。

陸明時心中越沈，然而被人捏住了軟肋，卻只能低聲應是。

孟如韞回到長公主府後，先去碧游院沐浴更衣，待絞乾了頭髮便前往拂雲書閣，才知道長公主入宮覲見尚未回府。她本想在此等待，忽聽通傳說霍少君到了，迴避不及，和他撞了個正面。

「少君安好。」孟如韞站在屏風前屈膝行禮。

霍弋是聽說她回來特意趕過來的，打量了她幾眼，見她安然無恙，心情不錯，點點頭道：「不必多禮。」

孟如韞平身道：「既然殿下不在，我少時再過來。」

「不必折騰，再有半個時辰就該回來了。」霍弋說道：「妳舟車勞頓，坐下休息會兒吧。」

她。

孟如韞應了聲「是」，卻仍在屏風處站著，外面抄手遊廊上守著的侍女一眼就能看得見

之前蕭漪瀾與霍弋吵過一次後，霍弋終於意識到自己對孟如韞的態度不妥之處，見她如此拘謹，明白這是避嫌之舉，心裡又好笑又酸澀。想關心她，怕她惶恐多心，思忖了許久仍沒忍住，出聲道：「殿下這些日子一直很記掛妳，聽說蘇和州後來還鬧出了劫官糧的事，妳怎麼也攪和進去了？」

孟如韞垂著眼，溫聲道：「前因後果，我已在信中稟明殿下。」

言外之意就是不願多說。

霍弋被噎了一句，心中嘆氣，也不再多說，與孟如韞一起望著書閣之外，眼巴巴盼著蕭漪瀾回來緩和氣氛。

蕭漪瀾一回來便見兩人一坐一站地等在拂雲書閣裡。孟如韞見了她，眼神一亮，快步迎上來見禮，蕭漪瀾扶她起身，前後端詳，微笑道：「瘦了些，在外面吃了不少苦吧？」

「不苦，」孟如韞十分開心。「是在外面太想殿下，思念瘦的。」

剛入長公主府時，孟如韞待蕭漪瀾是十分敬意，如今去蘇和州一趟，對她的十分心意裡變成了七分敬三分親近。只因她這段時間與蕭漪瀾書信往來，蕭漪瀾必親筆回覆，除答覆與詔令外，更費紙墨叮囑她添食加衣，生怕她在蘇和州餓著、冷著，隔三差五寫信詢問，中途又派了一隊侍衛去保護她。

孟如韞不是不識好歹的人，如果說最初選擇長公主是因為她的政見抱負，因為她君臨天下的未來，但相處到現在，她能感受到長公主對自己的信任與喜愛。蕭漪瀾比孟如韞年長，常常像長輩一樣照拂她，孟如韞每每受寵若驚，又忍不住在心裡想，若她有個姊姊，也不會比長公主待她更好了吧？

相思消瘦雖是玩笑話，盼著回來見長公主卻是真情實感。

蕭漪瀾心裡也牽掛她，一路握著孟如韞的手進了拂雲書閣，聽聞她尚未吃飯，讓人將養在池子裡的螃蟹撈出來蒸了，又熱了薏仁粳米粥，讓廚房做了茭白炒肉、清蒸鱸魚、桂花糖藕。

長公主府裡的廚房十二時辰不熄火，不到半個時辰就將菜端了上來，只有螃蟹還在蒸籠裡蒸著。

「本宮餓了，妳陪著一起吃些。」怕孟如韞在書閣裡吃飯覺得拘謹，蕭漪瀾也拿起了筷子，這才想起自回來後就被她冷落身後的霍弋。「望之要不要一起用膳？」

霍弋一直在她倆身後靜靜望著她們，聞言溫聲應道：「臣也有些餓了。」

於是三人先在拂雲書閣裡吃飯。孟如韞想給蕭漪瀾盛碗粥，不小心被砂鍋燙了一下，霍弋見狀將粥杓接過去，溫聲道：「我來吧。」

他為三人分好粥，螃蟹端上來後，又拿起蟹八件來拆螃蟹，將蟹黃蟹肉剔出，分置在白瓷碗裡，先給蕭漪瀾拆了一隻，又給孟如韞拆了一隻。

孟如韞盯著蟹肉頗有些為難。吃，會覺得心裡彆扭；不吃，又怕拂了霍弋的心意。

正左右為難間，蕭漪瀾將她面前的白瓷碟端走，還給了霍弋。「這隻不肥，望之留著自己吃吧，阿韞此次南下辛苦，我給阿韞挑隻肥的。」

蕭漪瀾重新挑了一隻螃蟹，也學著霍弋的樣子拿起了蟹八件。她愛吃螃蟹，卻鮮少自己動手剝，霍弋現場教她如何敲如何剪如何剔，見她險些將蟹黃挑飛，於是握住她的右手，慢慢將蟹黃從蟹肉裡分離出來。

他們之間的親密有種自然而不刻意的姿態。孟如韞望著他們疊握在一起的手，突然想起她父親的遺稿曾寫過一件趣事，說他教夫人吃蟹，「玉手紅酥，有穿針引線之巧，舞文弄墨之雅，拈花摘葉之美，一遇螃蟹，僵如傀儡，握之如拗野豬，半晌難撬其殼，竟無染指膾炙之福，甚可惜矣」。這話後來被她母親知道，還擰了父親的耳朵，讓他剝了十隻螃蟹賠禮道歉，結果吃得晚上鬧肚子。

望著霍弋與蕭漪瀾交疊的手指，孟如韞心想，當年父親教母親剝蟹時應也是這番模樣。倘他們仍在世，說不定也會一起剝螃蟹給她吃。

蕭漪瀾將剝好的螃蟹放到她面前，笑道：「快嚐嚐，本宮親自挑的。」

蟹黃燦若黃金，蟹肉白若瑩玉，孟如韞心頭一熱，用筷子挑了一點蟹肉，放進嘴裡細細品嚐，頓覺清香鮮美。

這可是長公主殿下給她剝的螃蟹。

「能得殿下親手剝的螃蟹，我再跑十趟蘇和州也值得。」孟如韞笑盈盈地說道。

用完了飯，蕭漪瀾又讓人沏了消食的麥芽茶，三人圍坐在茶案前，一邊飲茶一邊談事。

孟如韞又將蘇和州秋汛救災的情況簡單說了說，大部分事情在往來長公主府的信件中已經提及。新巡撫到了蘇和州後，賑災事宜也有條不紊地開展，有薛錄這個左都御史盯著，六皇子蕭胤雙也打起了精神，蘇和州不會再出什麼問題。

「今日陛下召我與太子入宮，也與此事有關。」蕭漪瀾緩緩道：「陛下問我，對指使永林衛劫官糧的那位程巡撫有何看法。」

孟如韞道：「劫官糧是不赦的死罪，問您看法，難道還想留他不成？」

蕭漪瀾點點頭。「聖上的意思是，官糧畢竟沒真被劫走，他也沒有親自參與，可以不殺。」

「有人要保他。程家自不必說，」霍弋略一思忖。「或許還有遲令書。」

孟如韞微微皺眉。「他犯下這等重罪，難道遲首輔還肯認這門親事？」

霍弋解釋道：「遲令書的小女兒是他先夫人所出，一向得他愛重。她鐵了心要嫁程鶴年，聽聞他檻送臨京，傷心欲絕，留了遺書要隨他同生死。想是遲令書沒拗過他女兒，在聖上面前求情了。」

蕭漪瀾說道：「恐怕不只是求情。聖上想用忠義王世子與戎羌講和，倘內閣不允，此事難行。遲令書與程知鳴聯手幾乎可以遮蓋內閣，饒一個程鶴年，讓內閣在與戎羌議和一事上放行，對聖上來說，是筆划算的買賣。」

「什麼？大周要與戎羌議和？」孟如韞震驚。

霍弋嗤道：「又是太子的主意吧？」

蕭漪瀾點點頭。「戎羌王后遞來國書，太子從中力促此事。」

孟如韞問：「戎羌世子事關戎羌國政，應該由忠義王出面，為何送來的是王后書信？那忠義王在其中又是什麼態度？」

「我也在疑惑此事，可惜戎羌太遠，我沒有什麼消息管道。不過有一個人應該知道內情。」蕭漪瀾微微一笑。「今日我離開勤政殿時，在殿外遇見他，他塞給我一張字條，說今夜將到府上造訪。」

霍弋問：「殿下說的難道是……」

蕭漪瀾端起茶盞抿了一口。「新任北郡安撫使，陸明時。」

孟如韞一顫，手裡的茶盞漾起一圈漣漪。

戌時三分，長公主府守衛引一人自西側門而入，悄悄來到了拂雲書閣。那人身穿黑色斗篷走進來，兜帽遮住大半張臉，只露出輪廓分明的下頷，但孟如韞只瞥了那挺拔的身影一眼，就認出了陸明時，心跳微微加快。

陸明時摘下兜帽，朝蕭漪瀾見禮。「微臣北郡安撫使陸明時，叩見昭隆長公主殿下。」

「此間沒有外人，陸愛卿平身入座吧。」

此事隱密，書閣裡沒留侍女，蕭瀚瀾右手虛抬示意他平身，對孟如韞道：「阿韞，給安撫使奉茶。」

孟如韞暗暗吁了口氣，起身執茶壺與茶盞行至陸明時案桌前，為他倒了盞熱的麥芽茶。她垂著眼，只瞥見了他微微挑起的嘴角。

「又見面了，高興嗎？」

陸明時突然低聲與她說話，把孟如韞嚇了一跳。她尚未回應，對面案桌的霍弋卻突然望過來。「陸安撫使今夜到底是來見誰的，殿下在上首，你與府上女官低聲竊竊，不合適吧？」

「失禮了。」陸明時笑了笑。「我與阿韞在蘇和州一見如故，難得今日又見面，適才是詢問她身上的傷恢復得如何了。」

「妳受傷了？」蕭瀚瀾與霍弋同時驚聲道。

孟如韞沒想到陸明時會突然提這個，支吾答道：「一點小傷，已經沒事了……」

「之前怎麼沒見妳在信中提起？傷勢如何，要不要傳太醫？」蕭瀚瀾微微凝眉，霍弋也一臉緊張地看著她。

孟如韞被三個人這樣盯著頗有些不好意思，忙比劃道：「就肩膀上劃了一道，早就沒事了，殿下不必擔心。」

「嗯，倒不危及性命，就是縫過線，可能會留疤。」陸明時淡淡補充了一句。「畢竟流匪下手沒輕沒重，刀貼著脖子砍下來的。」

「流匪?!」霍弋皺眉更深。

孟如韞瞪了陸明時一眼，警告他別亂說話。「當時多虧陸大人出手相救，您今日是請功來了，還是告狀來了？」

陸明時笑了笑，他提起此事確實是為了請功，不過不是為自己，而是為她。她在蘇和州嘔心瀝血，可以不計得失，但長公主不能對此一無所知。

「小沒良心，怕妳好了傷疤忘了疼。」

孟如韞又瞪他。

霍弋輕咳兩聲，無奈而懇請地看向蕭漪瀾，請她將孟如韞喊回來。

蕭漪瀾也覺出了孟如韞與陸明時之間不同尋常的熟絡，見霍弋一副心疼自家小白菜，卻又無可奈何只能咬牙切齒的表情，心中好笑，緩緩將茶盞擱下，對孟如韞道：「阿韞，到本宮這兒來。」

孟如韞撂下陸明時，轉身乖乖回到蕭漪瀾身邊。

蕭漪瀾與陸明時說正經事。「今日在勤政殿外，安撫使說要夜謁我長公主府，不知是為何事？」

陸明時臉上收了笑，飲了口熱茶，將今日在勤政殿上自己與宣成帝的對話告訴了蕭漪瀾。

宣成帝削減北郡軍防的旨意未經內閣，是以中旨的形式讓季汝青直接帶到了蘇和州宣旨。蕭漪瀾早已從季汝青那裡得知了此事，聽陸明時提起，思忖道：「此事與本宮有何關係？」

「臣後天就要離開臨京回北郡，夤夜前來，不是為了和殿下虛與委蛇。」陸明時把玩著手裡的茶盞。「滿朝文武，沒有人會比您更明白北郡的重要性，那是我大周抵禦戎羌最重要的一道防線，若北郡被破，戎羌騎兵南下劫掠將勢如破竹，臣寧死不願見此局面。」

蕭漪瀾道：「北郡上有聖上，下有兵部，你在勤政殿裡一聲不吭，卻到本宮這裡發牢騷？」

陸明時道：「有些話，只能說給說得通的人聽。」

蕭漪瀾一笑。「你如何料定本宮說得通。」

「臣以為，」陸明時望著蕭漪瀾，眸色如淵。「殿下在大興隆寺披黃沙十載，不會不思故國之憂，故人之恨，而空面壁禮佛，空遁塵世，從視而不見的罪孽裡求解脫吧！」

「放肆！」霍弋厲聲斥他。「殿下以禮待你，你不要得寸進尺。」

「望之，讓他說。」蕭漪瀾的臉上沒了笑意，神色微冷地看著陸明時。

孟如韞心裡為他捏了把汗，陸明時仍十分從容鎮定。「我剛才說過，今夜前來，不與殿下相互試探，只與殿下坦肺腑之言。」

「看來對於十一年前的舊事，陸大人也知道不少內幕。那時你才多大，你出身哪裡來著？」

「臣世居阜陽，彼年九歲。」

蕭漪瀾輕聲一笑。「一個九歲的孩子，能知道什麼？」

陸明時一字一句說道：「臣知道昭毅將軍不曾叛國，陸家滿門忠烈死不瞑目；臣知道明德太后心繫北疆，倘見今日之局面，在天有靈不得安息；臣知道先駙馬薛青涯——」

「夠了。」

蕭漪瀾心中震動，出言打斷了他。她手心緩緩攏緊，蔻丹幾乎掐進肉裡。「往事未平……羞於提故人。」

陸明時輕嘆一聲，道：「臣說這些，不是為了試探殿下，更不是為了威脅殿下，只是讓殿下明白，臣的心思與殿下一樣，見不得大周與戎羌重歸於好，養一頭狼在臥榻之側，令故人死不瞑目。」

蕭漪瀾沈默了許久，緩緩點了點頭。「你的意思，本宮明白了。只是事關北郡，聖上防本宮甚於防戎羌。本宮的難處你也要明白，畢竟當年的事真相如何，本宮的好皇兄，心裡也清楚得很。」

陸明時道：「此次陛下動北郡鐵朔軍，臣猜測不是因為當年之事，殿下不必過於警慎。」

「那是為何？」

「為了錢。」

蕭滃瀾皺眉。「錢？」

「臣收到北郡的消息，戎羌王后願獻金十萬兩換回世子。」

「區區十萬兩，聖上怎會貪這點錢就放虎歸山。」

陸明時說道：「自然不止。這十萬兩黃金只是唾手可得的錢財，除此之外，聖上以與戎羌修好為名剋扣北郡軍備開支，每年又可以省十萬軍餉。省下的這些錢入不了國庫，估計都會進陛下的私庫。」

「今上確實缺錢。」霍弋從旁補充道：「前兩年興建鹿安宮，造七層畫舫，又廣圈京郊農田做獵場。戶部不肯撥給工部這麼多錢，聖上只好掏私庫。此外後宮選秀、內侍妃嬪的賞賜，這兩年也花了十幾萬兩銀子。聽說今年又打算從太湖運一塊十尺見方的太湖石進京，手頭正是缺錢的時候。」

蕭滃瀾十分頭疼地扶額，霍弋安慰她道：「殿下不必過於憂心，我已經讓都察院上摺子勸阻了。」

「若是為錢，聖上恐怕更是鐵了心會動北郡。本宮姑且寫摺子勸一勸，若是勸不住，本宮也無能為力。」蕭滃瀾嘆了口氣。

陸明時搖了搖頭。「殿下不必勸，勸了也是徒惹盛怒。」

「那你想讓本宮如何幫你？」

「很簡單，聖上挪了北郡軍資，臣想請殿下出錢將缺口補上。」

蕭漪瀾頗有些驚訝。「你同本宮要錢？要多少？」

「每年十萬兩白銀。」陸明時淡淡道。

長公主明面上的俸祿是每年白銀二萬兩，外加米七百石、絹一千疋、綢一千疋。這些東西全換成錢尚不夠陸明時所說數量的一半，何況長公主府養了幾百口人，每天花錢如流水。

蕭漪瀾與霍弋都十分無語，就連孟如韞也覺得陸明時太過分，遠遠衝他比了個口形，問道：你窮瘋了吧？

陸明時衝她挑眉一笑。

霍弋甚至顧不上斥責他調戲孟如韞的惡行，疾聲道：「此次蘇和州賑災幾乎花光了長公主府的存蓄，哪有這麼多錢給你？何況殿下每年給鐵朔軍這麼多錢，聖上知曉後必定生疑。」

「臣自有辦法不讓聖上知曉，」陸明時溫溫一笑。「不會讓殿下的錢白花的。」

蕭漪瀾問：「你有何辦法瞞過聖上？」

「聖上要削軍一半，改募兵為屯兵，我會依旨意照辦。除此之外，臣花殿下的錢供養的鐵朔軍精銳軍隊，不會教朝廷知曉。」

「你竟想募私兵？」霍弋臉色微變。

陸明時回道：「非為臣私，是為大周私，為殿下私。」

霍弋問：「何以為大周私？」

陸明時答道：「三年之內，戎羌與大周必有一戰，削減後的軍隊不足以禦敵，屆時還要靠鐵朔軍精銳與戎羌騎兵打仗，此為大周私。」

「那何以為殿下私？」

陸明時一笑，長指微曲，輕叩案桌，一字一句道：「若殿下臨京有需，臣願率此精銳軍隊南下，為殿下所用。無論對方是誰，這支軍隊只忠於殿下一人。」

此言一出，拂雲書閣中靜得落針可聞，其餘三人的目光均凝在陸明時身上，有驚詫，有質疑，有考量。

他這句話聽著是表忠心，卻也與造反沒什麼區別。

霍弋警惕地望著陸明時，卻也忍不住動心考量。他是蕭漪瀾的第一幕僚，知道長公主最缺什麼，不是聲望，也不是錢財——是兵權，是一支忠心耿耿的軍隊。

若能得北郡鐵朔軍精銳，將來萬一臨京有變故，他們不至於為人魚肉。

只是，陸明時此人，信得過嗎？

相比起霍弋的既驚又疑，孟如韞心裡要淡定許多。她上一世就知道陸明時率麾下二十萬鐵朔軍力保長公主登基，其從龍之功無人可匹敵，只是不知是以此種方式達成了合作。

見此世大致與前世出入不大，孟如韞驚訝過後，心中微定。

陸明時飲完了盞中的茶，將盞沿扣在桌面上旋做陀螺玩。玉瓷茶盞與紅木案桌相撞出清脆又嗡嗡的節奏，逐漸停在案桌中央。

陸明時拾起倒扣的茶盞，問道：「殿下考慮得如何了？」

蕭漪瀾看向霍弋，霍弋輕輕點了點頭；又看向孟如韞，孟如韞抿嘴一笑，也跟著點點頭。

「陸大人的提議，本宮同意了。」

陸明時自案前起身，行至堂中屈膝而跪。「臣替北郡將士，謝過長公主殿下衣食之恩。」

「陸大人不必多禮，平身吧。」蕭漪瀾道：「只是十萬兩不是小數目，你要給本宮一段時間準備。」

陸明時道：「自然。聖上的旨意是從明年開始削減，明年開春之前能將錢送到北郡即可。」

霍弋從旁說道：「陸大人雖然新任北郡安撫使，但在北郡尚算不上封疆一方，北郡有聖上的人，也有太子的人。在殿下的錢到北郡之前，我希望陸大人能讓北郡更清淨一些。」

「此事，臣會盡力而為。」

蕭漪瀾點點頭。「若有難處，儘管同本宮開口。」

第五十章

談妥了這十萬軍餉的事，孟如韞送陸明時出了拂雲書閣。

雲開月明，月光灑滿中庭，陸明時將身上的斗篷解給孟如韞，將她的髮絲仔細地塞進兜帽裡。

「妳住哪個院子，我送妳過去吧。」

孟如韞正好有話要問他，朝東邊一指。「那邊的碧游院。」

兩人並肩緩步朝碧游院的方向走去。陸明時牽起她的手，在掌心裡輕輕摩挲。

碧游院裡掛著燈籠，孟如韞行至八角亭中坐下，問陸明時。「你今夜與長公主說的這些話，是一時起意，還是蓄謀已久？為何之前從來沒聽你提過？」

陸明時不清楚她的具體所指，反問道：「何為一時起意，何為蓄謀已久？」

「若是因為陛下削減兵防軍餉，致北郡有陷落之危，你萬般無奈，所以來向殿下求助，此為一時起意。」孟如韞緩聲道：「若是因十一年前呼邪山一戰，故人蒙冤而死，你欲借殿下之手為其昭雪，則是蓄謀已久。」

「有什麼區別嗎？」

「若是前者，你向殿下求的是錢；若是後者，你求的則是義。」

陸明時問她。「妳希望我是哪一種？」

「是我在問你，為何竟反問起我來了？」孟如韞笑了笑，仰面看著站在自己面前的陸明時，安撫他道：「你不必試探我的想法，無論你是出於哪一種動機，我都會幫你。」

聞言，陸明時將她攬入懷中，輕嘆了一口氣。

孟如韞貼在他懷裡，把玩著他玉珮上的穗子，柔聲道：「陸子夙，你同我說實話好嗎？別讓我心裡懸著。」

「好。」

陸明時在她身邊的長凳上坐下，孟如韞順勢靠在他肩上。

只聽他低聲說道：「十一年前，我父母鎮守北疆，遭人算計蒙冤而死，妳家也受此牽連，落得個家破人亡。矜矜，我心裡每天都在恨，恨不能誅佞宦，殺讒臣，屠盡戎羌，踏著他們的屍骨去祭奠故人。」

他話音裡的寒意聽得孟如韞心頭一涼。戎羌兵民數十萬人，一句「屠盡」，她心裡赫然閃過十里荒骨的景象。

「老師曾問我將來有何打算，我說我想做白起，老師盛怒，說我辜負了父親的期望。第二天，他停掉了我的武課，逼我讀書，走文人入仕的道路。」

白起是戰國時的奇才名將，更是讓人聞風喪膽的「人屠」，於長平之戰中坑殺了四十多萬俘虜，一生殺降過百萬。

孟如韞道：「白起殺孽太重，韓老先生是怕你走錯路，所以寧可你做個清逸的文臣，也是想讓你多讀書，以正君子仁心。」

「妳比我通透，這些道理，我幾年之後才想明白。」陸明時道：「殺人能洩生者之憤，而不能平亡者之冤，我陸家滿門忠烈，不該在史書上留下通敵叛國的污名。因此比起報仇，我更想為陸家正名。」

孟如韞望著天上的月亮，輕聲道：「所以你以文人之身入仕後，自請轉為武職，入北郡兵馬司。」

陸明時嗯了聲。「我是想著，若我這輩子都沒有機會為父親翻案，至少要替他守好北郡，讓陸家從我這代起，重新在青史上正名。縱然世人不知，亦可慰我父親在天之靈，這是我向他做的保證。」

孟如韞心裡一軟，握著陸明時的手，神色認真道：「我也向你保證，昭毅將軍會沈冤得雪，無論是你父親還是你，陸家在青史上，必將乾乾淨淨。」

陸明時望著她笑，那神情分明在說，她的好意他心領了。

「陸子夙，我不是在安慰你，我是認真地向你保證。倘若陸伯父不能——」

她要伸手起誓，陸明時卻一把握住了她的手，攥進懷裡。

「夜裡鬼神都醒著，不要隨便起誓。」陸明時解釋道：「矜矜，我不是不信妳的誠意，只是史書褒貶不敢不看天子臉色。明德太后攝政十年，挽大周於危亡，如今世人提起她，最多的評價卻是『空懸帝位』、『牝雞司晨』。可見今上對他母后是怨勝於敬。當今太子又和他爹一個德行，二人對十一年前的事看法一致，一口咬定我爹是叛臣，將來若是太子登基，我爹必永無昭雪之日。」

孟如韞道：「可是長公主殿下與他們不同。」

「長公主畢竟只是長公主，縱然她德才見識不輸明德太后，可今上不是仁帝，不會賞識她，只會打壓她，更不可能給她空懸帝位的機會。」陸明時嘆了口氣。「何況我也看得出來，長公主是在為六殿下謀劃。六殿下雖不像今上父子那般惡劣，可他亦非明君之才，未必有為陸家翻案的魄力。」

孟如韞啞然。

縱然她知曉天機，可從陸明時的角度看，他說的話也極有道理。眼下長公主的確是想推六殿下登基，並沒有自己稱帝的意思。

「所以矜矜，不是我不相信妳，」陸明時偎著她，溫聲道：「大道維艱，不能為故人求全，非妳我之過。妳心裡也不要太難受，縱史書不知往事，但故人會知妳我心意。」

不，史書也該知曉。孟如韞望著月亮，在心裡默默想道。

該知曉陸諫非通敵叛國，他一生鎮守北郡，乃是死於污名。該知曉鐵朔軍非烏合之眾，他們也曾是虎狼之師，國之利器。該知曉孟祭酒非畏罪自縊，而是血書著史，冰心未改。

史書會知曉，百姓會知曉，後世會知曉。

她有重活一世的機緣，或許正是故人所佑，要她丹青昭雪，推雲見月。

「沒關係的，子夙哥哥，」孟如韞對陸明時道：「大道維艱，我一路陪著你就是。」

思及故人，兩人的心情都有些沈重。

孟如韞想起了上一世的陸明時，在偶然見到她的書稿之前，他大概覺得這世上只剩下自己，那麼多年，他竟是以這樣的心境活過來的嗎？世無明主，為故人昭雪無望，只能日夜飲恨，孤守北郡。

上一世《大周通紀》傳世後，孟如韞執念已消，此後的事並不知曉。

他是回了北郡還是留在臨京？有沒有請長公主為他父親翻案？了卻舊事，他後半輩子過得還好嗎？

孟如韞捏了捏陸明時的手，又同他強調了一遍。「陸子夙，我說我會一直陪著你。」

「聽見了。」陸明時笑了，俯身過來親她，唇齒間柔聲道：「鬼神在上，明月為證，我發誓，我也會一輩子陪著矜矜。」

孟如韞留戀他的親近，可此處畢竟是長公主府，未敢與他縱情放肆，於失態前輕輕將他推開。

陸明時英挺的眉目離開她鼻尖半寸的距離，目光深邃而柔情地望著她。月色照亮他側臉，明明是意氣風發的少年模樣，可看她的眼神卻著實說不上清白。

孟如韞不好意思深猜他如今在想什麼，左顧右盼了一番，沒話找話道：「你的佩劍呢，出門沒帶？」

陸明時嘴角一勾。「帶劍闖長公主府，搶親嗎？」

孟如韞臉色微紅。「知道是長公主府，還不規矩點。」

「好吧。」陸明時作勢要放開她，孟如韞心裡一鬆，他卻又突然俯下身來，在她嘴上偷了一下。

孟如韞氣得要打他，被陸明時躲開。「天知地知妳知我知，再無他知，妳怕什麼！」

見她又要擺出那套「君子慎獨」的道理來教訓他，陸明時捂著她的嘴打斷了她。

「女先生別唸了，我舞劍給妳看，權當賠罪，行不行？」

孟如韞挪開他的手。「你不是沒帶佩劍嗎？」

「嗯……」陸明時在八角亭外梭巡一圈，拗斷一根三尺長的竹枝，放在掌心裡掂了掂。

「這個也行。」

孟如韞頗為期待地攀在亭子的欄杆上看著他。

「本是從前父親在世時教我的，此劍名『定千山』。」陸明時衝著她一笑。「請卿賞顏一觀。」

只見陸明時手握竹枝起勢，只一刺一劈，那細長的竹枝在他手中彷彿化為千鈞重劍，穿風劈月，颯颯作響。

月光傾灑身上，照亮一襲玄衣，又在庭中投下斑駁葉影。陸明時翻轉騰挪間如游龍出海，擊水碎玉，又如鳳起梧桐，百鳥驚飛。他的一招一式都極盡舞之開闔，然翻手起落間俐落狠戾，寸寸暗藏劍意，又有讓人膽寒的危險。

紫電青霜所指，千軍萬馬所向，可平四海、定千山。

孟如韞的目光追隨著他，心跳隨著他的劍意起伏，也覺得胸懷之中熱氣湧動，方寸庭院中一窺北郡風沙獵獵、鐵騎壓城。

這是北郡的將軍，陸家的後人，她的少年郎。

夜風將竹劍蕭蕭聲吹向摘星閣，此閣是霍弋為蕭漪瀾所建，高數十尺，可與皇宮相望，俯視長公主府。

此時，蕭漪瀾與霍弋正立於閣上，俯視著不遠處碧游院內的燈火，和光影中舞劍的陸明時。

霍弋皺眉道：「陸明時是避人前來，議完事後不速速離開，糾纏阿韞做什麼……殿下，您就容他在府中如此放肆嗎？」

「怕什麼，有你盯著，太子和聖上還沒有能耐在我府中塞眼線。」蕭漪瀾不以為意地笑了笑。「而且，阿韞都沒趕他走，我為何要多管閒事？」

「阿韞她還小，容易被人拿捏心思，刻意討好，」霍弋道：「還請您幫我多拘束她一些。」

蕭漪瀾道：「既然她這些年都是自己過來的，如今你又何必管她。」

「從前是我不知道她的下落，如今知道了——」

「如今知道了，你卻不敢與她相認。」

霍弋啞然一瞬，低聲嘆息道：「我如今這番模樣，若與她相認，只會徒惹她傷心牽掛，倒不如一開始就別挑起這件事。畢竟經年的疤，不挑就不會疼。」

「你向來是這種諱疾忌醫的性子。」蕭濟瀾沒有回頭。「霍弋啊霍弋，你的膽量，比我想像中小多了。」

霍弋心神微動。「殿下指的是什麼？」

「你想讓我說得更明白些？」蕭濟瀾輕笑道：「你在我身邊這麼多年，有時候對待我的態度，和如今對待阿韞的態度是一樣的，能躲則躲。」

霍弋解釋道：「我從未刻意隱瞞您什麼。」

但也只是不隱瞞而已。

「罷了，不談你我，說回阿韞。」霍弋的態度讓她懶得與他深究，又將話題移開。「你若不打算與她相認，平時就不要關心她。否則你視她為妹妹，她卻不知你是兄長，如此，你待她越好，她就越難堪，越要避嫌，你不明白嗎？」

「我明白，我只是……忍不住。」霍弋望著碧游院的方向。「我怕她被人欺騙，怕她受傷，也怕她知道我是誰，傷心失望。」

蕭濟瀾輕輕搖頭。「阿韞不是那種人，你總是把人往不堪裡想。」

「殿下。」

霍弋喚了她一聲，蕭滃灛轉過頭去看他，只見他神情溫和，目光煦然。

霍弋看了她一會兒，似是鼓足了勇氣，緩緩說道：「不是我把人往壞處想，只是情近則怯，愛生憂怖。」

他隱約明白蕭滃灛剛剛意有所指的是什麼，是他們之間一句薄若窗戶紙的答案。

他與她相識這麼多年，這層紙逐年被磨薄，卻從來沒有被戳破。但它總有破裂的一天，或許正是今日也說不定。

只要蕭滃灛再問他一句，情近則怯的情，近的是誰；愛生憂怖的愛，憂的又是誰。

可惜蕭滃灛沒有追問，只是默默凝望著碧游院裡那對依依不捨的情人。

水滿自溢，月滿自盈。蕭滃灛心裡想，若非自溢自盈，始終算不得圓滿，她想求個圓滿，所以寧可默然以待。

她不想再要一段可以冷靜抽身，棄她而去的情意了。

第二天，陸明時與京中交好的幾個朋友聚了聚，囑託一番。

他先去見了李正劾。這位頗得聖眷的馬軍副都指揮使從蘇和州回到臨京後，日子過得並不舒坦。用他自己的話說，是車入塵埃鳥入籠，整天幹些給貴人鞍前馬後的活，一點都不如在北郡快活，甚至比不上在蘇和州做巡撫那幾個月。

陸明時同他說了宣成帝要削減北郡軍隊的事情後，李正劾窮極無聊的情緒之外又生忿懣。「他奶奶的，和談個屁！戎羌那群狼崽子要是能和談，早在被仁帝揍服的時候就磕頭喊爹了！這幾年打得不上不下的，他們怎麼甘心和談，我不信忠義王那小崽子的命這麼值錢！」

陸明時身體微微後仰，怕被他噴一臉唾沫。「這些話，你敢一字一句地在陛下面前說嗎？」

「怎麼不敢？」李正劾牛眼一瞪。「他砍我頭，你也跑不了。」

陸明時笑道：「真不愧是出生入死的好兄弟啊。」

李正劾氣悶地給自己倒酒。

「我明天就走，今天來找你不是聽你抱怨的。德介兄，實話告訴你吧，我不同意削減北郡的軍防，也不贊成與戎羌和談。幾年內，北郡與戎羌之間必有一戰。」陸明時低聲道。

李正劾神色一正。「朝廷不發兵，這仗怎麼打？」

「兵多有多的打法，少有少的打法，當然，」陸明時微微傾身。「你是馬軍副都指揮使，統率臨京侍衛親軍騎兵，陛下看重你，若你再努力一些，職位還能再升，屆時我希望你能施以援手。」

李正劾想了想。「我倒想幫你，可我管的是天子親軍，手也伸不到北郡去。」

陸明時問：「倘有一天我擅自與戎羌開戰，陛下命你率親軍前往北郡討伐我，你去，還是不去？」

「什麼？怎麼可能?!」李正劾激動道：「陸家小子，你莫要小瞧了我。我比你還想揍戎羌蠻子，更不是見利忘義之人，你放心，我必不會去。」

「不，德介兄，我希望你去。」陸明時淡聲道：「若真到了那天，唯有你領兵討伐北郡，我才有一線生機。」

李正劾愣了愣，想明白了這件事。

「那……你放心去殺戎羌蠻子，背後交給我，我肯定不會讓別人有機會害你。」

陸明時點點頭。「為此，你要在京中辛苦周旋，確保將禁軍調度權掌握在手裡。」

「行，老哥我明白了。」李正劾一拍胸脯應下。

他只是厭惡與達官顯貴迎來送往，不代表不會。一個愣頭青，是不會讓宣成帝倚重至此的。

見完李正劾後，陸明時又去望豐堂找了許憑易。

許憑易今日並不休沐，是特意請了同僚替他當值才騰出時間出宮見陸明時。他以為陸明時有什麼要緊事，誰知只是來問一問孟如韞的病情。

望豐堂裡的小學徒端來洗手的艾草水，許憑易淨過手，瞥了陸明時一眼。「就為這個，你特意託人捎口信讓我出宮一見？人家孟姑娘自己都沒有你這麼大驚小怪。」

陸明時說道：「她自己不上心，總得有人替她上心。我觀察她近幾日又偶有咳症，是不是病情復發之徵？」

「什麼時候？」

「大約昨夜亥時。」

許憑易神情古怪地看著陸明時。「昨夜亥時？你與孟姑娘……」

「你別誤會，我倆是正經的兩情相悅。」陸明時隨意地往藤椅上一仰，一臉欠抽的得意模樣。「發乎情，止乎禮。」

許憑易嘆了口氣。「我辛苦救治的病人，怎麼就落到了你手裡。」

「許憑易，你要這麼說話可就沒意思了。」

「你要我怎麼說？」許憑易聲音淡淡。「她的病要嬌貴養著，潤肺修氣，忌冷忌乾，北郡那種地方待久了會要她的命。」

陸明時道：「我不會讓她去北郡的，她就在臨京好好待著。」

「不能相守，那你們之間有什麼意思？」許憑易問。

「這你就不懂了，兩情若是久長時，又豈在朝朝暮暮。」陸明時道：「再說了，我也不打算一輩子住在北郡，等平了戎羌我就回來。」

許憑易輕嗤一聲。「武帝仁帝六十載未平戎羌，你口氣倒不小。一個姑娘的青春有幾年，禁得起這般耽擱，你不若趁早與她斷了。」

陸明時皺眉。「許憑易你是不是找打？」

「此處醫堂，你不要放肆驚擾了我的病人。」

「哼，我看你就是急眼了，嫉妒我。」陸明時冷哼道。

許憑易不為所動。「隨你怎麼想。」

「我也隨你怎麼看。」陸明時從藤椅上起身，理了理衣服，瀟灑地轉身就走。「大夫有的是，你醫術不行，我寫信給你師妹——」

「陸子夙，你站住！」

陸明時將邁出門檻的一隻腳收回，微微一笑。「許太醫，此處醫堂，不要高聲驚擾了病人。」

許憑易忍住想罵人的衝動，好聲說道：「我已與孟姑娘約了後日施針，我與你保證，她的病有我看著，出不了岔子，你不要去打擾師妹。」

「早這麼說不就得了。」陸明時轉身，從懷裡掏出一個木盒打開，裡面裝了滿滿一盒淡褐色的粉末。「這是我在天煌郡得的蓯蓉，用你教我的法子曬乾搗成粉末。阿韞自己用不了這麼多，剩下的算作她的診金。」

蓯蓉素有「沙漠人參」之稱，是極名貴的藥材，北郡野生的肉蓯蓉長在大漠裡，更是千金難求。此味藥材甘鹹性溫，能救五勞七傷，延年輕身，對望豐堂接診的許多累年積病的窮苦人而言，簡直就是救命的良藥。

許憑易的臉色瞬間好看了許多，忙將木盒合上，仔仔細細收起來。「算你有良心，謝了。」

「我的診金不是那麼好收的，待我從北郡回來，阿韞若是清瘦一斤，我就拆你望豐堂一根梁木。」陸明時語氣閒閒地威脅道。

他是大夫，不是廚子。

陸明時一天沒著家，兵部尚書錢兆松聽說他從阜陽回來後，本想邀他過府一敘，結果派去的小廝在他家門口蹲了一天都沒見到人。

錢兆松聞言嘆了口氣，心中遺憾，卻也無可奈何。

陪他等了一天的錢大公子十分不耐煩，譏諷道：「不過一個五品外官，哪裡值得爹你興師動眾去請，簡直掉身價。」

「豎子不足與謀！」錢兆松恨鐵不成鋼地指著兒子的鼻子罵。「叫你多讀書，平日裡多跟師爺學一學官場上的事，你倒好，整日在青樓廝混！」

錢大公子頭一縮。「怎麼又罵我頭上來了？」

錢兆松道：「此人的能耐大著呢！他與我師出同門，年紀輕輕中了進士，活捉忠義王世子，如今又憑一己之力攪得蘇和州不得安寧。若非太子殿下及時放棄程鶴年，恐怕我和殿下都會被捲進這樁案子裡。此人辦事雷厲風行，若是能為我所用，當為一大助力，若是不能……恐怕就棘手了。」

錢大公子不以為然地嗤笑。「什麼狗屁巡鎮使，太子殿下才看不上他，聽說殿下在勤政殿外根本就沒給他好臉色！」

「那是殿下在試探他，看他有沒有為長公主所用。」錢兆松道：「那天他雖未給太子殿下面子，可也未對長公主表示親近，我倒覺得還有機會。」

錢大公子問道：「父親的意思是，還想替殿下拉攏他？」

「此事若成，於太子我有薦賢之功，於陸明時我有提拔之恩。」錢兆松負手嘆了口氣。「可是此人的脾氣與老師年輕時很像，就怕他鋒芒太盛，不肯輕就啊！」

第五十一章

陸明時動身前往北郡後，孟如韞整日待在長公主府中不出門，白日常在拂雲書閣中，有時揣摩寫作《大周通紀》，有時為蕭漪瀾整理書籍，或摘錄文章，或撰寫評議。

但她心裡也常常記掛著陸明時。這幾年，北郡只是表面上太平，外有戎羌虎視眈眈，內有宣成帝提防多疑，他想在神不知鬼不覺的情況下培養一支私兵，個中艱險如當風秉燭，時有倒懸之患。

雖然根據前世的記憶來看，他最終能成功整治北郡，可這一世畢竟又有變故，至少從時間上來說，提前了將近十年。

她偶爾憂思在懷，望著窗外發呆，就連蕭漪瀾也注意到了她過分的沈默和眉眼間的倦怠。

有幾次，她發現孟如韞手裡提著筆，眼睛卻望著窗外發呆，墨汁將紙面和袖子染了一大片都沒發覺。

她悄悄走過去，發現孟如韞正在抄書，筆下正抄到一句「月將明時」。

「阿韞，阿韞。」蕭漪瀾輕聲喚她。

孟如韞猛的回過神，撐案而起。「殿下，怎麼了？」

蕭漪瀾端詳著她。「昨晚沒睡好嗎？怎麼臉色如此蒼白？」
孟如韞摸了摸自己的臉。「睡得尚好，也許是因為天冷了。」
蕭漪瀾推開她旁邊的窗，清爽的風送進一陣馥郁的桂花香，她說道：「再過幾個月天氣更冷，不如趁現在天氣還算暖和出門走走，好不好？」
「出門？殿下是有什麼事要我做嗎？」
「不是正經事，修平約我過幾天去打馬球，妳也別在屋裡悶著了，隨我一同去。」
「馬球？」孟如韞驚訝。「可是殿下，我不會騎馬。」
蕭漪瀾笑了。「不會當然要學。妳非尋常閨秀，難道還能一輩子不騎馬？剛好我近日得了一匹性格溫馴的紅棗矮馬，讓紫蘇教妳怎麼騎。」
「可是殿下……」
蕭漪瀾不容她拒絕，當即將紫蘇喊過來吩咐了一番。紫蘇正閒得無聊，十分喜歡這個差事，不容分說就拉著孟如韞看馬去了。
蕭漪瀾將孟如韞那頁寫毀的文章拿給霍弋看，霍弋看完後臉色十分精彩，頗有一種細心侍養不忍驚擾的小白菜被人連根掘走的微妙挫敗感。
「陸明時一介莽夫，有什麼好，竟值得阿韞如此惦記？」
蕭漪瀾道：「聽說他是進士出身，怎麼到你嘴裡竟成莽夫了？」
霍弋不以為然。「阿韞之才可堪狀元，他不過區區二甲進士，配阿韞實是高攀了。」

蕭漪瀾笑道：「我大周近十年的文狀元要麼年紀太大，要麼已成婚，照你的意思，阿韞豈不是要孤孤單單一輩子？」

「若他只是才學不夠，在別的地方長進，倒也差強人意。」霍弋咬牙切齒道：「可這個姓陸的生得一臉薄情相，性子霸道多疑，家世也不夠顯赫。阿韞若是同他在一起，日後只有吃苦和受欺負的分兒。而且此人先前還與修平公主不清不楚，眼下又來糾纏阿韞，簡直恬不知恥，阿韞太年輕了，肯定是受這莽夫的欺騙。」

霍弋一口氣列數了他數條罪狀，遠在北郡的陸明時一連打了五、六個噴嚏，險些從馬背上摔下來。

霍弋這充滿偏見的評價惹得蕭漪瀾發笑。蕭漪瀾與他的看法正相反，她覺得陸明時文韜武略，有出將入相之才，性格上雖不是溫柔隨和之人，待阿韞倒也珍重。

蕭漪瀾道：「你百般不情願有什麼用，阿韞若是心悅陸安撫使，將來等他回臨京，本宮倒願意為他們主婚。」

霍弋聞言，對陸明時的成見更深。「等他回京？阿韞大好的年華，難道還要空為他蹉跎？」

「怎麼，十六、七歲是好年華，二十六、七歲就不是了？」蕭漪瀾緩聲問道。

「臣不是這個意思，」霍弋自知失言，推著輪椅靠近蕭漪瀾，解釋道：「若能改命，臣亦想與殿下相逢少年時，正是因為我自己錯失了太多，所以才希望阿韞的遺憾能少一些。」

蕭漪瀾笑了笑。「本宮若是十六、七歲時遇見你，未必願意與你有什麼糾葛。」那時正是她一生中最幸福的時候，朝政有母后，還輪不到她操心，皇兄表面上仍溫煦和藹；她和薛青涯剛成婚不久，尚未有分歧，正是情深意重的時候。

霍弋大概也想到了這些，望著她的背影沈默了片刻。

「臣也希望您能像十六、七歲時那樣快樂，即使……即使一輩子都不會遇見臣。」

蕭漪瀾並不領他的情。「你倒是挺會替別人安排，圖自己感動。你與阿韞，那是你孟家的家事，本宮不愛插手，可本宮是流連從前還是希冀以後，尚輪不到你來強施好意。」

她大概真的覺得被冒犯，話說得有些重。霍弋心中長長嘆息。「臣明白了。」

可他心裡，還是忍不住想按照自己的方式，期望她過得好一些。

又過了四、五天，天氣晴好，蕭漪瀾應修平公主蕭荔丹的邀請，去她新修建的馬球場打馬球，給她熱熱場子。

孟如韞跟隨蕭漪瀾同去，騎著蕭漪瀾送給她的那匹性格溫馴的小馬，十分緊張地跟在蕭漪瀾後面搖晃前行。幸好街市上道路平坦，身側又有侍衛看護，一路還算順利地到達了城東馬球場。

「小姑姑！小姑姑！」

修平公主早已在跑馬場中等候，一身火紅的束袖騎裝，學著男子將頭髮全部高束，露出光潔的額頭，明豔又俐落。她馭馬跑過來，一勒轡繩，棗紅色的駿馬噴出一聲響亮的響鼻，把孟如韞的馬嚇得後退了兩步。

修平公主蕭荔丹一眼看見了孟如韞，頗有些不高興地衝蕭漪瀾撒嬌道：「姑姑來便來，帶些礙事的尾巴做什麼。我可記得她，慣會投機取巧，打馬球是光明磊落的快事，可別來掃我的興致。」

蕭漪瀾淡淡掃了她一眼。「那本宮這就打馬回去？」

「唉，不行，小姑姑不許走！」蕭荔丹一把拉住了她。

孟如韞見狀出聲道：「殿下放心，我騎術不精，不會上場掃興，只在一旁觀戰。」

「露怯了呀？」蕭荔丹輕哼一聲。「那正好，我與小姑姑先玩個痛快。」

馬球場設有觀覽席，兩位公主去場中跑馬熱身，孟如韞小心地翻身下馬，獨自走到觀覽席上坐定。席前案桌上各擺著幾個冰盤，裡面盛著黑瑪瑙似的葡萄和切成小塊的蜜瓜。

孟如韞飲了一盞蜜茶解渴，指著冰盤裡的水果問侍立的婢女。「眼下已過了葡萄的時令，請教這些是哪裡來的葡萄，竟如此新鮮水靈？」

那婢女是修平公主從府裡帶出來的，聞言得意又輕蔑地答道：「這些都是戎羌來的果子，聽說用一千斤的冰才能運來這一小盤，尋常人家當然見都沒見過。」

孟如韞做出驚訝的神色。「既如此珍貴，為何隨隨便便切開擺在這裡，放壞了豈不是可惜？」

那婢女聽此言，神情更驕傲，說道：「我家殿下可是今上唯一的嫡公主，富有四海，不過是幾盤果子，不新鮮了扔掉便是。陛下賞了三十盤下來，何須吝惜？」

「殿下真是氣派。」孟如韞緩緩點頭，望著那幾盤果子陷入了沈思。

場上傳來女子清脆的笑聲，孟如韞抬頭望去，原來是蕭荔丹在蕭漪瀾手下連進三球。她這一精彩絕倫的探身側馬迴旋惹來滿場歡呼叫好，孟如韞聽見男人的聲音，一回頭，瞧見幾個衣著不俗的男人朝這邊走來。

正中那人身穿玄色錦袍，右肩上是大片金線繡成的麒麟，頭戴白玉點金髮冠，腰上佩著玉玦。看年紀約二十五、六歲，模樣長得周正，望過來的眼神卻烏沈沈的，讓人心裡發怵。

孟如韞不認識他，卻認識走在他身後點頭哈腰的羅錫文。數月前，他在舉業坊外欺負陳芳跡，讓兩人對彼此都留下了深刻印象。

羅錫文也認出了孟如韞，附在領頭男人耳邊說了幾句話，那男人望向孟如韞的眼光頓時含了幾分玩味的笑意。

他慢悠悠地踱步到孟如韞身邊，上下掃了她一眼。「妳是哪家的小姐，為何不上場去玩？」

孟如韞猜出了他的身分，放下茶盞不言語。

羅錫文斥她道：「大膽！太子殿下問話，為何不答？」

孟如韞這才起身屈膝行禮。「殿下萬安。不知是太子殿下，多有得罪。」

「不必多禮。」蕭道全欲伸手扶她，孟如韞不動聲色避開。蕭道全笑了笑，問道：「怎麼，見孤不喜？」

孟如韞垂眼淡聲道：「東宮之尊，不敢衝撞。」

「殿下，我就說這小妮子牙尖嘴利，是不是？」羅錫文在旁嬉笑。

蕭道全斜了他一眼。「你這副德行，人家姑娘見了你若是不潑辣一些，得吃多少虧？」

羅錫文陪笑道：「殿下教訓得是。我不值錢，可是見了殿下您還拿喬作態，那就是不識抬舉了。」

孟如韞冷冷看了羅錫文一眼。

蕭道全似乎對孟如韞很感興趣，仍要搭話，卻見蕭漪瀾馭馬跑過來，衝得極近了才猛一勒馬，馬噴出的腥熱鼻息噴了那幾人一臉。

蕭漪瀾睨著蕭道全。「太子今日也得閒來打馬球嗎？」

「小姑姑萬安。」蕭道全在臉上抹了一把，皮笑肉不笑道：「丹兒約孤來玩的，說是讓孤找幾個人來熱鬧熱鬧。」

「又不是青樓酒肆，太子自己來便是，喊著這幾位，難免誤會是去給青樓暖場。」蕭漪瀾冷嘲熱諷地笑道。

蕭道全臉色不太好看，剩下那幾個以羅錫文、錢幃為代表的紈袴，要麼是曾經親自被蕭漪瀾收拾過，要麼是族中在朝為官的長輩被蕭漪瀾收拾過，此刻都縮在蕭道全身後，像幾隻頭也不敢抬的鵪鶉。

正此時，蕭荔丹也馭馬跑了過來，坐在馬上意氣風發地朝蕭道全拱手。「太子哥哥終於來啦，這下咱們能組隊了！」

「本宮累了，先休息會兒吧。」蕭漪瀾翻身下馬，將馬交給侍衛牽下去餵草。孟如韞倒了杯蜜茶端給蕭漪瀾解渴。

蕭道全見狀，了然說道：「原來這位孟姑娘不是丹兒請來的閨友，是小姑姑帶來的侍女。」

蕭荔丹輕嗤了一聲。「我才不會請這種軟嬌娘來馬球場，一個馬球飛過來把人砸壞了怎麼辦？」

蕭道全覺得「軟嬌娘」這個詞用在孟如韞身上真是貼切極了。看那出水芙蓉的面容，清麗雅致的氣質，纖不盈握的腰肢，真是極軟極嬌，教人心生疼愛之情。

蕭漪瀾入座，孟如韞侍立在她身後。有蕭漪瀾擋著，蕭道全不好總盯著她看，便旁敲側擊問蕭漪瀾。「小姑姑今天怎麼沒帶紅纓，是換侍女了嗎？不知小姑姑從哪裡尋來的如此佳人，我若得之，定也要時時帶在身邊，賞心悅目。」

蕭漪瀾面無表情地說道：「東宮一名正妃兩名側妃，四名良娣八名良媛，太子若願意帶在身邊，縱勤更如衣服，也夠半個月不重樣了。」

「孤憐惜美人，倒叫小姑姑取笑了。」蕭道全好脾氣地笑了笑。

蕭漪瀾說：「阿韞不是侍女，是本宮身邊的女官，於本宮而言不可替代，所以太子還是收收心吧。」

蕭道全說道：「哦？竟是女官？看來也是個腹有詩書的才女。小姑姑身邊女官真是個個似天仙，聽說前些日子在蘇和州與陸安撫使一起阻止了劫官糧的也是小姑姑的女官。」

「什麼？與誰一起？」蕭荔丹聞言拂開了身後捏肩的侍女。「哪個陸安撫使，難道是陸明時？」

孟如韞看了眼蕭道全，又看了眼蕭荔丹，飛快垂下眼，做出一副與己無關的模樣，靜靜站著。

蕭漪瀾輕笑。「太子聽誰說的？」

「自然是聽程鶴年說的。」

蕭漪瀾道：「程鶴年是劫官糧的主犯，自檻送入京後就被關在刑部地牢裡，太子如何能聽他說？莫非是私下相見過？」

蕭道全道：「父皇已經免了他的死刑，準備放人，小姑姑別太較真。」

「本宮只是好奇，太子金尊玉貴，親臨地牢見程鶴年，只是為了探聽本宮身邊女官的逸事，還是另有什麼要事相商？」

「此處不是朝堂，小姑姑何必如此咄咄逼人。」蕭道全打哈哈道。

蕭荔丹見機插話，對蕭漪瀾道：「小姑姑，妳也太不厚道了，明知我喜歡陸大人，為何不讓我去蘇和州，竟然還派別的女官勾引他！」

「修平，」蕭漪瀾望著她，聲音微冷。「妳是公主，不是市井潑婦，注意妳的措詞。」

蕭荔丹不情願地哼了一聲，又去纏蕭道全。「太子哥哥你說，什麼樣的女官，姓甚名誰，還與陸大人一起做了什麼？」

見蕭荔丹上鉤，蕭道全但笑不語，裝作被她問得煩了，也學著蕭漪瀾的語氣教訓她道：「妳是中宮所出的公主，要端得住公主的架子。剛才我見妳贏過小姑姑的那兩招都是男子打馬球才會用的招式，十分考驗腰腹的力量，該不會是陸明時教妳的吧？」

蕭荔丹得意地一揚眉。「陸大人親自教我的，如何？恐怕太子哥哥你也敵不過。」

「臨京會這招的少年郎沒幾個，妳學便學了，不要四處招搖，叫人見了笑話。萬一他不肯做妳的駙馬，妳的面子往哪兒擱？」蕭道全說著，慢悠悠喝了口茶。

「他敢！」蕭荔丹美眸一瞪。「本公主先看上的人，誰敢來搶？」

蕭道全笑了笑。「臨京這麼大，也不是誰都懼妳的威名。」

蕭荔丹是嫡公主不錯，可蕭漪瀾是長公主。蕭荔丹的尊榮全仰仗父兄，尋常閨閣女子不敢得罪，但蕭漪瀾手裡卻實打實地攥著權力與聲望，閨閣之外，更威震朝堂；兩人雖同為公主，差得卻不止一星半點。

若是有蕭漪瀾撐腰，陸明時有什麼不敢的。

蕭荔丹聽懂了蕭道全的言外之意，忙搖著蕭漪瀾的胳膊撒嬌道：「小姑姑，妳是最疼我的對吧？」

蕭漪瀾被她這給根蘿蔔就牽著走的蠢樣氣笑了。「怎麼，要本宮把陸明時從北郡綁回來給妳做駙馬？」

「那倒也不是，只要小姑姑別把府裡的女官往他身邊塞就行。咱倆關係這麼好，妳想拉攏他，誰會比我更合適，是吧？」

蕭漪瀾不言，孟如韞在身後默不作聲地聽著，悄悄在心裡小聲反駁道：誰都比妳更合適。

因為蕭道全幾人的到來，蕭漪瀾下午玩得十分不痛快，又不放心將孟如韞獨自留在觀覽席上，於是藉故辭別，帶著孟如韞離開了馬球場。

蕭荔丹望著她離去的背影，一臉的掃興，對蕭道全抱怨道：「小姑姑整天忙東忙西，好不容易約出來一次，沒打兩圈又跑了。」

「此事怪孤。小姑姑與孤在政事上意見不合，難免將情緒牽涉到朝堂之外。今日是孤擾了妳與小姑姑的興致。」蕭道全說道。

蕭荔丹哼道：「朝堂之事無聊至極，真不知道小姑姑心裡怎麼想的，跟皇祖母一樣，愛做些牝雞司晨的事。」

蕭道全做冷臉。「丹兒不得胡說，小姑姑是長輩，豈容妳如此編排？」

「她剛剛還說我潑婦呢。」蕭荔丹越發不高興。「你與父皇都偏心小姑姑，待她比我這個親妹妹、親閨女都好！」

蕭荔丹氣得拂袖而去，蕭道全望著她氣沖沖的背影，嘴角一勾。

蕭漪瀾與孟如韞離開馬球場時天色尚早，孟如韞馭馬跟在她後邊問道：「殿下打算回府嗎？」

「眼下時辰尚早，聽說鹿山腳下桂花開得正盛，咱們去城外散散心，帶妳熟練一下騎術。」蕭漪瀾道。

孟如韞笑了笑。「聽殿下的安排。」

兩人馭馬並行，蕭漪瀾優哉游哉地遷就孟如韞的速度，轉頭與她說話。「今日見了太子，怕嗎？」

孟如韞不解。「太子有何可怕？」

「他對妳起意。」

「有殿下在，太子並不能把我怎麼樣。」孟如韞笑了笑，低聲說道：「說實話，未見太子之前，因石合鐵與賑災銀等事，我以為他是極有城府與謀略之人。今日一見，反倒覺得不過如此。觀其面相，眉淺目遊，乃心志不堅之相；聽其言語，挑撥修平殿下那幾句，還不如後宅婦人周全高明。太子啊，為虎狼則不足，為蛇蠍尚有餘，若非位居東宮，不足與殿下一比。」

「妳倒是心大。」蕭漪瀾道：「修平對陸安撫使心思如此，妳不生氣嗎？」

孟如韞微愣。「殿下怎麼知道我與陸……」

「本宮沒瞎。」蕭漪瀾笑了。「自他去北郡後，妳這些日子神思不定，怕是三魂七魄跟去了一半，誰看不出妳害的是相思？」

孟如韞臉色微紅，小聲道：「我……讓殿下見笑了。」

「倒不是責怪妳。兩情相悅是雅事，但過猶不及，多思傷身，所以今天帶妳出來走走。」

兩人出了城，在官道上縱馬跑了一段。這是孟如韞頭一回驅馬快跑，只聽見馬蹄清脆，涼風過耳，雙目餘光裡草木蔥蘢後退，雖然緊張刺激，也覺得暢快淋漓，胸中塊壘頓消，勒馬時出了一身汗。

蕭漪瀾從身後慢悠悠追上來。「短短幾日，進步不小。」

孟如韞十分高興。「是殿下與紫蘇姊姊教得好。」

「前方山路較窄，敢走嗎？」蕭漪瀾問。

孟如韞點頭。「我跟在殿下後面。」

說是山路，卻並不難走，因為山上有佛寺也有道觀，所以山路修葺得十分平整，能容兩輛馬車擦肩而行。她們不打算往遠處去，在山腳兜了一圈，見桂花開得茂盛，芳香遠逸，孟如韞沒忍住摘了許多，兜在袖子裡，打算帶回去研汁入墨。

不遠處又有一人馭馬而來，走近了發現是個年輕的錦衣男子，見了她們不避讓，反倒要上前，被侍衛抬刀攔住了腳步。

「敢問前方可是長公主殿下？」那男子跳著招手，似十分高興。「我是沈元摯呀，殿下！」

蕭漪瀾遠遠望了他一眼，頗有些頭疼。「怎麼碰上了這猴子？」

「殿下認得他？」孟如韞攏著袖子問。

蕭漪瀾道：「認得，是尚陽郡主家的二公子，沈元摯。」

尚陽郡主的二公子……那不就是沈元思的弟弟嗎？

第五十二章

蕭漪瀾讓侍衛放行，沈元摯歡歡喜喜跑上前來。

他容貌與沈元思的確有幾分相似，沈元思眉眼更加風流多情，沈元摯相貌雖不如其兄打眼，但瞧著也是溫潤公子，俊俏少年郎。

沈元摯抱拳行禮。「見過長公主殿下。能在這裡遇見您，真是巧。」

蕭漪瀾道：「出來散散心，從淳來此何事？」

沈元摯道：「哦，我娘聽說鹿山腳下的桂花開得比城中好，讓我出來搖一些回去，她要做桂花糕送給兄長。」

孟如韞聞言，心中驚訝，從旁問道：「沈元思沒有隨陸明時一起回北郡嗎？」

沈元摯打量她一番。「敢問姑娘是？」

孟如韞道：「我與令兄相識，是令兄的朋友。」

沈元摯長長地哦了一聲，自以為發覺了什麼了不得的秘密。孟如韞怕他誤會，忙解釋道：「只是普通朋友，沈公子別多心。」

「普通朋友？那姑娘是如何得知家兄行蹤的？」沈元摯明顯不信。

這要孟如韞如何解釋？她求助地看向蕭漪瀾。蕭漪瀾輕咳一聲，對沈元摯道：「從淳，回本宮的話。」

沈元摯道：「回殿下，家兄的確是回北郡了。他年中剛從北郡回來的時候嚷嚷著要吃桂花糕，好不容易盼到了桂月，結果一口沒吃上又走了。我表叔的商隊過幾天要去北郡，我娘想做些桂花糕，讓他順路捎給家兄。」

孟如韞忍不住問道：「商隊從臨京去北郡至少要走半個月，桂花糕豈不是都放壞了？」

「陸路確實要走半個月，走水路更快一些。」

這下連蕭漪瀾也十分驚訝。「從臨京去北郡還能走水路？據本宮所知，臨京的水運向北只能通到曹州，曹州距北十四郡仍有八百多里要走陸路。將貨物在碼頭上來回搬運，論速度和成本，恐怕不如直接從臨京走陸路到北郡方便。」

沈元摯一拱手。「殿下明察，但曹州以北並非沒有船，只是河淺流小，冬季又結冰，所以運不了重貨，不夠發達而不為人所知，但其實載一、兩個人足矣。表叔打算帶著桂花糕快船先行，路途順利的話，七、八天即可到達北郡。我娘很會做吃食，有辦法保證桂花糕存放一句。今年新鮮的桂花糕，家兄是吃不著了，我娘說，能嚐個味道解解饞也好。」

「尚陽郡主有心了。」蕭漪瀾感慨道：「那你快些去採吧，別耽擱得天色太晚。」

「哎，殿下！」見蕭漪瀾要走，沈元摯忙叫住了她，頗有些不好意思，躊躇一番，小聲問道：「紅纓姑娘今天怎麼沒跟您一起出來？」

蕭漪瀾笑了。「怪不得遠遠見了本宮這麼高興，本宮還以為是自己親切，討人喜歡呢。」

沈元摯忙道：「殿下風華無雙，小人見之如神，歡喜無以言表！」

「真貧。」蕭漪瀾嘖了一聲。「勞你代本宮向尚陽郡主下個帖子，就說本宮明日過府拜訪，向她請教桂花糕的做法。記住，不必興師動眾。」

「是！」沈元摯高興地問道：「紅纓姑娘也來嗎？」

蕭漪瀾策馬而去，頭也不回地答道：「待本宮回去問問她樂意見你否。」

孟如韞忙上馬跟上。

「殿下明天要去尚陽郡主府，可否帶我一起？」孟如韞問道。

蕭漪瀾瞥了一眼她裝滿桂花、脹鼓鼓的袖子，取笑她道：「怎麼，妳也要學桂花糕十天不壞的做法，送到北郡去？」

孟如韞臉色微紅，卻沒有反駁。

蕭漪瀾道：「明日妳與紅纓隨我同去尚陽郡主府，若要捎信，今晚可寫一封隨附送去北郡。」

「謝謝殿下！」孟如韞高興道。

孟如韞回府之後就開始寫信。這是她第一次給陸明時寫信。

她鋪上紙，研好墨，提筆思忖許久，竟一時不知該從何說起。想與他講近些日子的見聞，又想問他最近過得如何，可否吃好睡好。她寫了一段，嫌自己肉麻，起紙重寫，又覺得語氣太稀鬆平常，刪刪改改許多遍才寫得差強人意。

信的最後一頁，她提到了今日在馬球場的事。

今天修平公主的侍女說，聖上賞了修平公主三十多盤戎羌貢來的水果，每一盤都要費近千斤的冰保持其鮮度。孟如韞猜想，除了修平公主外，聖上應該也賞了別人，加上後宮自留，戎羌這次送來的水果應該不下百盤，需要至少十萬斤冰一路護送，運載這十萬斤冰的車隊必然龐大。

孟如韞下意識覺得，若是這支車隊想夾帶點什麼進臨京，應該也是很容易的事，畢竟冰車不方便在過城關的時候挨個兒打開仔細查驗。

她回府的路上也與長公主說過這事。因為是揣測，所以提了三言兩語，長公主說會派人查證，孟如韞覺得臨京的線索未必好找，想提醒陸明時在北方多加留心戎羌人的動靜。

說完這個，孟如韞又想起了修平公主。這位氣驕焰盛的嫡公主顯然已經將陸明時視為未來的駙馬，自己的私有物。孟如韞心中不太舒坦，想問問他何時教過修平公主打馬球。

她一個字一個字地在信紙上寫道：聞君馬術過人，曾以策馬迴旋之技大放異彩，並親教修平公主，傳為臨京佳話，人皆以未來駙馬視君，妾今方聞，聊以恭賀。

寫完之後，孟如韞頓覺出了一口惡氣。

孟如韞鬆了鬆肩膀，起身去浴室洗澡，然後熄燈上床睡覺，翻了個身，又開始後悔。

她心想陸明時在北郡帶兵，心裡記掛的都是要緊事，本就吃不好也睡不好。她寫信是為了讓他高興，何必提不相關的人擾他心緒。陸明時待她的心是否真誠，她上輩子就十分清楚，何況上一世，他官至五軍都督後並沒有娶修平公主，想來只是無關緊要的人。

孟如韞將自己開解了七、八分，越想越覺得自己無聊，又披衣起身，將最後一頁信紙撤去重寫了一次，去掉最後一段，這才安心回去睡覺。

第二天一早，孟如韞與蕭漪瀾前去尚陽郡主府拜訪，同行的還有紅纓。得了她要來的準信，沈元摯一早就換了身新衣服在門口張望，見到昭隆長公主府的車駕，忙出門來迎，尚陽郡主跟在他後面迎出來。

看見尚陽郡主的那一刻，孟如韞臉色微變。

尚陽郡主今年四十二歲，年輕時也是臨京有名的美人。她是南寧王的女兒，嫁給仁帝時的新科狀元為婚，夫死後就帶著兩個兒子獨居，聖上讚她賢德，特意賞下了這座郡主府。

望著笑盈盈迎出來的尚陽郡主，孟如韞心裡不是滋味。

上一世時，她曾見過這位郡主。那時，她剛死不久，魂魄遊於天地間無處歸依，常常前往京城內外的各大道觀佛寺，求禱往生解脫。那年，京城新修建了一座高近百丈的浮屠塔，據說是宣成帝送給長公主的生辰禮物，為此耗費了國庫近一整年的進項，強行遷出了城內七個街坊的居民。

讓孟如韞印象深刻的是在浮屠塔建成那天，尚陽郡主於塔內落髮出家，以為長公主祈福為名，在浮屠塔前坐地自焚。

那天，孟如韞也在。她隱匿在松蔭之下，遠遠望見菩提枯枝堆成龕臺，剛剃度完的尚陽郡主身披袈裟盤坐其上，手裡捻著一串佛珠，口唸《地藏經》。有幾個小沙門裝扮的人往菩提枯枝上澆火油，住持高聲道：「阿彌陀佛，尚陽郡主願坐身成佛，與浮屠塔永為一體，為長公主殿下祈福，祈願殿下千歲，大周永昌——點火！」

火光倏然而起，尚陽郡主坐在當中死死咬著牙，沙門誦經的嗡嗡聲與木頭燃燒的噼啪聲蓋過了她的慘叫。孟如韞永遠忘不了那張臉，那張哀怨而絕望的臉，是如何被火焰一點點撕裂、吞噬。

許多年已經過去，孟如韞忘了她的身分、名字，可是在看見尚陽郡主的那一刻，孟如韞就認出了她。

堂堂郡主，為何會在浮屠塔自焚呢？

尚陽郡主招呼長公主入府，孟如韞靜靜跟在蕭漪瀾身後，沈元摯則繞到一旁去與紅纓搭話。紅纓面色羞紅，求助地看向蕭漪瀾。

「這孩子，」尚陽郡主見狀好氣又好笑，板著臉對沈元摯道：「從淳，不得無禮。」

沈元摯也看向蕭漪瀾。「我想帶紅纓姑娘去採幾蓬蓮子，殿下允不允？」

蕭漪瀾對紅纓道：「想去便去吧，難得出府，不必拘束。」

紅纓仍有些踟躕，奈何沈元摯十分熱情，見她猶豫，竟要伸手去牽她。紅纓怕他在長公主面前太過失禮，只好半推半就地跟著沈元摯走了。

蕭漪瀾隨尚陽郡主同行，問道：「從淳多大了？」

尚陽郡主道：「今年十九，明年六月加冠。」

「當年本宮去西域時，他還是個小孩子，一轉眼也到了該成家的年紀。」蕭漪瀾感慨道。

尚陽郡主說：「勞殿下記掛，臣婦也想早點給他娶婦，管著他收收心。奈何這小混帳一心只念著紅纓姑娘，惦記著兩人幼時定過的親事。」

「非是本宮扣著人不放。」蕭漪瀾笑道：「我視紅纓如自家妹妹，從淳想娶，妳讓他明年考了功名再來。」

尚陽郡主聞言十分高興。「只要您肯點頭，從淳什麼條件都答應。」

「既如此，本宮還有一言要提前講明。」

「殿下請講。」

蕭漪瀾道：「紅纓從七、八歲時就跟在本宮身邊，本宮離不了她，長公主府也離不了她。就算她日後成了沈家新婦，也要每日到長公主府去為本宮做事，郡主能接受嗎？」

尚陽郡主笑道：「只要從淳願意，臣婦更無二話。看從淳那樣子，能娶到紅纓姑娘，讓他搬去長公主府住也是使得的。」

蕭漪瀾笑道：「長公主府可容不下這猴子。」

孟如韞在身後靜靜聽著，心中越發不解。依方才所見，這尚陽郡主是個寬和包容的人，言語間待殿下也十分親切，為何幾年後會看不開，在浮屠塔前坐地自焚，置殿下於不仁不義呢？

莫非是受人蠱惑，或者……脅迫？

孟如韞一時想不通，只得暫時壓在心裡。所幸距離發生的時間尚早，一切還有轉圜的餘地。

幾人來到待客的院子，府中下人已將製作桂花糕的材料和工具準備好。蕭漪瀾不感興趣，只端著碗冰糖桂花茶在一旁看，一切都交給孟如韞。孟如韞學得很認真，幾番練習下來就做得有模有樣，除打算送給陸明時的兩屜之外，又另做了兩屜打算帶回長公主府。

尚陽郡主很喜歡她這種有書香氣的姑娘，聽說她與沈元思認識時，眼睛一亮，卻被告知這幾屜桂花糕是送給陸安撫使的，難免有些遺憾。

「我視子夙也如自家子姪，孟姑娘有空可常來我這兒坐坐。我家表親經商，常往北郡去，有要捎帶的書信物件，放心託付便是。」尚陽郡主握著孟如韞的手，親切地說道。

能與尚陽郡主常來往，孟如韞求之不得。「那小女子日後可要常來叨擾，到時候郡主可不能嫌我煩。」

尚陽郡主高興道：「我膝下無女，歡喜尚來不及，哪裡會煩？」

孟如韞將昨夜寫好的信放在桂花糕食盒中間的夾層裡，一起交與尚陽郡主。餘下兩屜被蕭漪瀾帶了回去，吩咐將其中一屜送往洵光院。

霍弋得了賞後不久便來主院謝恩，得知此桂花糕是孟如韞為陸明時所做後挑剩下的，食不甘味地嘆了口氣。

霍弋說道：「殿下怎麼忙起保媒拉纖的事了，臣還以為只有兒女成人的婦人才會樂於此道。」

蕭漪瀾聞言瞪了他一眼。「你是在說本宮年紀老？」

「臣不敢。」

「本宮看你敢得很。」蕭漪瀾伸手將盛著桂花糕的食盒從他懷裡奪出來。「這是阿韞給本宮的，本宮賞你倒賞出了個白眼狼，不給你了。」

連挑剩的桂花糕都沒有的霍弋長長嘆了口氣，推著輪椅跟在蕭漪瀾身後賠禮道歉。

十一月初，沈元摯的表叔孫博攜著桂花糕到達天煌郡，見到了正在帶兵巡邏的校尉沈元思，將東西交給了他。

沈元思剛在演武場上被陸明時當眾摔了個狗啃泥，恨得他牙根癢癢，聽說竟然還有兩食盒桂花糕是給陸明時的，當場就表示要昧下，幸而被孫博攔住，轉而交給了及時趕來的陸明時。

陸明時身穿銀甲，一躍下馬，皮笑肉不笑地摟著沈元思的肩膀道：「阿韞捎給我的東西你也想吞，演武場的方戟你吃不吃啊？」

沈元思險些被他一身冷冰冰的鐵甲壓吐血，忙抱著他娘給他做的桂花糕上馬而逃。

陸明時將食盒拎回軍營，待晚上練兵回來，淨過了手，才小心又期待地將食盒打開。

食盒一共兩屜，每屜整齊地擺放著八塊金黃色的桂花糕，做成了五瓣梅花狀；最上面一層刷著桂花蜜，拈起來時仍晶瑩剔透，如琥珀似的，封存著來自臨京的桂花。

陸明時像窮人家的孩子得了蜜糖，戀戀不捨地吃了一塊，數了數剩下的，又拈起一塊吃掉。

桂花糕甜而不膩，軟而不黏，每一口都含著桂花的香和蜜糖的甜，是北郡這種苦寒之地嚐不到的精緻和味道。他忍不住想像孟如韞如何站在桂花樹下仰頭挑選桂花，然後洗手挽袖，不厭其煩地經過一道道工序，將這精巧的桂花糕送到他手中。

陸明時打開下層的食盒，發現了放在食盒夾層中的信。

他放下桂花糕，又洗了一遍手，躺到床上將信拆開。這封信一共三頁，比起孟如韞寫過的文章來說並不算長，多是一些瑣事，並無訴衷情的剖白。但陸明時看得很歡喜，彷彿見她娓娓道來，讓他在北郡添衣加食，不要牽掛。

看第三遍的時候，陸明時在最後一頁信紙上發現了一些淺淡的墨痕。

剛開始他以為是不小心蹭上的墨水，仔細看卻發現那幾道墨痕並非雜亂無章，更像是某些字的筆畫順序。

陸明時猜測，可能是寫信時前頁的墨透過紙張印在了下一頁。可當他窮極無聊地比對時，卻發現最後一頁那幾道墨痕與前頁信紙上的字對不上。

那就是她曾寫了什麼，又後悔重寫，刪掉了一些內容。

陸明時頓時好奇了起來，從床上一躍而起，將信往懷裡一揣，披上衣服去找沈元思。

可憐沈元思剛吃完親娘送來的桂花糕，正躺在被子裡呼呼大睡，作著在臨京錦衣玉食的春秋大夢，夢見他娘給他娶了個貌美如花的媳婦，正要掀蓋頭入洞房，被陸明時一把薅開了被子。

「沈元思，起來！」

沈元思恍惚地睜開眼，看見的卻是陸明時的臉。

「我去你大爺的陸明時！」

沈校尉帳中傳來一聲驚叫，以及噼哩啪啦的打鬥聲。陸明時兩三下就將沈元思反手按在桌子上，看了眼探頭進來看熱鬧的守衛，無奈地對仍罵罵咧咧的沈元思說道：「我找你有正經事，你也不想招來更多的人看你丟人吧？」

沈元思冷哼了一聲，倒要看看陸明時三更半夜有什麼正事。

陸明時將孟如韞給他寫的最後一頁信遞給沈元思。「你幫我看一下這些字印原來的內容。」

沈元思翻了個白眼。「你去問寫信人啊，問我做什麼？」

「你該不會是做不了吧？」陸明時斜了他一眼。

沈元思一激便起，一把奪過信紙。「去找鉛粉和硃砂！」

陸明時吩咐守衛將這兩樣東西找來，沈元思捋起袖子，將兩種粉末按照一定的比例混合，然後用藥匙均勻撒在紙面上。

「掌燈。」

陸明時擎著蠟燭靠近他，沈元思一口氣將紙上的粉末吹掉，只見粉末的殘留處隱約顯出了一些字的輪廓。

沈元思仔細辨認道：「君什麼……策馬迴旋……教修平公……佳話……駙馬……妾什麼……恭賀？」他放下信紙，一頭霧水。「修平公是誰？」

「不是修平公，是修平公主。」陸明時在一旁幽幽答道。

沈元思一愣，繼而反應過來，頓時拊掌大笑，幸災樂禍地指著陸明時道：「陸子夙啊陸子夙，你也有今天！哈哈哈哈，看來老天也覺得你日子過得太舒坦了！」

陸明時一臉晦氣地將信紙拿過去，藉著粉末的痕跡將那段被刪掉的話又讀了一遍，已辨認了個七七八八。

讀完後，陸明時長嘆了一口氣，深刻地感受到了什麼叫時運不濟。

他才剛到北郡，就被人翻舊帳了。

他恨聲道：「這都是多少年前的事了？那年我剛中進士，朝廷舉辦的馬球比賽不能不去。那一招不過是臨時起意，誰知聖上讓我教一群后妃打馬球，我哪裡知道裡面會有修平公主，又哪裡知道她竟然真學會了，還到處招搖？我……我……」

沈元思語氣閒閒地奚落他道：「你跟我說這些有什麼用，你家孟姑娘聽得見嗎？哦，也許人家根本就不想聽，所以寫了之後又撕掉。」

她若寫信問了，他還能藉機解釋。可她寫了又撕掉，欲問又未問，明顯是心有誤會卻不肯給他一個解釋的契機，這要他怎麼辦？

「從慎，你說我要不要寫信解釋一下？」陸明時問沈元思。

沈元思道：「寫吧，寫了就是欲蓋彌彰，此地無銀三百兩。」

「那我裝作不知？」

沈元思又道：「也行，那就是聽之任之，心灰意冷一拍兩散。」

陸明時頭疼。「那你說我該怎麼辦？」

「你該……」沈元思認真思索半天，出主意道：「你該拒絕陛下讓你教后妃打馬球的主意。」

他該先把沈元思掛到校場的旗杆上示眾。

指望不了沈元思出主意，陸明時拿著信唉聲嘆氣地走了。也不知道他一晚上琢磨了些什麼，第二天一早對沈元思道：「我要回臨京。」

沈元思懷疑自己聽錯了。「你要去哪裡？」

「臨京。」

「怎麼去，走黃泉路去？」沈元思嘲諷他。「陸子夙，你快照鏡子看看你那沒出息的樣子吧，你知不知道邊關守將無詔私歸是大罪？」

「我當然知道。」昨天晚上陸明時一夜沒睡著，想了個天衣無縫的計劃。「如今是整飭軍隊的關鍵時期，我沒打算現在就走。十二月初，戎羌人要往朝裡送年貢，同時迎他們世子回戎羌，儀仗隊的人肯定少不了。屆時我就混進他們隊伍裡，正好藉機查探一番，被朝廷發現也算有個藉口。」

沈元思仔細思索了一番他的話，一時竟找不出什麼破綻來。

「行啊子夙兄，挺會假公濟私。」

陸明時哼了一聲，開始裝模作樣。「我這可都是為了公務，與私情無關。」

沈元思壓低聲音道：「到時候帶我一起唄，我可以跟你配合接應你。」

「你能做什麼？」陸明時輕嗤。「給我出餿主意讓我別教馬球嗎？」

沈元思拽住了他。「欸，玩笑話，何必放在心上。子夙兄，看在我娘教孟姑娘做桂花糕的分上，你就帶帶我唄。我回去讓我娘多教幾種，這樣孟姑娘也能給你多送幾次，你說對吧？」

他能屈能伸，一改昨天冷嘲熱諷看熱鬧的態度，變成了陸安撫使鞍前馬後的好下屬。畢竟他也想能偷偷摸摸回臨京一趟，吃他娘親自下廚煮的飯。

第五十三章

距離十二月還有段時間，陸明時在北郡提心吊膽，但孟如韞在臨京過得很舒坦。

蕭漪瀾給她派的事很清閒，除了選書講讀之外，偶爾讓她代筆寫寫摺子。若有大事商議，宣霍弋來拂雲書閣，並不介意她在旁同聽，或詢問她的看法和主意。此外，孟如韞大部分時間都待在拂雲書閣裡讀書寫文章。

陸明時臨走之前，還將她請託帶給韓老先生的文集捎了回來。

韓士杞很認真地通讀了她的文集，在每篇文章上都寫滿了批注。他的話往往一語中的，能指出孟如韞尚不成熟的地方，除此之外，又為她另作了一篇千言長序。

孟如韞將韓士杞的批注翻來覆去讀了幾次後，頗有心得，於是將已經寫成的《大周通紀》前三卷又翻出來修改一番，緊接著開始了《大周通紀》第四卷的寫作。

她寫文章寫得投入的時候，常常是一夜寫到天明，案頭的資料堆成山高，聽見清晨鳥鳴亂啼才突然從紙堆書冊裡驚覺抬頭。

孟如韞擔心被長公主發現後會教訓她，又趁著天色尚未大亮，外面走動的侍女不多，捲了書冊和披風匆匆回碧游院補一個時辰的覺。

孟如韞是死過一回的人，知道光陰可貴，也知道病死的滋味不好受，因此這輩子的她比上輩子惜命很多，每次許憑易休沐時都按時找他問診。蕭淌瀾知道她身體不好後，賞了她很多名貴的藥材，有千年老參、雲霧崖頂的野生靈芝、南海海底的珍珠粉，還有邊疆異族進貢的各種叫不清名字的珍奇藥草。

其實她的病情並不複雜，娘胎裡帶的病根，又遇上幼時寒氣入體，之後許多年未能仔細保養，所以傷了肺。有這些名貴的藥草養著，再加上許憑易精湛的醫術，孟如韞覺得這些日子身體舒服了很多。往常她入睡晨起時會咳喘，嚴重時徹夜難眠，常有瘀血咳出，如今她咳嗽的次數越來越少，就連胸腔裡的悶窒感都比以前輕多了。

除了擔心遠在北郡的陸明時外，她的日子簡直過得舒心極了。

但臨京的平靜下藏著暗湧。

這日，孟如韞正在拂雲書閣中整理書籍，忽見蕭淌瀾匆匆而來，一身大紅色宮裝環珮作響，霍弋自己推著輪椅跟在她身後。兩人一同進了書閣，蕭淌瀾命下人都退到遊廊之外。

孟如韞合上書，正要起身，蕭淌瀾看了她一眼。「阿韞留下。」

孟如韞應了聲「是」，端詳著蕭淌瀾，問道：「殿下剛從宮中回來？」

霍弋也問道：「可是朝會上出了什麼事？」

蕭淌瀾神情凝重行至首案坐定。「今日朝會上，聖上突然暈倒，從龍椅上摔了下來。」

「怎麼回事？太醫如何說？」霍弋問。

「灌了兩碗藥湯，又扎了針，眼下雖然醒了，但是精神不好。太醫只說是憂勞過度，需要休養，一時沒查出病因。」蕭潃瀾說道：「本宮與太子入內看了一眼，聖上臉色很差，喊了本宮一聲，又喊了太子一聲，待上前詢問，卻又揮手叫我等退出。」

霍弋屈指輕叩著輪椅，凝眉深思。蕭潃瀾沈聲道：「本宮瞧著，似是魘症。」

霍弋沈吟許久，問道：「殿下欲作何打算？」

蕭潃瀾搖了搖頭。「我不知道，我心裡很亂。他畢竟是我皇兄，我……」

「殿下，」霍弋行至她身側，輕輕握住她的手，安撫道：「殿下莫慌。」

孟如韞在心裡默默思索這件事。

她知道蕭潃瀾與宣成帝的關係並不像外人看到的那樣慈恭，能令蕭潃瀾慌成這樣，看來宣成帝病得很嚴重。

可是據她前世所知，宣成帝至少還能活十一年，若無意外改變運道，即使此刻看著病情凶險，恐怕也只是大病一場而已。

只聽霍弋與蕭潃瀾商議道：「陛下病重，近日可能會令太子秉政，太子必然會乘機打壓您。殿下，臣可命內宮與四方可用守將做好準備，一旦陛下殯天，馬上……」

蕭潃瀾聲音微顫。「霍弋，你想幹什麼？」

「弼國正位，為沈冤者洗雪，令溘逝者瞑目——」霍弋輕聲勸道：「臣與殿下籌謀了這麼多年，等的不就是這一天嗎？」

蕭潃瀾聞言，擱在膝上的雙手倏然攥緊，眉心緊蹙。

她母后與駙馬俱亡於此，她自己為避禍遠走西域十年，未曾有一日安枕，的確等的就是今日。可她沒想到，這一天來得這麼快。

縱然皇室的親情已寡淡如水，但那人還是她名義上的皇兄，是她的親哥哥，太子是她的姪兒……

蕭漪瀾掌心攥得生疼。許久之後，深吸了一口氣，似是終於下定了決心。

「小六呢，給他傳信，讓他——」

「殿下不可！」自始站在一側沈默旁聽的孟如韞突然說道。

霍弋愕然地望向她。「阿韞？」

孟如韞行至屋中，忽然屈膝跪地，行三拜重禮。

這是臣有事謁君的古禮，文官做此禮，往往意為死諫。霍弋神色變了變。

蕭漪瀾問道：「阿韞有何話，竟要行此大禮？」

孟如韞道：「此事關乎國祚民生與殿下安危，眾多眼睛都在盯著您，願殿下慎思，不可輕舉妄動。」

蕭漪瀾道：「非是本宮妄動，聖上忽得重病，太子驟然得勢，必會對本宮不利，本宮必須自保。」

「聖上可能只是病了而已。」

「可病情嚴重，有西去之勢，本宮不能錯失良機。」

「您能確定陛下一定會死嗎？」

「阿韞此言何意？」

孟如韞緩緩說道：「我曾在前朝史書中讀過一個故事，昔梁惠帝欲立儲而意不定，故偽作病重試探諸皇子心意。有皇子乘機拉攏大臣，整飭軍隊，欲行興廢之事。一個月後，梁惠帝病好，盡數廢其同黨，尋了個錯處將其流放崖洲。」

霍弋聽完後說道：「妳的意思我與殿下明白，可若今上並非偽裝而是真病，殿下按兵不動，會錯失先機，有任人宰割之患。」

「殿下宮中有人，應派人仔細查探陛下寢宮附近的動向，同時派人盯緊太子的動作。至少在太子動之前，殿下絕不可以先動。」孟如韞說道：「我有預感，聖上此次生病無論真假，絕不會有性命之憂。若我猜錯而致殿下有失，阿韞願以死謝罪！」

孟如韞說完，又鄭重一拜。

「阿韞，妳……」霍弋緩緩皺眉。「為何如此確信？」

「與霍少君一樣，只是下意識的直覺。」孟如韞坦然道：「古之明君，小事眾謀，大事獨斷，如何抉擇，還望殿下自己定奪。」

蕭漪瀾垂目思忖一番，問孟如韞。「若本宮依望之所言，聯絡眾臣，準備擁立六皇子即位，妳欲如何？」

蕭漪瀾如此說，孟如韞更加確定宣成帝此番無礙，因為最終登基取得帝位的人絕不可能是六皇子蕭胤雙。

她又想到另一件事。迄今為止蕭濟瀾的目的都是擁立蕭胤雙，可前世登基的並不是他，會不會是因為蕭胤雙後來出了事？

若她今天沒有出面阻止，蕭濟瀾聽從霍弋的話，內聯大臣外整軍隊要擁立六皇子，令六皇子處於眾矢之的，宣成帝病癒後第一個要處置的恐怕就是蕭胤雙。長公主也會受到牽連而元氣大傷，又要蹉跎下一個十年，才能成事。

如此，一切事情發展的軌跡都與前世合上了。

思及此，孟如韞心裡重重一沈。

「阿韞今為長公主府謀事，無論殿下如何選擇，阿韞生死相隨，竭誠為殿下籌謀。」孟如韞話音一頓。「可殿下，也要考慮六皇子的安危。若事不密，或慮有所失，首當其衝的便是六皇子。」

霍弋道：「欲謀大事，不可惜身。想坐那萬人之上的位置，總不可能所有的風險都讓殿下替他擔著。」

蕭濟瀾沒有贊同他。「本宮可以冒險，小六絕不可以。」

霍弋皺眉。「殿下……」

蕭濟瀾繼續問孟如韞。「倘聖上病情為真，本宮卻依妳所願按兵不動，致使為人所困，後續又該如何？本宮不想聽什麼以死謝罪的話。」

孟如韞說道：「倘聖上病情為真，太子會比您更著急。他對您出手，是不孝在先，您為求自保而反擊，不必擔不義之名。屆時若有變，殿下應保名望於朝野內外，急流勇退，暫歸封地，而後徐圖大計。您是明德太后的女兒，先太后遺澤大周，去世時萬民同哭，為其所立廟祠至今仍香火不斷，可見民心所歸。只要有百姓的聲望在，縱一時失勢，又有何懼？」

聽她提起明德太后，蕭漪瀾神情變得悵然起來。

她緩緩說道：「其實本宮並非一定要恣勢弄權，若太子仁德，本宮可以不做這個監國長公主。可蕭道全此人貪財好勢，上無君父下無百姓，其禍謀比其父有過之無不及；本宮寧與其俱焚而死，不願留此餘孽為禍大周。今聖上一病，若太子亦不知內情真假，必然會晝夜難安，對本宮出手，如此……我等靜待之。」

霍弋問道：「殿下決定依阿韞所言了嗎？」

蕭漪瀾望著他。「望之，本宮知你心有不甘，可此事非涉本宮一人。本宮要為小六著想，你也該為你牽掛的人好好想一想，不可魯莽。我們已經等了這麼多年，越到最後，越不能自亂陣腳。」

霍弋掩在袖中的手微微一動。

孟如韞本以為他會出言反駁，畢竟在長公主府裡，從未有誰能在殿下面前越過他。可霍弋只是淡淡掃了孟如韞一眼，思忖良久後，溫聲說道：「殿下教訓得是，臣聽殿下的。」

蕭漪瀾點點頭。「即日起，本宮將閉府謝客，在佛堂抄經為聖上祈福。望之為我賞求天下名醫入京以備聖上選用。其餘諸事，待聖上病情轉圜後再議。」

東宮內，蕭道全與諸幕僚也在商討宣成帝昏厥一事。

蕭道全對諸幕僚說道：「孤觀父皇的病十分凶險，似有癔症。如今福寧宮又不許探望，看來父皇此次凶多吉少了。」

諸幕僚互相對視一眼，有人上前道：「恭喜太子殿下，大成之日可待。」

「放肆！」蕭道全冷下臉。「那是孤的父皇，此言傳出去，孤豈不成了不忠不孝？」

那幕僚忙跪地謝罪。「殿下憂心聖體，是臣失言。」

幕僚中又一人走出來，是太子府詹事王翠白。他給跪在地上的幕僚使了個眼色，命其退下，這才不慌不忙道：「殿下至孝，也不能誤了大事。今有虎狼在旁眈眈，覬覦國本，殿下應暫斂憂痛，以國事為重。」

蕭道全對王翠白道：「青峰覺得，該如何以國事為重？」

王翠白說道：「眼下聖上昏迷不醒，殿下應當聯合司禮監與內閣，在朝會上宣布秉政。此事一定要快，要趕在長公主之前。霍弋一定會給長公主出主意，讓她調動各方勢力；只要咱們先占住了正統，長公主一有動作，咱們可以乘機治她個不敬不孝之罪，一舉拔除其暗中的黨羽。」

蕭道全道：「內閣首輔是遲令書，司禮監掌印是馬從德。前者素來不涉黨政，不偏向孤與長公主任何人，後者只對父皇忠心。當此曖昧不明之時，他們如何肯幫孤？」

「殿下此言差矣，非是這兩人清風明月，而是殿下沒有抓到他們的軟肋。」王翠白道。

「軟肋？」

「殿下可知遲令書與程知鳴兩家要結親之事？」

「孤知道。」蕭道全點頭。「遲令書曾因此在父皇面前為程鶴年求情，否則劫官糧的事，父皇不會這麼輕易放了他。這樁婚姻是遲令書的軟肋，可與孤有何關係？」

王翠白分析道：「遲令書有三兒兩女，除么女外，其餘子女皆與尋常人家結親，因此與程家這樁婚事至關重要。程鶴年眼下尚在牢中，陛下只說饒他一命，卻沒說什麼時候把他放出來。您可以答應程家年底前放人，以此收攏程知鳴和遲令書。」

「好，孤明日親往程家去一趟。」蕭道全轉而又想到另一件事，問王翠白。「內閣與司禮監向來勢同水火，孤攏住了內閣，再去攏司禮監，馬從德未必會理睬孤。」

王翠白又出主意道：「對付司禮監，殿下需另闢蹊徑。」

「哦？說說看。」

「司禮監與內閣不同，其權柄皆仰仗陛下寵信。馬從德能成為司禮監掌印，最大的優勢就是忠心，只要陛下還有一口氣，他就不會為殿下您所用。」王翠白緩了口氣，接著說道：「但是咱們可以讓他與長公主為敵，如此一來，與歸東宮所用並無分別。」

「青峰有何辦法，細細說來。」蕭道全十分感興趣。

王翠白低聲一笑。「殿下可還記得十一年前馬從德做過什麼?」

蕭道全眉頭一皺。「你說的莫非是……呼邪山一戰?」

「正是。」王翠白點頭道:「當年馬從德為北郡監軍,與時任北郡兵馬提督的何缽一起,以叛國為名將昭毅將軍陸諫斬於陣前,致使鐵朔軍軍心大亂,幾乎被戎羌全殲,也導致了呼邪山一戰的大敗。陸家是先太后得以把持朝政的主要軍方力量,雖然今上登基後藉此戰鏟除了陸家,但當年抄家的時候漏了一個人。」

「誰?」

「陸諫的兒子,時年八、九歲的陸家小公子。」

蕭道全疑惑。「此事孤為何不知,你又是從何得知的?」

王翠白解釋道:「臣也並非一開始就知道這件事。當年查抄陸家的官員發現陸家小公子逃脫之後,怕受到責罰,沒敢上報,隨便拉了個乞兒充數,矇混了這許多年。但紙包不住火,那陸家小公子回來復仇,被臣發覺,這才審問出了這一切。」

蕭道全震驚。「你說陸家那個孩子回來了?是誰,可有證據?」

「此人正是霍弋。他不姓霍,也根本不是宜州來的考生。臣派人帶著他的畫像回宜州打聽過,他的家人雖不在了,但有幾個朋友仍在,見此畫像,都說不是宜州霍弋。此人是冒名頂替,一路進了東宮!」王翠白冷笑道:「臣得知此事後,為防打草驚蛇,所以按兵未動,只派人盯緊了他。後來發現他常出入東宮書閣,查閱有關當年呼邪山一案的資料,抄錄參與此事的涉案官員，臣才敢確定他的身分。」

「你說那個叛主奴才霍弋就是陸家餘孽？青峰，此事為何不早些告訴孤，孤一定殺了他，永絕後患！」蕭道全恨聲說道。

「殿下與他無私仇，殺了徒費力氣，若是留著他，反而大有用處。反正臣已經親手剜去他的膝蓋，此人已廢，絕無為陸家報仇的可能。」王翠白笑了笑。「聽說他如今頗得長公主歡心，長公主為了此人，這麼多年未選駙馬，長公主府中人皆以『少君』稱之。」

蕭道全冷笑道：「孤的小姑姑選男人的眼光一直不行，死了一個傻子，又看上一個瘸子。」

王翠白說道：「若此時馬從德得知長公主一直豢養著陸家餘孽，想替陸家報仇，若她將來得勢，或隨便輔佐個什麼傀儡登基，或學先太后空懸帝位，一定會殺了他——您說馬從德還會無動於衷嗎？」

蕭道全冷聲道：「莫說馬從德，便是父皇醒著，也不會允許小姑姑在府中養著此等餘孽。」

王翠白道：「所以依臣之見，應將此事透露給馬從德，使其與長公主反目，同時藉程鶴年拉攏遲令書。有遲、程兩位大學士作保，內閣必定為您所用。如此，您再以聖上重病為由執權掌政，則大事可成矣。」

「好！青峰不愧是我東宮謀士，此事若成，青峰當為第一功臣！」蕭道全拊掌道：「孤這就將永林衛精銳都召集回來，這段日子盯緊長公主府。明日，孤就親往程家！」

王翠白淡然一笑。「殿下過獎。」

長公主府閉門謝客後，霍弋安排在各處的耳目更加活躍，自皇宮、寶津樓、南北各郡來往長公主府的密奏多如雪花，拂雲書閣裡堆滿了信件，火盆裡燃盡了紙灰。

他們收到了太子拜訪程家的消息。霍弋深知王翠白的為人，知道他會給太子出的主意。

「太子想在朝堂立勢，必先爭內閣。程鶴年是遲首輔的女婿，程閣老的兒子，籠絡住程鶴年，就等於捏住了內閣的七寸，不愁內閣不聽話。」霍弋對蕭漪瀾道：「臣在刑部牢房有人，只要您點頭，臣可以讓程鶴年走不出刑部，切斷太子勾結內閣的門路。」

正在一旁寫回信的孟如韞聞言擱下了筆。

蕭漪瀾問她。「阿韞怎麼看？」

「我不贊同這樣做。」孟如韞說道：「您在其中的動機太強。程鶴年若是死了，程、遲兩家會算到您身上，太子也會藉機發難。且此舉實非君子所為。」

蕭漪瀾與孟如韞同樣反對這件事，霍弋只好作罷。

太子向程知鳴許諾，年底前會讓程鶴年從刑部出來，前提是他要全力支持自己在宣成帝病重期間暫代國政。程知鳴答應了太子，但遲令書的態度卻模稜兩可，只說：「我可以不出面反對，但絕無可能鼎力支持。內閣是聖上的內閣，聽天子令，望太子殿下好自為之！」

太子是不可能好自為之的，擺平了內閣，他又派人延請馬從德。

馬從德謹慎，三番兩次推拒，只在福寧宮中照顧昏迷不醒的宣成帝，做出一副忠心耿耿、絕不越矩的態度。

「敬酒不吃吃罰酒的奴才！」

蕭道全冷笑，寫了張字條，讓心腹送到馬從德手裡。字條上只有一句話：陸氏餘孽在朝，監軍好自為之。

馬從德這輩子只做過一次監軍，便是當年與戎羌勾結、斬殺陸諫的呼邪山一戰。他收到這張字條後，果然嚇得面色慘白，馬上遞帖子給東宮，說要深夜拜訪。

蕭道全在東宮等著他。戌時末，見馬從德小步趨來。

蕭道全一見他便陰陽怪氣地寒暄道：「大伴在福寧宮裡照顧父皇，真是勞苦功高，尋常請不動你。」

「今朝辛苦，也是為明日方便。」馬從德朝他行禮。「還望殿下莫怪。」

蕭道全讓他入座，馬從德卻沒有飲酒吃飯的心思，開門見山地問道：「殿下說的陸氏餘孽，可是已故昭毅將軍陸諫的後人？」

「正是。」蕭道全將王翠白的話複述給馬從德聽。

馬從德聽完眉頭緊皺，沈聲道：「已經過去了十幾年，往事已蓋棺論定，這個霍弋到底想做什麼？」

蕭道全冷笑道：「自然是有怨報怨，有仇報仇。孤的小姑姑一向不服從父皇的管教，說不定她心裡也對當年的事積怨頗深。如今父皇病重，一旦她乘機得勢……馬大伴，你的下場，未必比孤好到哪裡去。」

馬從德深深思索了一番，問蕭道全。「那太子殿下您希望奴才怎麼做呢？」

蕭道全問他。「父皇如今的病情如何？」

馬從德道：「還在魘著，每日只強灌幾口參湯，不是長久之計。」

「這麼說，父皇駕崩，只在這一、兩個月裡了？」

馬從德不答此言。

蕭道全只當他是默認，高興得過了頭，忘了王翠白的叮囑，要誘使馬從德為自己所用。

蕭道全傾身對馬從德說道：「你幫孤時時緊盯著，一旦父皇有西去之兆，孤要第一個知道。你放心，孤登基以後，不會薄待了你。」

馬從德含糊應下，心裡卻無動於衷。

他自宣成帝為太子時就侍奉左右，眼見著蕭道全出生長大，這對父子下梁照著上梁長，都是多疑寡恩的性子，馬從德心裡最清楚不過。

當年，宣成帝也是這樣向明德太后身邊的內侍保證的，結果登基後就變了臉，說身邊留不得賣主的奴才，叫人把那內侍剁成了肉泥，分給身邊的人，以儆效尤。

馬從德離開東宮後，冒著冷風回到了福寧宮，繼續盡職盡責地守在宣成帝身邊。

第五十四章

太醫署的太醫們每日來給宣成帝會診，都說是氣血瘀堵之症，然而沒有人敢用藥，怕一個過猛把宣成帝治死，自己全家老小都得跟著陪葬。

馬從德原本只冷眼旁觀他們吵嚷，從東宮回來後第二天，他卻主動把許憑易叫了過去。

「咱家知道許太醫的本事，你師父是避世的神醫聖手，一輩子只教出你這一個有能耐的徒弟。你且莫管太醫署那群庸醫，如果讓你給陛下用藥，你敢用嗎？」

許憑易道：「治病救人，沒什麼不敢的。」

馬從德問他有幾分把握，許憑易檢查了下宣成帝的情況，說道：「今日用藥，尚有七、八分可救。再拖兩日，只五、六分。一旬之後，神仙難救。」

馬從德想了半天，終於下定決心，對許憑易道：「你來給陛下治病，出了什麼事，咱家替你擔著。」

他想明白了，若是宣成帝死了，無論是太子登基還是長公主得勢，他都不會有好下場。不如在宣成帝身上再搏一把，若是搏成了，他的恩寵能再上一層；若是搏不成，再考慮投靠太子也不遲。

許憑易的本事大，又是扎針又是灌藥，當天夜裡，宣成帝吐了兩碗污血後悠悠轉醒。

馬從德一直侍立在宣成帝榻前，見他醒來，高興得如蒙大赦，忙要叫許憑易進來，宣成帝揮揮手阻止了他。

「莫喧嚷。」宣成帝顫顫巍巍地從榻上撐起身，馬從德忙過來扶他。「幾時了？」

「回陛下，剛過申時，您已睡了五、六天了。」馬從德輕聲回道。

宣成帝苦笑了一聲。「朕哪裡是睡，朕是在鬼門關前走了一回。」

馬從德忙跪地磕頭。「陛下真龍天子，乃萬歲之軀，尋常瞌睡，召太醫開兩服藥調劑一番即可，斷無大礙。」

「行了，朕的身體朕自己清楚。你跟在朕身邊這麼多年，你也清楚。」

宣成帝垂眼望著跪在地上的馬從德。他跟在自己身邊幾十年，如今已經有了許多白髮，屈身跪著時，像一隻乾癟佝僂的蝦。宣成帝嘆了口氣，對他說道：「朕作夢了，夢見了先太后。」

馬從德聞言，跪縮的身體猛的一抖。

見他此狀，宣成帝嗤笑道：「怎麼，你還怕一個死人？」

馬從德忙道：「奴才不敢，那……那畢竟是太后。」

「放心吧，爾等螻蟻小蟲，先太后尚不屑屈尊降怒，有朕在你們前頭擋著呢！」宣成帝冷笑道。

馬從德擦了擦額頭的冷汗。「陛下真是折煞奴才了。您是大周的天子，將大周治理得國泰民安，是秉先太后遺志，她怎麼會降怒於您呢？」

宣成帝聞言感慨道：「你說得對，朕雖不孝，可是於國也算心中無愧了。」

馬從德覷著他的神色說道：「大周離不開您，陛下可要保重龍體，奴才叫太醫進來再給您看看吧？」

馬從德將許憑易宣進來，趁著他給宣成帝檢查身體的工夫，對宣成帝道：「太醫署的太醫們都不中用，多虧了許太醫醫術高，奴才懸著的心，總算是落下來了。」

宣成帝點點頭。「你們都是忠心的。」

宣成帝吐出了瘀血，身體已無大礙，許憑易開了幾服調理的藥後就退下，馬從德叮囑他不要對外宣揚聖上已經甦醒的事。

許憑易應下，默默退出了福寧宮。

宣成帝問這幾日發生的事情，馬從德恭聲道：「奴才一直在福寧宮裡侍奉，外面的事倒不很清楚，只聽說太子殿下四處活絡，長公主閉門不出。」

「太子這個扶不上牆的蠢東西！皇位終究會是他的，他這麼迫不及待，這是盼著朕早死嗎？」宣成帝冷哼。「不過昭隆這麼老實，倒是出乎朕的意料。」

「陛下，虎卑其勢，將有擊也；狸縮其身，將有取也。長公主一反常態，並非善兆啊陛下！」馬從德顫顫巍巍地說著，突然往宣成帝榻前一跪，落下淚來。「老奴死期將至，恐不能再侍奉陛下左右，還請陛下以後保重龍體，老奴捨不得陛下啊！」

宣成帝斥責他。「你這是說的什麼混帳話，昭隆為何要殺你？起來，有話好好說！」

馬從德將太子如何邀他去東宮、如何對他講蕭漪瀾身邊容留陸家餘孽的事，皆一字一句地告訴了宣成帝。

宣成帝聞言雙眼一瞇，語氣微寒。「你說昭隆身邊那個姓霍的幕僚，其實是當年逃過一死的陸諫的兒子？」

「太子殿下是這樣跟奴才說的，奴才也不知道是真是假。」

宣成帝半晌不言，似在心中考量此話的真偽，又似在回憶蕭漪瀾從前的破綻。

「先不要對外聲張這件事，也不要讓人知道朕已經醒了。太子和昭隆早晚會有動作，朕倒要看看究竟誰才是鬼，想趁著朕生病的時候幹什麼！」

太子籠絡了內閣、擺平了馬從德後，自覺內朝已在其掌控之中，行止越發張狂，甚至要鴻臚寺傳令重啟朝會，他要暫代宣成帝處理國事。

宣成帝聞此消息後十分生氣，罵道：「朝廷之事有六部和內閣管著，朕還沒死，他就要越俎代庖，是何居心！馬從德，明日朝會你也去，太子說了什麼，你回來後要一句一句說給朕聽！」

馬從德恭敬應下。「奴才遵命。」

第二天，除蕭漪瀾以閉府抄經為宣成帝祈福為由外，臨京四品以上的官員皆冕服持笏，前往太和殿參加朝會。

立在百官之首的太子蕭道全站出來，行至龍椅下方丹墀，高聲說道：「父皇病憂，孤亦勞心。然孤非只為父皇之子，更乃大周儲君。人言孝不可忘忠，故今孤代父皇召行朝會，主持國政，是兼忠並孝，諸位以為然否？」

太子一方的官員出聲附和，卻有一人站出來反對道：「臣以為殿下此舉不妥！」

說話之人是伯襄侯，在朝中擔任右都御史，他女兒紅纓是長公主身邊的女官，他會反對太子秉政，倒也在意料之中。

伯襄侯道：「聖上並未有明旨令殿下主政，眼下也無急事需要處理，只要六部與內閣正常運轉，朝會等聖上醒後再舉行也不遲。殿下自請主政，是踰矩之舉，若此期間處事不妥，為害甚烈，還請殿下慎思之。」

有伯襄侯開頭，覺得此舉不妥的官員也紛紛出面附和，朝堂上驟然劍拔弩張，兩派意見不同的官員吵成一片。另有遲令書等人緘默不語，持中觀望。

太子正要藉伯襄侯來震懾人心，敲打蕭漪瀾，於是冷笑道：「父皇生病，朝政無人主持，內有奸賊禍國，外有戎羌窺伺，伯襄侯卻說無急事需要處理？孤看你是居心不良，欲乘機攪亂國政，以賣國求榮，來人——」

太子一聲高喝，殿外禁軍湧入，持槍佩劍，將太和殿團團圍住。

「將伯襄侯暫押刑部天牢，孤要好好查一查他和戎羌是什麼關係。」蕭道全冷眼在太和殿中掃視了一圈。「還有人和伯襄侯一樣，覺得孤代為秉政是踰矩之舉嗎？」

伯襄侯被禁軍帶走，太和殿裡霎時間噤若寒蟬，萬馬齊喑。

下朝之後，馬從德將太子在太和殿上的所作所為告訴了宣成帝。宣成帝氣得摔了藥碗，覺得這病若是再裝下去，太子真敢越過他登基稱帝。他讓馬從德宣太子入宮，馬從德卻勸道：「陛下想如何處置太子？您若是處置得太輕，只叫來罵一頓，豈不是白費了您閉門不出這麼久的苦心？若是處置得太重，太子失勢，朝中將無人再與長公主抗衡。長公主殿下敢將陸家餘孽留在身邊，她的不臣之心遠勝太子，這些時日必有動作，您不能顧此失彼啊！」

宣成帝聞言逐漸冷靜下來，在福寧宮中踱步思索。

他問馬從德。「聽說這個霍弋是進士出身，最初是在東宮做事，為何後來投向了昭隆？」

馬從德回答道：「東宮詹事王翠白發現他在偷查舊案，尋了他的錯處，本想將他折磨至死，卻被長公主撞見，於是長公主將他救了回去。」

「這麼說，昭隆一開始就知道霍弋的身分？」

「長公主從不愛管閒事，那天卻出手救了霍弋，若說她毫不知情，奴才覺得有些牽強。」馬從德語氣委婉，話音確實是肯定的。

「左有狼，右有虎，朕的皇位坐不安穩啊！」宣成帝苦笑著感慨，對馬從德道：「得想個辦法，把他們的爪牙都拔了。」

馬從德說道：「奴才有一計，陛下或可思量。」

「說說看。」

「暗中派人刺殺長公主。無論事成與否，長公主那邊都會把矛頭指向太子。二虎相爭，一死一傷，您可除去心頭大患，高枕無憂。」

宣成帝半晌沒說話。這個計策實在狠毒，一個是親兒子，一個是親妹妹，死了誰，他都有些不忍心。

可他不忍心傷人，別人卻要來害他。宣成帝想起了母親明德太后。當年父皇去世時，正是因為他不忍心傷害母親，才讓母親搶走了屬於他的權力，令皇位空懸十年。

同樣的錯誤，他不能再犯第二次。

思及此，宣成帝朝馬從德點點頭。「此事要隱蔽，你著人去辦吧。」

馬從德既是宣成帝身邊的第一太監，又是司禮監掌印，既要管宣成帝的衣食起居，又要管宮廷內外的諸多事宜。他自己忙不過來，所幸他提拔了幾個能幹的乾兒子，其中又以季汝青最聽話、最有本事。

馬從德將季汝青叫來，問他這麼多年，自己待他如何。

季汝青神態恭敬地回答道：「乾爹待兒子很好，有骨肉再生之恩，若非乾爹賞識，兒子早就成了浣衣局裡的一堆枯骨。」

馬從德滿意地點頭。「你是個懂事可靠的，乾爹沒有看錯你。只是咱們做奴才的，有能耐是一方面，最重要的是別站錯隊，否則不會有好下場。你可知咱們的主子是誰？」

季汝青恭順道：「自然是當今陛下。」

馬從德滿意地點點頭。「眼下有件重要的事情要交給你，你仔細去辦，辦好了重重有賞；若是辦砸了，只怕你我的腦袋都要搬家。」

「請乾爹吩咐。」

馬從德讓他附耳過去，在他耳邊如此如此交代了一番。季汝青臉色驀然一白。「您說讓我派人刺殺——」

馬從德將他後半句話瞪了回去，警告他道：「我說此事是太子所為，你沒聽見嗎？」

季汝青自知失言。「兒子聽見了。」

馬從德重重拍了拍他的肩膀。「你是要做大事的人，不要這樣一驚一乍。將此事辦得漂亮些，陛下面前除了咱家，第二個說得上話的就是你。」

季汝青猶豫的目光緩緩變得堅定。「兒子明白，兒子會辦好這件事。」

馬從德很滿意。「你去吧。」

季汝青躬身而退。

孟如韞今日約好去望豐堂找許憑易施針，結果卻撲了個空。夥計說許憑易這幾日都在宮中未歸。他從不失信於人，孟如韞正心中奇怪時，望豐堂的夥計交給了她一張方子，說是許憑易特意寫給她的。

「升麻、商陸、冰片、杏仁……」

孟如韞更加奇怪，這是給她的藥方嗎？為何藥材變了這麼多？

她翻來覆去將藥方看了兩遍，忽然目光一頓。

升麻、商陸、冰片、杏仁。

各取其首字就是……聖上病醒。

許憑易的舉動過於奇怪，孟如韞不相信是巧合，不動聲色地將方子收好，匆匆回到長公主府。

蕭漪瀾正與霍弋商議營救伯襄侯的事。伯襄侯是紅纓姑娘的父親，更是明德太后留下的老臣，蕭漪瀾不想袖手旁觀。霍弋則勸她不要急著出頭，免得中了太子的圈套。

兩人正爭執不下時，孟如韞帶回了宣成帝已醒、如今在福寧宮裡裝病的消息。

得到這個消息，蕭漪瀾下意識鬆了口氣。

「聖上既然已醒，太子必猖獗不久，讓伯襄侯在刑部再等等。若是到了臘月還沒消息，您再出手救他不遲。」霍弋見機退讓一步，勸蕭漪瀾道：「眼下最重要的是弄清楚聖上的態度。」

蕭漪瀾之所以急著救伯襄侯，是擔心聖上救不回來，太子繼位後，自己可以跑到封地去，被關在牢裡的伯襄侯卻跑不了。如今聽聞聖上已醒，蕭漪瀾的態度也有所鬆動。

她問孟如韞。「許太醫的話可信嗎？他之前從未向我示好，如今為何突然告訴妳這麼重要的事？」

孟如韞道：「想必是因為陸明時的緣故，他與陸明時是至交。」

「陸明時的至交……」霍弋玩味道：「看來陸安撫使對臨京的事並非一無所知。」

「聖上已醒，卻裝病不出。望之，你覺得他在旁觀什麼？」蕭漪瀾問。

霍弋想了想，說道：「最初或許是想揪您的錯處，如今您閉門不出，反倒拿住了太子的把柄。」他看向孟如韞道：「此次竟真讓阿韞猜準了，多虧阿韞阻攔，我險些害殿下釀成大禍。」

蕭漪瀾安慰他道：「此事常人難料，你也不必自責。最初我與你想法一致，只是看阿韞態度堅決，她那樣謹慎的性子，能說出如此斬釘截鐵的話，容不得我不信。」

孟如韞假裝聽不出蕭漪瀾話裡的探詢意味，笑了笑，道：「那天只是直覺過於強烈，我也不知道為什麼會那樣。」

窗外傳來鴿子的叫聲，紫蘇敲了敲門，將從鴿腿上摘下的字條送了進來。

字條上是一句密語，霍弋對照著書冊將其一個字一個字地找出來，擱下筆時，神情已是一片冰冷。

「汝青送來的消息。」霍弋將字條扔進火盆中燒毀。「聖上欲刺殺您，嫁禍給太子。」

蕭漪瀾冷笑了一聲，倒也不十分奇怪。是她這位好皇兄能做出來的事。

孟如韞心中一緊，蹙眉道：「堂堂天子，行如此卑劣的手段，他到底想做什麼？」

「看來即使閉門不出，聖上也不打算放過您。」霍弋說道：「他大概是想看您和太子兩敗俱傷，再無人與他爭權奪勢。殿下，這幾日您先不要出門了。」

蕭漪瀾默然片刻，說道：「此事我已知曉，該如何應對，先容我好好想想。」

月寒天冷，長公主府中宮燈搖搖，碧游院的書房裡燈火未熄。

孟如韞的書桌前鋪了一張信紙。她思慮許久，然後才蘸墨落筆。

這是一封寫給陸明時的信，但這次，她並不打算託人送往北郡。若一切順利，陸明時可能根本見不到這封信，若事有差池……

孟如韞嘆了口氣，不敢再想，緩緩落筆。

宣成帝既然給季汝清安排了刺殺長公主的任務，季汝清必須要有所行動，才能對聖上有個交代。長公主萬金之軀，身負國脈，不能親身涉險，最好是有人替她，又不能讓聖上瞧出破綻來。

她是長公主最信任的女官，孟如韞心想，獲得乘坐長公主車轎出行的恩寵，聽上去很合常理，不至於使季汝清被懷疑與長公主暗中通氣，又能替長公主擋掉一難。

這是個兩全的主意，但她並不打算告訴任何人，寫信給陸明時是為了另一件事。

另一件她時時牽掛在心，若不幸遇險、希望託付給陸子夙的事——《大周通紀》。

她在信中寫道：此乃吾父生之所願，吾死之執念，故人清白之所繫，今人哀思之所寄。

吾與君託知己於行跡外，共神交於筆墨間，雖死無憾，唯此一事託付予君，望君執筆續作此十卷，以全故人之名。

她知道陸明時會做得很好，就像上一世那樣。等一切都塵埃落定，他會攜書稿前往阜陽，在韓老先生的指導下，將最後幾卷寫完。

他會讓《大周通紀》傳揚於世，這是他對自己的承諾，更是對故人的承諾。

了卻這樁心事，孟如韞自覺再無遺憾，重生一世能陪他至此，她已經心滿意足。

何況霍弋給長公主配備的護衛都是精銳，一場刺殺而已，孟如韞心想，也未必能把她怎麼樣。

宣成帝對外依然稱病未醒，臨京城內人心惶惶，太子越發肆無忌憚。

戎羌往臨京送年貢的車隊已經過了北境關，抵達臨京後，屆時長公主必須出面與太子共同接見。為了防止長公主那天遭遇行刺，孟如韞打算今日便偷偷乘坐長公主的車轎出門。

她拿著長公主的令牌去調車隊，又點了幾個武功高強的侍衛隨行，說要往大興隆寺去請平安符。

沒有人懷疑，她成功乘坐長公主的馬車離開長公主府，一路直奔大興隆寺的方向而去。

孟如韞在路上頻頻回頭，卻又不敢推開窗往外瞧，怕被人發現她不是長公主。

馬車行至半山腰時突然一斜，車後果然有黑衣刺客乘馬追來，朝馬車放冷箭。隨行的侍衛抽刀與之打鬥，雙方皆是精銳，一時竟難分上下。

孟如韞躲在車廂角落裡，正欲往外看看情況，整個車廂卻被人自上而下劈開，一個黑刺客舉刀朝她砍下來。

訓練有素的皇室衛隊與蘇和州的流匪有天壤之別，壓根兒不給孟如韞出手反抗的機會，將她一腳踹下了馬車。孟如韞被摔得五臟俱碎，飛快往旁邊一滾，銀刀貼著她脖子切過，砍碎了身下的石頭。

刺客正欲舉刀再砍，看見她的臉後猛的一愣。

「她不是長公主！」

孟如韞身側就是峭崖，趁他們發愣，她迅速抱頭往峭崖下滾去——

與此同時，陸明時正馭馬朝臨京趕來。

他藉口生病不見客，將北郡的事交給沈元思等人打理，自己喬裝混進戎羌往臨京運送年貢的車隊中，一路南下，查清了年貢車隊中夾帶的東西——狼骨油。

狼骨油是戎羌的精製兵器馬上連弩所需要的油，可以使連弩的發射速度更快、力道更狠。除了馬上連弩之外，尋常物品用不到這種東西。所以，此次車隊中夾帶兩桶狼骨油，意味著在此之前，就已經有大量的戎羌連弩被偷運進京。若此連弩未入庫，恐怕被人私藏，大量連弩匿於皇城，非為小患。陸明時放心不下，所以提前趕到臨京來查探一番。

他喬裝改扮後入城，直奔長公主府。蕭淯瀾和霍弋都被他嚇了一跳，緊張道：「可是北郡出了什麼事？」

「那倒沒有。」陸明時四下一望，沒見著孟如韞，皺眉問道：「孟姑娘呢？」

蕭淯瀾道：「阿韞說她身體不舒服，此時應該在碧游院中睡覺。」

正在旁沏茶的紫蘇聞言疑惑道：「您不是讓她代您去大興隆寺求平安符去了嗎？這麼晚了，難道她還沒回來？」

霍弋聞言，臉色倏然一白。「妳說阿韞坐著殿下的馬車出門去了？」

紫蘇點點頭。「今日午時，我親眼瞧見的。」

——未完，待續，請看文創風1200《娘子套路多》3（完）

2023年8月出版

文創風 1189～1190

女子有財便是福

領教過爾虞我詐的現代商界，再來到商貿發達的古代社會，
林棲做生意就是如魚得水，總能贏得別人的信服。
在婚姻上挑到潛力股相公，在政治上站隊跟對皇子，
總是低調賺錢的她，還真想不到人生有輸的理由！

滿腹生意經，押寶對夫君／竹笑

林棲低調地網羅應試學子們的畫像，打算從中選個潛力股丈夫，
誰知，他一個寒門秀才不小心誤闖她家院子，還撞見她在挑對象，
既然來都來了，她也大方地向這位候選夫君提出結親的意願，
一個願娶，一個肯嫁，兩人一拍即合，說成婚就成婚。
她調侃道：「看來你還要吃幾年軟飯呀。」
「煩勞娘子了。大家都知道妳是低嫁，能娶到妳是我的福氣。」
這個丈夫也是有意思，別人家的上門女婿都知道扯條遮羞布，
他卻不好面子，還對外大大方方地承認自己靠娘子供養。
算他有眼光，有她這般會賺錢的隱形富婆作靠山，好處可多著呢～～
他不僅得以全心投入科舉考試，還有天下第一書院的大儒當老師，
半年前一文不名的小秀才，轉眼間就站在天下學子所仰望的位置，
日後更是不負眾望成為六元及第的進士，林棲很滿意這門親。
可如今朝局波譎雲詭，挑對夫婿之外，她還得押寶押對儲君……

江湖在走，手藝要有／染青衣

1199

娘子套路多 2

國家圖書館出版品預行編目資料

娘子套路多 / 遲裘著. --
初版. -- 臺北市 : 狗屋出版社有限公司, 2023.10
冊 ; 公分. --（文創風 ; 1198-1200）
ISBN 978-986-509-460-7（第2冊 : 平裝）. --

857.7　　112013831

著作者	遲裘
編輯	張蕙芸
校對	黃薇霓
發行所	狗屋出版社有限公司
地址	台北市104中山區龍江路71巷15號1樓
電話	02-2776-5889～0
發行字號	局版台業字845號
法律顧問	蕭雄淋律師
總經銷	知遠文化事業有限公司
電話	02-2664-8800
初版	2023年10月
國際書碼	ISBN-13　978-986-509-460-7

本著作物由北京晉江原創網絡科技有限公司授權出版

定價280元

狗屋劃撥帳號：19001626

網址：love.doghouse.com.tw　E-mail：love@doghouse.com.tw